སྐྱ་རེངས།

བོད་གཞུག་སྐྱིད་ཀྱིས་བརྩམས།

Daybreak

སི་ཁྲོན་དུས་དེབ་ཚོགས་པ།
སི་ཁྲོན་མི་རིགས་དཔེ་སྐྲུན་ཁང་།

图书在版编目（CIP）数据

黎明：藏文 / 我杰吉著. — 成都：四川民族出版社，2015.12（2017.11重印）
（当代藏族女作家文丛）
ISBN 978-7-5409-6210-4

Ⅰ. ①黎… Ⅱ. ①我… Ⅲ. ①诗集－中国－当代－藏文 Ⅳ. ①I247.5

中国版本图书馆CIP数据核字(2016)第015608号

当代藏族女作家文丛

黎明

LIMING

我杰吉　著

出 版 人	泽仁扎西
策划编辑	更合才让
责任编辑	才毛吉
封面设计	扎西东主
责任印制	泽仁康珠
出版发行	四川党建期刊集团·四川民族出版社
地　　址	成都市青羊区敬业路108号
成品尺寸	155mm×230mm
印　　数	1001~3000册
印　　张	16.25
字　　数	170千
制　　作	成都华林美术设计有限公司
印　　刷	成都蜀通印务有限责任公司
版　　次	2015年12月第1版
印　　次	2017年11月第2次印刷
书　　号	ISBN 978-7-5409-6210-4
定　　价	33.00元

འགོ་བརྗོད།

ན་ཞིང་ལོ་སྨད་ལ་ང་རང་གྲོང་ཁྱེར་ཁྲིན་ཏུའུ་ལ་འབྱོར་ནས་ཟླ་གཅིག་ཙམ་སོང་རྗེས་སི་ཁྲོན་མི་རིགས་དཔེ་སྐྲུན་ཁང་གི་འགན་འཛིན་པ་གཙོ་བོ་ཨ་སྔགས་ཚེ་རིང་བཀྲ་ཤིས་ལགས་ལ་མཇལ་ཏེ《བོད་ཀྱི་དེང་རབས་བུད་མེད་རྩོམ་པ་པོའི་དཔེ་ཚོགས་དེབ་ཕྲེང་གཉིས་པ》དཔར་སྐྲུན་ཡོད་ཚུལ་དང་། དཔེ་སྐྲུན་ཁང་དེ་ག་རུ་དཔར་སྐྲུན་བྱེད་པའི་རེ་བ་ཞུས་པ་ན། ཁོང་གིས་དེ་མ་ཐག་ཁས་བླངས་ཤིང་དཔེ་ཚོགས་བསྐྲུན་པའི་དམིགས་ཡུལ་དང་འཆར་འགོད། རྩོམ་པ་པོ་སོ་སོའི་གནས་ཚུལ་དང་དཔེ་དེབ་རེ་རེའི་ནང་དོན་གནད་བསྡུས་བཅས་ཕུལ་ཤོག་ཅེས་པ་ལྟར་ངས་ནི་རྗེས་ཐོག་ཁོལ་མ་བྱས་ཏེ་ཕ་སྐད་ཀྱི་ལམ་ནས་རྩོམ་འབྲི་བའི་བུད་མེད་རྩོམ་པ་པོ་ལྔ་ལ་བརྡ་བརྒྱབ་ཅིང་ཟླ་བཅུ་གཉིས་པའི་ཚེས་བཅུའི་ཚུན་ལ་འབྱུབ་རྒྱུའི་འགན་བགོས་པ་ཡིན།

ངས་ལས་ཀ་འདི་ཅི་ནུས་ཀྱིས་འགན་དུ་འཁུར་དོན་ནི། གཅིག་ན་ལོ་རབས་བརྒྱད་ཅུ་བའི་ནང་ལ་བོད་མོ་གསར་རྩོམ་ལ་ཞུགས་མཁན་འགའ་བྱུང་མོད། ཁོང་མོ་ཚོ་སྤྱི་ཚོགས་སུ་ཞུགས་པ་དང་ཁྱིམ་བདག་མར་གྱུར་རྗེས་རྩོམ་འབྲི་བའི་རྒྱུན་སྐྱོང་མ་ཐུབ་པར་ལྷོད་པ་དང་། གཉིས་སུ་སློབ་གྲྭ་ཆེ་འབྲིང་འགྲིམས་ཤིང་སློབ་གསོ་སྦྱོང་

མཁན་སྲོན་དང་བསྡུར་ན་ལྷབ་འགྱུར་གྱིས་མང་ཡང་ཞེ་བསམ་པས་རང་གི་སྐད་ཡིག་ལ་དོ་ཁུར་བྱེད་མཁན་གྱི་བུད་མེད་ཉུང་བ་དང་། གསུམ་དུ་སྦྱང་བྱའམ་ཆེད་ལས་བོད་ཀྱི་སྐད་ཡིག་ཡིན་པ་མང་ན་ཡང་རང་སེམས་ཀྱི་དགའ་སྒོ་ཆགས་སྟང་རྩོམ་ཐོག་ལ་ཕབས་པའི་འཇོན་ནུས་ཅན་ཉུང་བ་དང་། བཞི་ནི་མི་རིགས་སྐད་ཡིག་གི་རྒྱུན་འཛིན་པར་ངེས་པར་རང་གིས་རང་སྐད་བེད་སྤྱོད་ཐུབ་རྒྱུ་གཙོ་བོར་བསམས་པ་དང་། ལྔ་ནི་བུ་མོ་རྣམས་མ་འོངས་པར་ཨ་མར་གྱུར་ཚེ་བྱིས་པར་རང་གི་སྐད་ཡིག་གི་ལམ་ནས་སློབ་གསོ་གཏོང་ཐུབ་པར་སྐུལ་འདེད་བྱེད་པ་སོགས་ལ་གཞིགས་ཏེ། སྤྱི་དང་ཐུན་མོང་ལ་ཕན་པའི་ལས་འགན་འདི་འདྲ་འགན་དུ་འཁུར་མཁན་ནམ་སྟེ་ཁྲིད་བྱེད་མཁན་ཞིག་ཅིས་ཀྱང་དགོས་སྙམ་སྟེ། ༢༠༠༩ལོའི་དབྱར་ཁར་ང་རང་ལྷ་སར་བསྐྱོད་དེ་ཚེ་རིང་དབྱངས་སྐྱིད་ལགས་དང་དཔལ་ལྷ་ལགས། མཐོང་སྨན · བདེ་ཆེན་སྒྲོལ་དཀར（འདས་ཟིན）ལགས། རྒྱང་བདག་ལགས་དང་མཇལ་ཏེ་བོད་རིགས་སྐྱེས་མའི་སྤྱི་ཚོགས་གནས་བབ་དང་གསར་རྩོམ་གྱི་འོས་འགན་སོགས་གླེང་མོལ་བྱས་པ་དང་། ལོ་དེའི་སྟོན་ཁར་མདོ་སྨད་ཟི་ལིང་ནས་གསར་རྩོམ་གྱི་ལས་ལ་འཇུག་མཁན་གྲོགས་མོ་པདྨ་འཚོ་དང་མཁའ་མོ་རྒྱལ། འཇམ་དབྱངས་སྐྱིད། བོད་གཞུག་སྐྱིད། ཚེ་སྒྲོན་སྐྱིད་སོགས་ལ་གཏུག་ཅིང་རྩོམ་རིག་གསར་རྩོམ་གྱི་ཐད་ནས་གླེང་མོལ་བྱས་པ་བརྒྱུད་དེ་རྩོམ་འབྲི་བར་མོས་པའི་བུད་མེད་རེ་རེས་དཔེ་ཆ་རེ་བརྩམ་རྒྱུར་བསྐུལ་ཅིང་རེ་བ་ནན་གྱིས་ཞུས་པ་དང་། བརྩམས་ཆོས་དཔར་སྐྲུན་གྱི་ཐད་ནས་ང་རང་ཉིད་ཀྱིས་འགན་འཁུར་རྒྱུ་ཁས་བླངས་ཡོད། དེར་མ་ཟད་སྲིན་མོ•བུད་མེད་དང་བྱིས་པའི་ཞབས་འདེགས་ཚོགས་པའི་ལས་ཀའི་ནང་དུའང་བོད་ཁུལ་ཡོངས་སུ་ཕ་སྐད་ཀྱི་ལམ་

ནས་རྩོམ་འབྲི་བའི་བུད་མེད་རྣམས་ལ་ཅི་ནུས་ཀྱིས་སྐུལ་མ་དང་རོགས་སྐྱོར་བྱས་ཏེ་བརྩམས་ཆོས་དཔར་སྐྲུན་བྱེད་པར་མ་དངུལ་བཙལ་རྒྱུ་དང་དཔེ་སྐྲུན་ཁང་སོ་སོར་འབྲེལ་གཏུག་བྱ་རྒྱུའི་འཆར་གཞི་བཟོས་ཡོད། དེར་བརྟེན་ཉེ་བའི་ལོ་འདི་འགའི་ནང་ལ་ཁོང་མོ་ཚོའི་ལྷོད་ཟིན་པའི་སྨྱུག་ཁ་ལ་སྣར་ཡང་གསོན་ཤུགས་རྒྱས་ཏེ་ཧ་ལམ་མི་རེ་ནས་དེབ་རེ་ཚགས་ཡོད་པས། ད་ནི་རང་གིས་ཁས་འཆེས་པ་ལག་ཏུ་བསྟར་བའི་དུས་ལ་བབས་པ་ཡིན།

ཉིས་སྟོང་ལྔ་ལོའི་ཟླ་བདུན་པར་མཚོ་སྔོན་པོའི་འགྲམ་དུ་ལང་ཚོའི་རྟབ་རྩུ་སྐབས་གཉིས་པའི་ཚོགས་འདུ་བསྡུས་དུས། བོད་ཀྱི་ན་གཞོན་ཚོའི་ཁྲོད་དུ་མི་རབས་གསུམ་པའི་སྣན་ངག་པ་འཁྲུངས་པ་དང་བོད་ཀྱི་བུད་མེད་ཁྲོད་དུ་རྩོམ་པ་པོ་མེད་ཚུལ་བསྒྲགས་པ་དེ་ནི་ང་ཚོའི་སྐུལ་ཤུགས་སུ་གྱུར་པ་འདྲ་སྟེ། དེའི་རྩུན་གྱི་ལོ་བཅུ་འདིའི་ནང་ལ་བོད་མོ་རྩོམ་འབྲི་མཁན་དང་བརྩམས་ཆོས་མང་པོ་ཐོན་པ་དཔེར་ན།《སྙན་ངག་གི་མིག་རྩུ》《སྐྱོ་སྣང་གི་ཟློས་གར》《རི་རྩེའི་སྤྲིན་དཀར》《ཐོག་མའི་འདུ་ཤེས》《ཆར་ཟམ་ཟེམ། སྨྱུག་ལང་ལོང》《བུམ་ནང་གི་མེ་ཏོག》《ཟ་མ་མོའི་སྙིང་སྟུག་གངས་མ་ཆར》《དྲག་ཏུ་ལྡིང་བའི་ཡིག་འབྲུ་འདི་དག》《ཟླ་བའི་རྨི་ལམ》《རྣ་ཐང་གི་བརྩེ་བ》《ཕྱུར་བ》《མི་ཚེའི་འགྲུལ་བཞུད》《ཁ་བའི་རྣ་ཆ》《སེམས་པ་བཞུད་པའི་དབྱངས》《བོད་པའི་བུ་མོ》《དཔྱིད་ཀྱི་དཔལ་མོ》སོགས་དཔེ་དེབ་སྐོར་ཞིག་དཔེ་སྐྲུན་ཁང་སོ་སོ་ནས་དངོས་སུ་དཔར་སྐྲུན་བྱས་པའི་ནང་ན་སྙན་ངག་དང་ལྷུག་རྩོམ། སྒྲུང་རྩོམ་བཅས་རྩོམ་ལུས་མི་འདྲ་བའི་བརྩམས་ཆོས་མང་པོ་ཡོད། དེ་མིན་ད་ལོར་རྩོམ་པ་པོ་དཔེ་སྐྲུན་ཁང་དུ་བུད་མེད་རྩོམ་པ་པོའི་བསྒྱུར་དེབ་

སྐོར་ཞིག་ཀྱང་དཔར་སྐྲུན་བྱས་ནས་ཐོན་ཡོད་པར་མ་ཟད། ཀྲུང་དབྱང་མི་རིགས་སློབ་ཆེན་གྱི་དཔེ་སྐྲུན་ཁང་ནས་བོད་རིགས་བུད་མེད་རྩོམ་པ་པོས་གསར་རྩོམ་གླིང་བ་ཞེས་པའི་དཔེ་དེབ་ཅིག་ཀྱང་ཐོན་ལ་ཉེ་བ་ཡིན།

རྩོམ་རིག་གིས་མི་སྙེར་གྱི་འཛིན་ནུས་གོང་དུ་འཕེལ་བར་སྐུལ་འདེད་བྱེད་པ་དང་། སྤྱི་ཚོགས་ཀྱི་གནས་བབ་ལེགས་བཅོས་བྱེད་པར་ཞབས་འདེགས་བསྒྲུབ་པ་ཡིན་ན། བོད་རིགས་བུད་མེད་རྣམ་པས་ཀྱང་རྩོམ་རིག་གི་ལམ་ནས་རང་གཞན་གྱི་འཚོ་གནས་ཇི་ལེགས་སུ་གཏོང་བ་དང་རང་རིགས་ཀྱི་སྐད་ཡིག་གོང་དུ་འཕེལ་བར་འོས་འགན་ཅིས་ཀྱང་འཁུར་དགོས་བསམས། ཉིས་སྟོང་བཅུ་བཞི་ལོར་བོད་ཀྱི་དེང་རབས་བུད་མེད་ཀྱི་དཔེ་ཚོགས་ཐོག་མ་མཚོ་སྔོན་མི་རིགས་དཔེ་སྐྲུན་ཁང་ནས་དཔར་སྐྲུན་བྱས་པ་དང་། ལོ་སྨད་ལ་མཚོ་སྔོན་ཞིང་ཆེན་རྩོམ་པ་པོ་མཐུན་ཚོགས་དང་མི་རིགས་དཔེ་སྐྲུན་ཁང་གིས་མཉམ་འབྲེལ་བྱས་ཏེ་དཔེ་སྐྲུན་མཛད་སྒོ་དང་བགྲོ་གླེང་ཚོགས་འདུ་བསྡུས་པ་དེས་བོད་མོ་ཚོར་སྐུལ་ལྕག་དང་རྒྱབ་སྐྱོར་ཆེན་པོ་ཐོབ་པ་ཉེ་ལམ་རྩོམ་འབྲི་མཁན་ སྟར་ལས་ཇེ་མང་ལ་འགྲོ་བ་འདིས་ཀྱང་མཚོན་ཡོད། དེར་མ་ཟད་ཀྱང་གོ་རྩོམ་པ་པོ་མཐུན་ཚོགས་ཀྱིས་སྤྱ་གཞུག་ཏུ་ཕ་སྐད་ཀྱི་ལམ་ནས་རྩོམ་འབྲི་བའི་བུད་མེད་རྩོམ་པ་པོ་བཞི་ལ་རྩོགས་སྐྱོར་ལས་གཞིའི་འགྲོ་གྲོན་གནང་ཡོད། དེ་མིན་ད་རུང་《རི་རྩེའི་སྤྲིན་དཀར》དང《ཕྲུར་བ》《རྩྭ་ཐང་གི་བརྩེ་བ》《ཟླ་བའི་རྨི་ལམ》《དཔྱིད་ཀྱི་དཔལ་མོ》སོགས་དཔེ་ཆ་སྐོར་ཞིག་དང་བརྩམས་ཆོས་སྐོར་ཞིག་ལའང་རྒྱལ་ཁབ་རིམ་པ་དང་ཞིང་ཆེན་རིམ་པའི་བྱ་དགའ་གནང་ཡོད།

ཐེངས་འདིའི་དཔེ་ཚོགས་ཀྱི་ནང་དུ་རྩོམ་ལུས་སྙིང་རྩོམ་དང་སྙན་ངག་གིས་གྲུབ་

པ་གཉིས་ཏེ། 《རྒྱའི་ལང་ཚོ》 དང 《བྱུར་དམར་འཁྲི་ཤིང》 《ཨ་མའི་བའོ་ཟེའུ》 《ཞེན》 《སྐྱ་རེངས》 བཅས་དཔེ་དེབ་ལྔ་ཡོད་པ་དང་། རྩོམ་པ་པོའི་དཔྱད་ཁག་བཟང་ལ་སྟོབས་ཤུགས་ཆེ། ལྷག་པར་བོད་ཀྱི་སྲོལ་རྒྱུན་རིག་གནས་དང་བསྟན་བཅོས་སྣ་ཚོགས་ཀྱི་དགོངས་གཞི་མཚོན་བྱེད་ཚིགས་བཅད་སྐད་ངག་གི་དཔེ་ཆ་གཉིས་ཡོད་པ་ཚེག་བར་མང་ཞིང་མི་འདྲ་བ་དང་ཚིག་གི་སྦྱོར་བ་མི་འདྲ་བའི་འབྲི་ཐབས་སྤྱད་པར་སྐད་ཆ་ལྡན་ལ་སྡེབ་སྦྱོར་ལེགས་པའི་ཁྱད་ཆོས་ཐོན་ཡོད་པས་དགའ་འོས་པ་དང་རྗེས་སུ་ཡི་རང་བྱ་འོས་པ་ཞིག་རེད།

དཔེ་དེབ་འདི་ལྔ་པོའི་ནང་དོན་བསྡོམས་ན། གཙོ་བོ་བཙན་པོའི་མངའ་ཐང་གི་དར་རྒུད་དང་ནང་ཚབ་ཆེན་མེས་པོ་ཡི་མཛད་རྣམ་ལ་ཕྱིར་རྟོག་བྱེད་པའམ། རང་རེའི་སྐྱི་ཚོགས་ཀྱི་ལས་དོན་དང་ནང་ཚབ་ཆེན་ཨ་མ་ཡི་འགན་འཁྲི་ཁུར་དུ་ལེན་པའམ། དེང་རབས་ན་གཞོན་གྱི་སེམས་ཁམས་དང་མི་གཤིས་འཁྱོག་འགྱུར་གྱི་གནད་དོན་ལ་སེམས་ཁུར་བྱེད་པའམ། བྱམས་དང་བརྩེ་བ་ཡི་དགེ་མཚན་དང་ཁྲིལ་ཡོད་ངོ་ཚའི་སྤྱོད་བཟང་ལ་བསྔོད་བསྔགས་བྱེད་པའམ། ཉམ་ཆུང་སྐྱེས་མ་ཡི་ལས་དབང་ལ་སྙིང་རྗེ་དང་གཞན་བསྙེན་རང་བདེ་ཡི་འདུ་ཤེས་ལ་དགག་རྒྱག་བྱེད་པའམ། དགའ་སྐྱོ་ཆགས་སྡང་གི་ཚོར་སྣང་ཐོར་འགོད་དང་ཁོར་ཡུག་ལེགས་བཅོས་ཀྱི་ལས་དོན་ལ་འབོད་སྐུལ་གཏོང་བའམ། ཡང་ན་སྲོལ་རྒྱུན་རིག་གནས་ཀྱི་ཉིང་བཅུད་རྒྱབ་ཀྱིས་འཕྱུང་ཞིང་དུས་རབས་གསར་པ་ཡི་དགོངས་གཞིར་མཉེ་བསམ་གཏོང་བའམ། ཕ་ས་ཕ་ཡུལ་གྱི་དྲུང་ཞེན་སླུ་ཏུ་ལེན་ཞིང་མངར་སྐྱུར་འཚོ་བ་ཡི་ཁ་དོག་རི་མོར་ཕབས་པ་སོགས་བརྗོད་བྱ་སྣ་མང་ལ་ཕུན་སུམ་ཚོགས་པའི་ཁྱད་ཆོས་མངོན་པར་ཐོན་ཡོད།

ཕྲན་གྱིས་ཧ་ལམ་ལོ་ངོ་བཅུའི་རིང་འདིར་མ་སྒྲུལ་དང་བླངས་སྒྲོས་བོད་རིགས་བུད་མེད་ཀྱི་གནས་ཚུལ་སྤྱི་དང་ལྷག་པར་རྩོམ་རིག་གི་ཐད་ལ་ཅི་ནུས་ཀྱིས་རྒྱུས་ལོན་དང་ཉམས་ཞིབ་བྱས་དང་བྱེད་པའི་སྐབས་ཀྱིས་སི་ཁྲོན་མི་རིགས་དཔེ་སྐྲུན་ཁང་ནས་དཔེ་ཚོགས་འདིར་འགོ་བརྗོད་ཅིག་འབྲི་བར་བསྐུལ་བ་དང་དུ་བླངས་ཏེ་རང་གི་ཤེས་ཚོད་ཀྱིས་གསལ་བྱེད་ཙམ་སྤྲུར་བ་ཐུན་མོང་ལ་ཕན་ཞིང་དགེ་བའི་རྒྱུ་རུ་འགྱུར་བར་སྨོན།

དཔལ་མོས་ལན་གྲུ་རུ་བྲིས།

ཕྱི་ལོ་༢༠༡༥ལོའི་ཟླ་༡༢པའི་ཚེས་༣༠ཉིན།

དཀར་ཆག

༄། དང་པོ། ཡིད་མ་བོའི་རྒྱུ་ཁྲ།

༄ གཉིས་པ། ཡུལ་ལ་ཞེན་པ་རྒྱུག་འགྲོ།

གསུམ་པ། ལམ་ཁ་ལ་ཡོད་ཕྲུ་གུ།

བཞི་པ། མིག་ཆུ་རེ་ཞོག

ལྔ་པ། ཞེ་ཁ་ཁོ་ཤི་ཏེ་ཀྱི།

དྲུག་པ། ཚེ་རབས་ཡལ་ཡོལ།

། །བོ། ཞེས་པ་བོ་ཡུ་སྐྱུག །

བཞིངས་མ་ནུས་པའི་བོད་ལ་བྲིས་པ།

༡

ལོ་རྒྱུས་ཀྱི་འགོ་ཁུངས་ཡར་ནས་ཡར་ལ་དེད་ན།
འོད་ཟེར་འཕྲོ་བའི་ཕོ་བྲང་གང་ཞིག་གི་རབ་ཁ་ནས།
ད་དུང་ཡང་ངའི་མིག་ཟུང་གཙེས་ཨེ་འགྲོ་སྙམ་ལ།
ཐ་ན་བཙན་པོ་དང་རྗེ་མོ་གང་ཞིག་དེའང་།
སྒམ་བརླིང་དང་སྒེག་འགྲོས་ཀྱི་ཁྲི་ལ་འཁྱིང་ཚུལ་དྲན་ན།
ཡོད་ཚད་ཀྱི་ཡོད་ཚད་དེ། གནའ་སྔ་མོ་སྔ་མོ་ཞིག་གི་གཏམ་རྒྱུད་དེ་རེད།

༢

བར་མཚམས་ཤིག་ལ།
དཔའ་སྐད་དིར་རེ་དང་ངུ་སྐད་རིང་མོ་ཡི་འཛིངས་སུ་ལུས་ཤིང་།
བཙན་པོའི་རལ་བ་རླུང་དང་སྨུ་གྲིས་གཏོར་ཤུལ་ན།
ཡུག་སྐྱ་དང་མཉམ་དུ་གཡོ་བའི་བང་སོའི་མཚན་བྱང་ཙམ་ལས།
ཁྱོད་རྒྱལ་ང་གསོན་གྱི་འཁྲུག་རྩོད་རྗོགས་མེད།
སྐྱ་སེར་བན་བོན་གྱི་ནང་འཁྲུག་མཐའ་མེད།

སྐབས་དེ་དག་ལ།

བྱིས་པ་ག་ཚོད་ཅིག་དང་སྐྱེས་མ་གང་འདྲ་ཞིག་གི་མིག་མཐའ་མཆི་མས་བཟུང་ཡོད།

༣

ཁྲུ་སེམ་སེམ་གྱི་ཡུལ་གྲུ་སྟུམ་པོ།

མི་མདའ་དང་འབར་རྫས་ཀྱི་གློང་ནས་གཉིད་ལས་བསླངས་ཤིང་།

གཉིད་ལས་བསླངས་པའི་སྐྱུ་དྲག་མི་དྲག་ཚོས།

སྟུམ་ཕྲུག་གེར་འཕྱུར་བའི་ཁ་སྤུའི་གསེབ་ནས།

ཁ་རོག་གེར་མགོ་བོ་དང་གར་སྐྱད་སོང་ངམ།

༤

སྤྲ་སྤྲོ་བཙན་གྱིས་བསྡམས་སོང་བའི་མེས་པོ་རུས་པ་ཅན་ཚོས།

མིག་ཟུང་རྩད་ནས་ཕྱུང་སོང་བའི་གནའ་མི་ལ་རྒྱ་ཅན་ཚོས།

ཀ་ཁའི་གསེར་གྱི་རི་མོ་ཉམས་སུ་མ་བཅུག་པས།

ཕུ་ནུའི་ཕྱི་ཐག་རིང་མོ་ཆད་དུ་མ་བཅུག་པས།

ངའི་བྱིས་དུས་སུ།

ད་དུང་དབྱངས་གསལ་སོ་བཞིའི་མཛེས་སྡུག་ཡོད་ལ།

ངའི་མི་ཚེ་ལ།

བོད་ས་བོད་ནས་སྐྱེས་པའི་བསོད་ནམས་ཡོད།

༥

ལོ་ན་ཉིང་ད་མཚམས་ཤིག་ལ།

འཛུམ་མདངས་དབེན་པའི་རྐང་གཉིས་པ་དག་གིས།

མིག་ཟུར་ལས་དྭངས་གཙང་དང་ལྷན་དུ་ཞེད་སྣང་བསྣམས་འོང་གིན་འདུག་ལ།

སྨྲ་བརྗོད་ལས་དྲང་གཏམ་དང་མཉམ་དུ་གསང་གཏམ་ཀྱང་སྦས་འདུག་པས།

ང་ཚོད་ཚོད་ལ་གྲང་འདར་རྒྱག་ཏུ་འཇུག་སྲིད།

༦

ལོ་ཟླ་འགྱུར་སོང་། གནམ་གཤིས་འགྱུར་སོང་།

གྲམ་པའི་ཆུ་མགོ་དང་རི་མགོའི་ནགས་ཚལ་ཀྱང་སྐམ་འདུག

དུས་བཞིའི་འགྱུར་ལྡོག་བསྐྱེན་དྲགས་ལ།

བྱིས་པ་ཚོར་མཛེས་སྡུག་གི་བྱིས་དུས་ཤིག་ཀྱང་ཡོད་ཚོད་མི་འདུག་པས།

ངས་ད་དུང་བོད་ལ་སྙན་ངག་ཅི་ཞིག་འབྲི། ཇི་ལྟར་འབྲི།

བར་སྐོར་གླིང་གི་ཨ་མ་ལགས།

ལྷ་ས་ནི་མཚམས་རེར་རྨིས་མི་ཚར་བའི་རྨི་ལམ་མཐུག་པོ་ཞིག་དང་འདྲ་ལ།
མཚམས་རེར་གནའ་གཏམ་མོད་པོའི་རྒན་པོ་རྒས་གོག་ཤིག་དང་ཅིས་མི་མཚུངས།
དུས་ཡུན་ག་ཚོད་ཅིག་ལ།
ང་ཚོའི་རྟོག་བརྟགས་ཀྱི་འཆར་ཡུལ་ངོས་ལ།
ཚོན་སྣ་མི་འདྲ་བའི་ལྷ་སའི་ལྤེབས་རིས་ཅི་འདྲ་ཞིག་བསྐྲུས་ཡོད་དམ།

ཟང་ཟིང་དང་ཀློག་སྤུད་ཀྱི་གློག་བརྙན་ཇི་བཞིན།
ལྷ་ས་ནས་ངས་ལན་རེར་རང་ཉིད་པོར་འགྲོ་ལ།
ལན་རེར་ངས་རང་ཉིད་རྙེད་འདུག་པའང་མཐོང་།

བར་སྐོར་གླིང་གི་ཨ་མ་ལགས་ཁོ་ནས།
ཞལ་གསེར་གྱིས་བརྒྱན་པའི་རྫོ་བོའི་ཚོགས་ལ།
སྐྱོ་བ་དང་ཁེར་རྐྱང་སྐྱུམ་རོགས་བྱེད་དུས།
ལྷ་ས་ནས་ང་ཐུགས་ཀྱིས་དྲ་སྙིང་འདོད།

བར་སྐོར་གླིང་ན།
ཚངས་དབྱངས་རྒྱ་མཚོའི་ཞབས་རྗེས་མེད་ལ།
མ་སྐྱེས་ཨ་མའི་ཞལ་རས་ཀྱང་མི་མངོན་མོད།
ཕོད་ལྷ་དང་པང་ཁེབས་ཀྱིས་བརྒྱན་ཅིང་།
ལག་ཐུང་ལ་མ་ནི་དང་ཕྲེང་བ་ཐོགས་པའི།
ཨ་མའི་ཚོགས་ཀྱིས་བསྐོར་བ་དེ་དང་བསྐོར་ལམ་དེ།
འགྲུལ་བཞུད་གཞན་ཞིག་ཡིན་པའི་དབང་དུ་བཏང་ན།
ང་ཚོའི་ད་དུང་བསམས་གཞིགས་ལྷག་མ་མང་ཙམ་གཏོང་དགོས་ཨང་།

བཙད་དང་ཅག་གི་ནམ་ཟླ་ངན་པས།
དམར་ནག་ཏུ་གྱུར་ཚར་བའི་ངོ་གདོང་དེ།
སྤུ་མོ་ནས་ཟླ་བའི་བསིལ་གྲིབ་ཀྱི་ཕག་ཏུ་ཡིབ་ཚར་ཙུང་།
གསལ་ཞིང་གསལ་ལ་དྭངས་ཤིང་གཙང་བའི་མིག་ཐུང་དེ།
ངས་ད་དུང་ཡང་མཐོང་འོང་གི་འདུག་ལ།
མགྱོགས་ཤིང་ལྷོད་ལ་བབས་པའི་གོམ་འགྲོས་དེ།
ངས་ད་དུང་ཡང་ཚོར་ཐུབ་ཀྱིན་འདུག
བར་སྐོར་གླིང་གི་ཨ་མ་ལགས་ནི།

ལྷ་སའི་ཇོ་བོའི་ཨ་མ་བཞིན་དུ།
ཞེན་ཆགས་ཀྱི་མདུན་པ་བགྲོལ་ཐུབ་ཀྱིན་མེད་ལ།
བརྟན་བརླིང་གི་སྙིད་པ་སྐྱུལ་ཚུགས་ཀྱིན་མི་འདུག་པས།

ཁ་རོག་གེར་འདང་ཞིག་བརྒྱབ་ན།
བར་སྐོར་གླིང་གི་ཨ་མས་འགྲུལ་བཞུད་ཀྱི་གོ་རིམ་དེ་ནི།
ཀ་ཁའི་རི་མོ་སློབ་སྟངས་ཀྱི་ཁ་གྱོགས་ཤིག་དང་འདྲ་ལ།
སེམས་པོའི་ནུས་པ་ལས་གསེར་འོད་འཕྲོ་བའི་སྟངས་ཀ་ཞིག་དང་ཅིས་མི་མཚུངས།

བར་སྐོར་གླིང་ནས།
དད་པའི་བ་སྤུ་རྒྱས་ཀྱང་།
ཉི་མ་དམར་པོའི་ཚ་གདུག་གིས་བཞུས་སུ་འཇུག་ལ།
དང་བའི་སྤུ་ལོང་གཡོས་ཀྱང་།
སྤྲིན་དང་ཆར་བས་གཏོར་བར་བྱེད་པས།
བར་སྐོར་གླིང་གི་ཨ་མ་ལགས་ཁོ་ནས།
ང་ལ་རྫོད་འཕོལ་ཞིག་བསྣམས་འོང་གི་འདུག་ལ།
ང་ལ་ཁ་ཆེམས་ཤིག་བསྒྱུར་བཞིན་ཡོང་འགྲོ་ཡི་འདུག །

ཕྱིར་ལྡོག

རྒྱང་རིང་གི་གནས་མལ་ཅི་ལྟར་དྲོ་ན་ཡང་།
མ་ཡར་ལྷ་བུའི་གཞན་ཡུལ་གྱི་ཕང་ནས།
ངས་རང་གི་ཕུ་ནུ་མིང་སྲིང་སེམས་ཀྱིས་འཚོ་བར་དཀའ།

ཕ་ཡུལ་གྱི་ནམ་མཁའ་སྤྲིན་པས་གཡོགས་ཡོད་ཚུལ་དང་།
བྱིས་པ་ཚོའི་མིག་ཟུང་དུ་བས་བསྡོགས་བཞིན་པ་སེམས་ལ་དྲན་ན།
སེམས་པ་འདི་སྐར་བཞིན།
སླང་ཚ་མོའི་སྙིང་གི་གྲོག་མ་རང་རེད།

ཕྱིར་ལྡོག་གི་འདོད་འདུན་དྲག་པོ།
ཞི་བདེའི་རྒྱ་མཚོའི་རླབས་དང་བསྟུན་ནས།
གངས་རིའི་ཕྱོགས་ལ་ཡང་ཡང་འཁྲིང་ན་ཡང་།
ངའི་ཚོང་ཁ་སྒོ་བརྒྱད་སྤྱར་མལ་དུ་ལུས་ཤེ་ཡོད།
ད་ལྟ་ཁྱེད་རང་ཉིན་མོའི་དཀར་ཐོགས་དང་།

མཚན་མོའི་སྨུག་རྡོགས་གང་ཉུང་ན་འཚོ་ཞིང་བཞེས་ནའང་།
ངས་ཡུལ་སྒྱུར་བའི་ཕ་ཚོའི་གསུང་བཤད་རྫོན་མོ།
ནམ་ཡང་སེམས་ཤོང་ནས་འཁྱུག་གི་མི་འདུག

༢༠༡༡ལོའི༡༡པའི་ཚེས༡ཉིན།

འཁོར་བའི་གློང་ནས་སྨོན་པ་དྲན་པ།

ནམ་རྒྱུན་ཁྱེད་རང་ཐག་རིང་ཐག་རིང་ན་རྒྱུ་བ་འདྲ་ལ།
མཐོ་ས་མཐོ་ས་ཞིག་ན་བཞུགས་ལོས་ཡོད་འདོད།
སྐྱེ་ཀ་ན་འཆིའི་བདེ་སྡུག་གི་གནས་ལུགས་བརྗོད་ཤུལ་ནས།
དཀའ་སྤྱད་གྲངས་མེད་ཀྱི་འཚོ་བའི་རི་མོ་སྐྱུང་ཤུལ་ནས།
ཁྱེད་ཀྱིས་རྒྱུ་འབྲས་བློ་མིག་གི་བདེན་པ་རྙེད་ཡོད།
ལུ་ཁྲག་སེམས་གསུམ་གྱི་གནས་ལུགས་མཁྱེན་ཡོད།
ཁམས་གསུམ་འཁོར་བ་ཡི་སྐྱིད་སྡུག་རྟོགས་ཡོད།
ངས་ཡོད་སྣང་འཆར་ལ་མེད་སྣང་སྣམ་པའི་འདུ་ཤེས་ཀྱི་གློང་ནས།
མགོན་པོ་ཁྱེད་ཀྱི་ཧིང་འཛིན་གྱི་ཉམས་དེ་དྲན་འོང་།

ནམ་རྒྱུན་ཁྱེད་རང་མེས་པོ་ཞིག་གི་གཏམ་རྒྱུད་དུ་སྒོམ་ཡོད།
སྔོན་ཚད་སྔོན་ཚད་ཞིག་གི་དྲི་མེད་ཀྱི་རྒྱལ་སྲས་ཞིག་ཏུ་སེམས་ཡོད།
མ་རིག་བདག་མེད་ཀྱི་ལྟ་བ་རྟོགས་ཤུལ་ནས།
མ་གྱུར་སེམས་ཅན་གྱི་བདེ་སྡུག་ཚོར་ཤུལ་ནས།
ཁྱེད་ཀྱིས་ཁམས་གསུམ་སྟོང་བའི་ངོ་བོ་དེ་མཁྱེན་ཡོད།

ཚེ་སྲོག་འདྲ་མཉམ་གྱི་ཆོས་ཉིད་དེ་བསྒྲུབས་ཡོད།
ངས་ཐོབ་སོང་སྣམ་ལ་ཤོར་བ་འདྲ་བའི་འཚོ་བ་ཡི་གློང་ནས།
མགོན་པོ་ཁྱེད་ཀྱི་ཡེ་ཤེས་ཀྱི་སྤྱན་དེ་དྲན་འོངས།

ནམ་རྒྱུན་ཁྱེད་ནི་ང་ཚོ་རྒྱང་རིང་དུ་འཁྲིད་པའི་ལམ་པ་ཞིག་ཏུ་བསམ་ཡོད།
བུ་ཁེར་སྐྱེས་དང་དཔའ་ཁེར་རྒྱུག་གི་རྟོགས་བརྗོད་ཞིག་ཏུ་སྙོམ་ཡོད།
ཁྱེད་ཀྱིས་རྒྱུ་འབྲས་ཀྱི་རྒྱ་མ་དྲང་མོ་ང་ཚོའི་སེམས་ལ་བཞག
ཕུན་ཚོགས་ཀྱི་ནོར་བུ་བདུན་པོ་ང་ཚོའི་མགུལ་ལ་སྒྲོན་ནས།
སྤང་བླང་གི་དགེ་སྡུག་གསལ་པོ་ང་ཚོའི་མགོ་ལ་བསྒོན་ཡོད།
ཡིན་ཡང་། ངས་མེ་ལོང་ཆག་རོ་ལྟ་བུའི་འཚོ་བ་འདིའི་གདོང་ནས།
མགོན་པོ་གང་དེའི་བཟོམ་སྙོམ་གྱི་བརྟན་བརླིང་དེ་དྲན་འོང་།

ནམ་རྒྱུན་ཁྱེད་ནི་རྨི་ལམ་བསྐྱེགས་མཁན་གྱི་དེད་དཔོན་ཆེན་མོར་བསམ་ཡོད།
ནོར་གྱིས་མ་བསླུས་ཤིང་བརྩེ་བས་མ་ཁྲུགས་པའི་རྒྱང་བཞུད་མཁན་པོར་རློམ་ཡོད།
ཁྱེད་ཀྱིས་འཁོར་བའི་གཉིང་རྗེ་སློག་ཡོད།
འཆི་བདག་གི་ཞགས་པ་བཅད་ཡོད།
རྨ་བྱའི་སྒྲོ་དང་འདྲ་བའི་འཇིག་རྟེན་ཁྲ་ཁྲ་འདིའི་ངོགས་ནས།
ངས་སྟོན་པ་ཁྱེད་ཀྱི་ཁུར་ལྷི་བའི་བསམ་གཏན་གྱི་ཉམས་དེ་དྲན་འོང་།

སྟོན་པ་ཁྱེད་ནི་ང་དང་བསྐལ་བས་ཆོད་ཀྱང་།
ཕ་མའི་གདོང་གི་གཉེར་རིས་དང་དབུ་སྐྲ་དཀར་པོ་མཐོང་དུས།
བྱིས་པའི་འཛུམ་མདངས་དང་ལུས་ཀྱི་ཉམས་འགྱུར་དྲན་དུས།
རང་ཉིད་ཐག་པས་བཅིངས་འདྲ་སྡོད་འདྲ་ཡིན་དུས།
ངས་སྨུ་མཐའ་མེད་པའི་འཁོར་བའི་གློང་ནས།
ཁྱིམ་མཆེས་འདྲ་བའི་མགོན་པོ་ཁྱེད་ཉིད་དྲན་བྱུང་།

གསང་བ་དུར་དུ་སྦས་པ།

ལྷ་ཡུལ་དང་ཁ་ཐག་རིང་ས་ན།
མི་ཡུལ་དང་བར་ཐག་ཡོད་ས་ན།
དུར་སྒྲིག་གི་གོས་བཟང་མནབས་པའི།
དྭངས་གཙང་གི་སེམས་གཏམ་མོད་པའི་ཁྱེད་ལ་ཅི་ཁག

བརྩེ་བ་དམར་པོས་བརྟེགས་པའི་སེམས་པ་དམར་པོ་དེ།
ཁ་བརྡོན་གསོལ་འདེབས་ཀྱི་ཁྲོད་ནས།
ལྷས་རའི་དར་ལྕོག་གི་རྩེ་རུ་འཕྱོ་ཞིང་།
དྲིལ་བུའི་སིང་སྐད་ཀྱི་དབྱིངས་སུ།
བྱམས་པ་སུ་ཞིག་གི་ངོ་གདོང་ག་ལེར་མངོན་འོང་།

ཁྱེད་ཀྱི་ཁེར་རྐྱང་གི་སེམས་འགྱུ་དེ།
རླུང་བུ་བཞིན་འཕྱུར་འོངས་ཏེ།
ཉམ་ཆུང་སེམས་པ་ཞིག་གི་སྒོ་སློགས་རྡུང་དུས།
སྙིང་གི་རྩེ་མོར་གཡོ་བ་མི་ཐེབས་པའི་མི་མོ་དེ་གང་ན།

གལ་ཏེ་ང་རང་སེམས་ཅན་སྡུག་ལས་སྒྲོལ་བའི་སྒྲོལ་ལྗང་དེ་ཡིན་ན།
དུས་ཚོད་དང་སེམས་འགྱུ་ཕར་ཞོག
ཡན་ལག་དང་ཉིང་ལག
ཐ་ན་བྲང་གཞུང་གི་འོ་འཛིན་ཟུང་དེའང་།
ཁྱེད་ཀྱི་མི་ལོ་སུམ་ཅུའི་སྐྱོ་སྡུག་གི་ཁ་ཟས་སུ་གཏེམས་འགྲོ །

གལ་ཏེ་ང་རང་འདོད་པའི་ལྷ་ཡི་གནང་བའི་སྲས་མོ་དེ་ཡིན་ན།
ངས་ཁྱེད་ཀྱི་སེམས་གཏམ་མ་ལུས་ཟུངས་ཁྲག་གི་རི་མོར་བཀོད་ནས།
ངའི་ལུས་ཀྱི་ཆ་ཤས་མ་ལུས་ཁྱོས་མིག་ཟུང་གི་དགྱེས་སྟོན་དུ་བཤམས་ཏེ།
ཁྱེད་ལ་དགའ་བ་བརྒྱ་དང་དུང་བ་སྟོང་གི་རྣམ་ཐར་ཞིག་བསྣམས་སྲིད།

ཡིན་ནའང་། ཏུ་གཉིས་ལ་བསོད་ནམས་མེད་པས།
ང་སྟར་བཞིན།
སྙིར་སེམས་ཀྱི་གཞུག་གཤིས་ལས་གྲོལ་མ་ཐུབ་པའི་འཆལ་མོ་དེ་རེད།
ཁྱོད་སྟར་བཞིན།
སྟོམ་པ་ཡི་མདུད་པ་ལས་ལྷོད་མ་ཐུབ་པའི་འཆལ་པོ་དེ་རེད།
དེ་བས་ཐག་རིང་ཐག་རིང་གི

རྒྱལ་བ་ཚངས་དབྱངས་རྒྱ་མཚོའི་མིག་ཆུ་དྲོན་མོ།
པོ་ཏ་ལའི་གཟིམ་ཤག་ན་ཁྱུ་སིམ་མེར་འཁྱིལ་ཡོད་པ།
མདུན་ཕྱོགས་ཀྱི་སྐྱིད་ཆུ་སྔོན་མོས་ཁ་རོག་གེར་གསང་བར་སྦས་ཡོད།

ས་མཐའི་ཟླ་བ།

ཟོར་དབྱིབས་ཀྱི་གཟུགས་རིས་ཕྲ་མོ།
སྐེའུ་ཁུང་ངོས་སུ་འཁྲིན་པའི་ལྗོན་ཤིང་གི་རྩེ་མོར་འཁྱིལ།
བསིལ་རླུང་གྲོད་འདར་བཞིན་པའི་སྐར་ཚོགས་དག་གི
རེས་གསལ་རེས་མོག་གི་འོད་སྣང་འཁྱུག་ཙམ་དེས།
ཁྱུ་སིམ་མེར་ཟླ་བའི་ཁེར་རྐྱང་ཉམ་ནས་ལོ་ཟླ་ཅི་ཙམ་འགོར།

སྲུན་པ་མཐུག་ནས་མཐུག་ཏུ་ཕྱིན་སོང་མོད།
སྤྲིན་ནག་གིས་བསྒྲིབས་པའི་ས་མཐའི་ཟླ་བ་དེ།
སླར་ཡང་སྤྲིན་འོག་ནས་ག་ལེར་འཆར།
སྐར་མདའ་ཅིག་ཟླ་བའི་མཐོང་ལམ་ནས་ལྷུང་བར་གྱུར།
སྟོང་བར་ལུས་པའི་སྐྱ་སིང་སིང་གི་ནམ་མཁའི་ངོས་ལ།
ཟླ་བས་མིག་ཆུ་ཕྱིས་སོང་།

ཐག་རིང་ཐག་རིང་གི་རི་བོའི་རྩེ་ནས།
སྐར་ཆེན་ཅིག་འོད་སྣང་གིས་འཚེར་འོང་།

ལམ་འགྲམ་གྱི་སྒྲོག་སྒྲོན་དམར་པོ་གསལ་ཐག་ཆོད་པོ་དེས།
ཡིབ་ས་དབེན་པའི་སྐར་ཚོགས་དག་ལ་དངངས་འདར་སྐྱིན།

ས་མཐའི་ཟླ་བ་དགོད་པའི་དུས་དེར།
ཟླ་བའི་མཐོང་སྣང་གི་ཁ་ཐག་རིང་ས་ནས།
ཁྱིའུ་ཞིག་མི་ཡུལ་ལ་སླེབས་ཚར་ཡང་།
ལ་ཕར་རྒྱབ་ཀྱི་ཉི་མ་སེར་པོ་དེ།
ཧ་ཡུན་ཙམ་གྱི་རིང་ལ་འཆར་རྩིས་ཕྱོན་ནས་མི་འདུག

ཉི་མ་དང་བར་ཐག་མི་འདུག

ཆར་བ་ཟམ་ཟིམ་ཞིག་གིས་ས་གཞིའི་ངོ་གདོང་བཀྲུས་ཤུལ་ན།
ལྗང་ཀྱུག་ཀྱུག་གི་རྒྱ་ལྕང་ལོ་མ་དལ་བ་དལ་བུར་གཡོ།
མེ་ཏོག་གི་འདབ་མ་དེའང་།
སེམས་ཀྱི་དགའ་སྤྲོ་མ་ཤོང་བའི་ཁྲེའུ་ཞིག་དང་མཚུངས།

སྐྱ་རེངས་སྔོན་གྱི་མཚམས་སྤྲིན་དག་ནི།
སྔོ་ནག་དང་དམར་སེར་གྱི་བརྒྱན་ནས་ག་ལེར་རྒྱང་དུ་ཡལ་ལ།
གནམ་མཐའ་ནས་བསྒྲིངས་པའི་སྤྲིན་དཀར་ལེབ་ཅིག་དེ།
ངའི་ལག་ན་འཁྱིལ་བའི་ཁ་བཏགས་ལས་ཀྱང་དཀར་ཞིང་གཙང་།

ཉི་འཆར་གྱི་མཛེས་སྡུག་དང་བཀྲགས་མདངས་ལ་སྨུག་དུས།
ཕྱེ་ལེབ་ག་ཚོད་ཅིག་ཤི་བའི་རྗེས་སུ་ཡང་བསྐྱར་ཕྱེ་ལེབ་ཀྱི་སྐྱེ་བ་བླངས་ནས་ཡོད་ལ།
རེ་སྨུག་དང་སྔོན་པ་བསྡམས་པའི་ཨ་ཅེ་བྱེའུ་ཆུང་འཛོལ་མོ་ཚོའང་།
མི་ཚེ་འདིར་ཞེན་ཆགས་དང་ཕྱིར་མིག་ཅི་འདྲ་ཞིག་བཞག་ནས་སོང་ཡོད་ཨང་།

དེ་དག་དྲན་དྲགས་པའི་ཡིན་ནམ།
ཡང་ན་སྡུག་ཡུན་རིང་དྲགས་སོང་།
ཡང་ན་ཉི་འོད་འཚེར་དྲགས་སོང་།
རྨི་ལམ་ལྷ་བུའི་སྐད་ཅིག་མ་དེར།
སྨྲ་སྒོ་ཡོངས་སུ་ཁེགས་སོང་།

ཉི་འོད་དེར་ཕྱོགས་རིས་མེད་ཚུལ་བསམ་ན།
ཉི་འོད་དེར་རྡོད་འཕོལ་འཛོམས་ཚུལ་དྲན་ན།
ད་དུང་རླུང་འཚུབ་ཀྱི་ཁ་གཏད་ན།
ཉི་འཛིན་གྱི་སོ་བར་ནས།
ཉི་མའི་དཀྱིལ་འཁོར་དེ་ལ།
ལེགས་ཉེས་ཀྱི་བདེ་སྡུག་འདྲི་མཁན་ཨེ་ཡོད་བསམ་དུས།

ཉི་འོད་ལ་དགའ་བའི་སླུ་དབྱངས་དེ་ཉི་མ་ཁོ་ནར་ཕུལ་འདོད་ཅིང་།
ཉི་འཆར་ལ་སྡུག་དུས་ཀྱི་ཞོགས་པའི་གཏམ་རྒྱུད་མ་ལུས་ཀྱང་།
སུ་ཧྲིག་ལྷ་བུའི་མིག་ཆུའི་ཕྲེང་རྡོག་ལ་འཁྲིན་ནས།
ཉི་མའི་གདོང་ལ་ཤུགས་ཀྱིས་ཐེགས་ཞིང་ཟགས།

སྐད་ཅིག་མ་དེར།
ཡལ་བ་མེད་པའི་ཉི་མའི་བཀྲག་མདངས་དེས།
འགྱུར་བ་མེད་པའི་ཉི་མའི་རྡོད་འཕོལ་དེས།

དྲི་མ་མེད་པའི་ཉི་མའི་དཀྱིལ་འཁོར་དེས།
རེ་ཞིག་ཧ་བདུན་པོར་དལ་གྱིས་བཞུད་པར་སྐྱུལ་སོང་ལ།

དམར་མདངས་ལྷག་ཏུ་རྒྱས་ནས་འཛུམ་ཙམ་བྱས་པ་དེས།
རྒྱན་འཕྲོངས་དང་ཕུར་ཐག་བྱས་ནས།
ཉི་འཆར་ལ་སྨྲུག་པར་བསྒྲུགས་བརྗོད་གནང་བ་དང་མཚུངས་ལ།
འོད་ཟེར་མིག་དབང་འཕྲོག་པ་དེ་ཡིས།
སྐྱིད་ཉལ་ཧོ་ནར་རྒྱག་པའི་རྫི་ལམ་དེ།
ད་ནི་སད་རན་པའི་ཁ་ཏ་གནང་བ་དང་འདྲ།
ཐ་ན་ཉི་འཆར་ལ་འཁྲིང་བའི་རེ་སྨུག་ལྡི་མོ་དེ་དག་ཀྱང་།
ཉི་འོད་མིན་ནམ་ཞེས་ཀུ་རེ་བརྩེ་བ་དང་ཡང་འདྲ།

སྐྱེ་དགུ་ལ་དང་བ་འདྲེན་པའི་སྐད་ཏུ།
ཉི་མའི་འོད་སྣང་དེར་སྐད་ཅིག་ལའང་སོས་དལ་བྱེད་ཁོམ་མེད་དེ།
མེ་ཏོག་འབུས་པའི་ཟེའུ་འབྲུ་རེ་རེ།
ས་བོན་སྐྱེས་སའི་མྱུ་གུ་རེ་རེ།
ད་དུང་ཆར་ཞོད་བབས་རྗེས་ཀྱི་འདམ་མྱུག་ཁྲོད་ན།
ཚེ་སྲོག་ལ་འདུས་པའི་གྲོག་མ་རྐེད་ཆད་དེའི་སྐད་དུ།
ལམ་ལ་ཆས་དགོས་བྱུང་སོང་ཡང་།
ཉི་འོད་སེམས་ལ་ཟུག་པས་བར་ཐག་མི་འདུག

གནམ་ས་ཁ་ཐག་རིང་ནའང་།

ཉིན་མཚན་སོ་སོར་སྣང་ནའང་།

འཕེལ་འགྲིབ་དབེན་པའི་ཉི་སེར་གྱི་འོད་སྣང་།

བ་སྤུ་རེ་རེ་ཡི་གསེབ་ཏུ་ཐུག

ཁ་བ་དཀར་པོ་དང་ཡུམ་སྐད་སྐྱོ་བོ།

གནམ་གཞིས་གློ་བུར་གློ་བུར་དུ་འགྱུར་འགྲོ།
སྔོན་བརྗ་ལས་ཀྱང་འགྲོས་མྱུར།
ཐ་ན་མགོ་ཐོག་གི་སྤྲིན་པ་འང་།
ཅི་བྱ་གཏོལ་བྲལ་དུ་གྱུར་འདུག

ཡུད་ཙམ་ལ་ཁ་བ་བུ་ཡུག་འཚུབ་མ་བཞིན་འཁོར་ནས།
སྔོང་ལོ་དང་ཁང་ཐོག
ཛོ་གདོང་དང་རྡོག་སྐེ་ཡོད་ཚད།
དཀར་པོ་དཀར་རྒྱང་དུ་བསྒྱུར་འདུག །

ཉུས་གསེང་ལ་འཁྲུག་པས་གཟེར་བའི་གོ་རིམ་ནི།
ཧག་ཧག་རང་ཤ་བཅད་ནས་ཕྱི་ཁར་འཕེན་དུས་ཀྱི་བཟོད་བསྲན་ཁོ་ན་དེ་རེད།

ཁ་བ་དཀར་པོའི་གྲོང་གི་ངའི་ཡུམ་སྐད་སྐྱ་བོ།
སྨུག་གྲོང་དང་འདམ་རྫབ་ཀྱི་མུན་པའི་གྲོང་ན།
བོར་བཞིན་པའི་ལུ་གུ་ཆུང་ཆུང་དེའི་འབའ་སྒྲ་དང་མཚུངས།

ལུང་པོའི་རྒྱབ་རབ་ན་སྐྱུང་ཡོད་པའི་སྤྱང་ཀན་དང་།
ཞུག་པ་ཞར་བོ་ཁ་ཏྭ་མཆུ་ནག་རེ་རེ་བཞིན།
མི་ཁོམ་པའི་གནས་སུ་ཁ་ཟས་ཞིམ་པོ་ལ་རེ་ཞིང་སྨུག

རྩི་ལམ་ལས་སད་མ་ཐག་པའི་རྡེ་བོ་དག་གིས།
ཞུར་ཆ་ཡང་ཡང་གཡུག་ཙང་།
རྒྱང་ཐག་རིང་དྲགས་ལ་མུན་པ་སྟུག་དྲགས་པས།
ཁ་ཕྱོགས་རྟེད་མ་སོང་།

ཁ་བ་དཀར་པོའི་གྲོང་གི་ངའི་ཡུམ་སྐད་སྐྱ་བོ།
སྡོང་ལོ་སྙིང་བཞུ་ལ་ཉེ་བའི་ཁ་བ་ལེབ་མོ་དང་མཚུངས།

 རླུང་བུ་གཡུག་ཐེངས་ཤིག་ལ།
མུན་པའི་འཁོར་ཕྱོགས་ཅིག་གིས།
སྐད་ཅིག་ལ་བཞུས་པར་སྣང་ཡང་།
ཞིབ་ཏུ་བསམ་བློ་བཏང་ན།

སྨུན་ནག་གི་སྟོང་བསམ་དེ་ལ།

ཟླ་བ་དང་སྐར་ཚོགས་ཀྱིས་གཏན་ནས་ཁ་ཡ་བྱེད་མི་སྲིད།

༢༠༡༠ལོའི་ཟླ༡༠པའི་ཚེས༢༨ལ།

སྨུག་ནག་ཁྲོད་ནས་སོ་དྲན་སྣངས།

ཁྱེད་དང་ཁ་ཟོ་འཕྲལ་ཏུས་ནི།
ཏག་ཏག་འཁྲུག་དྲགས་པའི་དགུན་ཟླ་འགོ་མ་དེ་ཡིན་ལ།
འབྲལ་ཁ་མའི་སེམས་འགྱུ་མ་ལུས་ཀྱང་།
རང་གི་བྲང་གཞུང་གི་རྡོད་འཕོལ་ཡོད་ཚད།
ས་གཞིར་སྤྱིན་སོང་བའི་ཉིན་མོ་དེ་ཡིན།

ལྷིང་འཛིགས་དང་དྲན་གདུང་བསྣམས་པའི་མཚན་ལྗོངས་འདིར།
ངས་ཏག་ཏག་སྨུག་ནག་ཁྲོད་ཀྱི་ཁྱོད་སོ་ན་བསམ་ཞིང་།
ཞུག་པའི་ཐན་སྐད་མ་ལུས་ལའང་སྙིང་ནས་སུན་སྣང་སྐྱེས་བྱུང་།

སྐྱེ་རབས་འདི་ལ།
ངས་མཐོང་མ་མྱོང་བའི་གཏམ་རྒྱུད་གང་མང་ཁྱེད་ཀྱིས་བསྐུན་ཞིང་།
ཐ་ན་ངའི་མ་འོངས་པའི་བུ་དང་བུ་མོ་ཚོའི།
སྨོན་པའི་མིག་མདངས་ཀྱང་ཁྱེད་ཀྱིས་འདི་ལྟར་འཕྲོག་སོང་།
ངས་ཁྱེད་ལ་ཕྱི་རོལ་གྱི་གཏམ་རྒྱུད་དག་འཆད་མི་འདོད།

གང་ལྟར། ཁྱེད་འདི་ལྟར་དྲན་འོངས་དུས།
ང་གཞི་ནས་སྨྲ་བ་མེད་འགྲོ།

ཡིན་ན་ཡང་། སྨུན་ཁྲོད་འདི་ནས།
ངས་ཁྱེད་ཉིད་དྲན་སྣང་འདི།
མར་མེ་ཚེ་འབར་ཅིག་ལ་བརྒྱུས་ནས་ཁྱེད་ལ་འབུལ་འདོད།
མ་མཐའ་ཡང་ཁྱེད་ཀྱི་སྨུན་པའི་ཁྲོད་ན།
ང་དང་མར་མེ་ཚེ་འབར་དེ་ཡིན།

༢༠༡༠ལོའི་ཟླ་༩པའི་ཚེས་༢༩མཚན་མོར།

ཨ་ཇོ་ལགས། ཁྱེད་ལ་སྨྱུག་ཡོད།

ཁ་སང་གི་མཇལ་འཛོམས་དྲན་མོ་དང་།
ཕྱག་ཟུང་དམ་པོ།
ང་ཉུང་། ངའི་མིག་ཟུང་མཆི་མ་གོར་ཡེར།
ཁྱེད་ཀྱི་འཛུམ་མདངས་ཉི་མ་ཤར་ཡེར།
བརྗོད་ཐབས་བྲལ། བརྗོད་ཐབས་བྲལ།

ཁྱེད་དང་མཇལ་བའི་དུས་དེར།
མངོན་སུམ་དང་འཁྲུལ་སྣང་ལྟ་བུའི།
ཧི་མ་ལ་ཡའི་ཕར་ཚུར་གྱི་གཏམ་རྒྱུད་དྲན་འོངས།
ཤི་གསོན་གྱི་རྣམ་ཤེས་དག་གི་རེ་བའི་མིག་ཟུང་འཁོར་འོང་།
དེ་བས་ངའི་མགྲིན་པ་བརྒྱངས་ནས་ངག་མ་འཁྲོལ།
ཨ་ཇོ་ལགས། ཁྱེད་ལ་སྨྱུག་ཡོད།
ས་མཐའ་ནས་ངས་ཁྱེད་རང་ཡང་ཡང་བསྒུགས་ནས།
ཇོ་མཚར་བའི་གཏམ་རྒྱུད་མ་ལུས་སེམས་ལ་བཀོས་ཡོད།

ཁྱེད་ཀྱི་ཕྱག་འཛུ་ཐེངས་གཅིག་གིས།
ང་རང་ལོ་གསུམ་ལ་ཁ་ཁྲུ་སིམ་མེར་བཟོས།

ཁྱེད་ཀྱིས་མིའི་རིགས་ཀྱི་སྐྱོ་གདུང་སེམས་ལ་བདེགས་ཀྱང་།
ཞུམ་མེད་ཀྱི་གོམ་པ་སྤར་ལས་བརྟན་ལ།
དབུ་སྐྲ་ཡོའི་ཁ་དོག་སེ་བོར་གྱུར་ཡང་།
ཡལ་མེད་ཀྱི་འཛུམ་མདངས་རྟག་ཏུ་བཞད་པས།
རང་ལོ་ནའང་ཐེག་མི་ཐུབ་པའི་ང་ཚོ་སྤྱུག་ཤེ་བརྒྱབ་ཚོག །

ཨ་ཛོ་ལགས། ཁྱེད་ལ་སྨུག་ཡོད།
གོད་ཆག་གི་ལོ་རླབས།
ཁྱེད་རང་རྒྱང་ནས་རྒྱང་དུ་བསྐྱལ་ཡང་།
ལྡོག་མེད་ཀྱི་ལས་འབྲེལ་ཟབ་མོས།
ངས་ནི་ཁྱེད་ལ་ཡུན་ནས་ཡུན་དུ་སྨུག་ཡོད།

ཨ་ཛོ་ལགས། ཁྱེད་ལ་སྨུག་ཡོད།
ས་ཆེན་པོའི་སྙིང་གླུ་འདི་གོ་ཐེངས་རེ་ལ།
གནམ་སྔོན་པོའི་མིག་ཆུ་དེ་འཚོར་ཐེངས་རེ་ལ།
བྲེལ་སྐབས་ཀྱི་གོས་སྨུག་རླུང་ལ་བསྒྱོད་ཚུལ་དྲན་འོང་།
སྙིང་རྗེ་ཡི་འཛུམ་མདངས་འོད་ལ་བསྒྱུར་སྐངས་དྲན་ཡོང་།

ཨ་ཇོ་ལགས། ཁྱེད་ལ་སྙུག་ཡོད།

ཁྱེད་ལ་ཕ་ས་ཕ་ཡུལ་ནས་མཇལ་བར་སྙུག་ཡོད།

༢༠༡༥ལོའི་ཟླ༦པའི་ཚེས༢༧ཉིན།

མེས་པོ་དྲན་གླུ།

ཧོར་དྲུང་བ་བསྟན་འཛིན་བློ་གྲོས་རྒྱ་མཚོ་མཆོག་སྐུ་གཤེགས་

ནས་ལོ་༡༠འཁོར་བའི་རྗེས་དྲན་དུ་ཕུལ།

དུས་ཀྱི་འཁོར་ལོ་གཙང་པོའི་རྒྱུན་ལ་འགྲན།།
སེམས་ཀྱི་འཚོལ་སྙེག་ནམ་མཁའི་མཐའ་ལ་འཁྲིང་།།
རིག་པའི་དཔའ་བོ་འཚོ་བའི་དན་རྟགས་སུ།།
སྐྱིད་སྡུག་ལེགས་ཉེས་འཇའ་ཚོན་གཟུགས་སུ་བཀྲ།།

བརྩོན་འགྲུས་གསེར་གྱི་ཀ་བ་མ་ཉམས་ཤིང་།།
ཤེས་རབ་ཉི་མའི་གཟི་མདངས་མ་ཡལ་བའི།།
རྣམ་དཔྱོད་རིག་པ་ནམ་མཁའི་གློག་ལས་མྱུར།།
འབྲི་གློག་རྩལ་ལ་མཁས་པའི་དོ་ཟླ་དབེན།།

འཆད་པའི་སྤོབས་པ་གངས་སེང་ང་རོའི་སྒྲ།།
རྩོད་ལ་མཁས་པ་རྒྱ་སྟག་མཆོངས་འདྲའི་གཟུགས།།
རྩོམ་ལ་མོས་པ་དབྱངས་ལྡན་ཁུ་བྱུག་ངག །
ང་ཡི་མེས་པོ་དོན་ལྡན་ཧོར་དྲུང་བ།།

གཞུང་ལུགས་རིག་པའི་གནས་ལྔ་ནང་བྱིན་ཆུད། །
ཉམས་ལེན་ཚུལ་ཁྲིམས་དམ་ཚིག་སྲོག་བཞིན་བསྟེ། །
བསྟན་པའི་གདུལ་བྱ་རང་གི་བུ་བཞིན་སྐྱོང་། །
ཉམས་མེད་འཛིག་བྲལ་དོན་ལྡན་ཧོར་དྲུང་བ། །

སྐུ་ཡི་གཟི་མདངས་མ་ཡལ་གཡུང་དྲུང་རིས། །
གསུང་གི་རང་མདངས་མ་ཉམས་གཟུ་མོའི་ངག །
ཐུགས་ཀྱི་བརྩེ་བ་མ་འཛིག་གངས་དཀར་མདངས། །
ང་ཡི་མེས་པོ་དམ་པ་ཧོར་དྲུང་བ། །

གསེར་གྱི་ཉི་མ་ནུབ་རིའི་ཕྱོགས་བཞུད་ཀྱང་། །
ཞབས་རྗེས་དྲོན་མོ་གངས་རིའི་ལྟོངས་ན་འཁྱིལ། །
དམ་པའི་མཛད་པ་བསྐལ་བརྒྱར་མ་འཛིག་ཅིང་། །
མེས་པོའི་སྙིང་སྟོབས་མ་ཉམས་རྟག་ཏུ་བརྟན། །

དད་པའི་ཨ་ལོང་མེས་པོའི་ཕྱག་ལ་གཏད། །
དྲན་པའི་གདུང་དབྱངས་ཚིག་གི་འབྲུར་བཀྲུས་ནས། །
སེམས་ཀྱི་འདུན་པ་མཆོད་པའི་དྲུག་འགྱུར་སྣུ། །
གངས་རིའི་བུ་མོ་ང་ཡིས་ཤར་མར་ཕྲིས། །

༢༠༡༥ལོའི་ཟླ༩པའི་ཚེས༣ཉིན།

གཉིས་པ། ཡུལ་གཞི་མ་རྩུག་ཀྱི་ལ།

གྲེས་བྲལ།

རྒྱུན་ཆང་གི་མངར་ཁས་བསླུབ་མི་སྲིད་པའི་དྲན་པ་ཐ་དག
ས་སྙོད་འདིའི་ཁེར་རྐྱང་གི་སྐྱུང་བུས་འཁུར་ལ་ཉེ་ཡང་།
སེམས་ཁོང་ན་མཚོ་ལྷར་འཁྱིལ་བའི་ཞེ་འདང་མ་ལུས།
ཁྱེད་དང་བྲལ་མ་ཐག་ནས་ཟེལ་བ་བཞིན་འཐོར་འོང་གི་འདུག་ལ།
ཁྱེད་རང་བསྐྱུར་མ་ཐག་ནས་རྐྱེ་ལམ་བཞིན་འཁོར་འོང་གི་འདུག

བསྐལ་བས་མི་ཚོད་ཅིང་རི་བོས་མི་ཐེག་པའི་བརྩེ་བ་དྲོན་མོ།
ལོ་ཟླས་མི་འཛིག་ཅིང་ཟླ་བས་མི་བཟད་པའི་དུང་བ་ཟབ་མོ།
སྨྲ་ཤེས་པའི་ཁྱེད་ཀྱི་མིག་ཟུང་ལས་ངས་རྟོགས་འོང་གི་འདུག་ལ།
སྨོན་ཤེས་པའི་ཁྱེད་ཀྱི་འཛུམ་མདངས་ལས་འཁྲོས་འོང་གི་འདུག
འཁྲིང་ཞེན་གྱི་ལག་པ་ཆུང་ཆུང་གིས་ང་ལ་དམ་དུ་འཁྱིལ་ཡང་།
ཞུ་ཐུག་གི་འཚོ་བའི་གློང་ནས་ངས་ཁྱོད་སློད་དགོས་བྱུང་ཡོད།
མིག་ཆུའི་གསེབ་ནས་ལམ་ལ་ཆས་ཟིན་ཡང་།
ངས་ད་དུང་། གདོང་གདད་ཆོག་པའི་འཛུམ་མདངས་ལྷད་མེད་ག་ཚོད་ཡོད་དམ།

ཁྱེད་དང་བྲལ་རྗེས།

སུ་ཡིས་ཀྱང་སློང་བར་མི་ནུས་པའི་སེམས་ཀྱི་གྲུ་ག་འདི་གང་དུ་འཛོག་གམ།

སུ་ཡིས་ཀྱང་གཞོམ་པར་མི་ནུས་པའི་སེམས་ཀྱི་ཐ་སྙབས་འདི་ཅི་ལྟར་སྐྱོམས་སམ།

ཁྱེད་དང་བྲལ་རྗེས།

ས་སྲོད་དང་མུན་པའི་མཚམས་ནས་དྲན་པ་འདི་ཟླུང་བཞིན་ལྷང་ངེར་ལ།

ཁེར་རྐྱེང་དང་སྡུག་ཡུས་ཁྲོད་ནས་དྲན་པ་འདི་སྙབས་བཞིན་འགྲོ་འོང་།

ང་དང་བྲལ་རྗེས།

ཁྱོད་ཀྱི་མིག་ཟླུང་རིག་རིག་གིས་འཚོལ་བཞིན་སྙམ་ན།

མིག་ཆུ་ཤར་ཤར་གྱིས་འབོད་པར་བསམ་ན།

སྟོང་ལྷང་ལྷང་གི་ཁྱོད་ཀྱི་མཁའ་དབྱིངས་ན་ཟླ་བ་ཤར་རམ།

འཁྱག་སིབ་སིབ་ཀྱི་ཁྱོད་ཀྱི་སེམས་ཡོངས་ན་ཉི་འོད་འཁྱིལ་ལམ།

ཐེག་དཀའ་བའི་དྲན་པ་འདིའི་གདུང་བ་བསམ་ན།

ཁྱོད་ཀྱིས་ང་རང་བརྗེད་ན་སྙམ་ཞིང་།

ལྷོད་མེད་པའི་ཚེ་སྲོག་གི་མཛེས་སྡུག་བསམ་ན།

ཁྱོད་ཀྱིས་ང་རང་དྲན་ན་སྙམ།

གང་ལྟར་དེ་ནི་གྲོས་བྲལ་འདི།

ང་རང་བསྐྱུར་གསོན་གྱི་སྟོབས་ཤུགས་ཤིག་ཏུ་བསྒོམས་དགོས།

ཁྱོད་རང་ནར་སོན་གྱི་གོ་རིམ་ཞིག་ཏུ་བརྩི་དགོས།

བུ་མོ་དཔལ་སྒྲོན་གནམ་གྱིས་སྐྱུང་།

ལོ་གཉིས་ཡར་ལ་དེད་པའི་དེ་རིང་གི་ཉི་མ་བཟང་པོ་འདིར།
བརྩེ་བའི་ཁྱད་དུ་གཅུད་པའི་ཚེ་སྲོག་གི་ཙ་སྐད་དྲག་པོས།
ངའི་འཚོ་བའི་ངོས་ལ་འཇའ་ཚོན་གྱི་རི་མོ་བྲིས།

མར་ཁུ་བཞུས་འདྲའི་བརྩེ་བ་སྟུམ་པོ།
ངའི་ཤ་དང་རྩིབ་མའི་ལྡེབས་ལས་བཞུར་ཏེ།
བྱིས་པ་བང་ལོན་ཞིག་གི་ཚེ་སྲོག་གི་ཞིང་སར་གྲུབ་པ།
ང་རང་བུད་མེད་ཅིག་ཏུ་སྐྱེས་པའི་བསོད་ནམས་ཡིན།

སྲོག་དང་བྲལ་འདྲའི་ན་ཟུག་ཡོད་ཚད།
ཨ་ཐང་ཆད་པའི་ལུས་སེམས་གཉིས་ག །
ཚེ་སྲོག་ཅིག་གི་བཞུར་རྒྱུན་ལ་འཐིམས་རྗེས།
ཁྱོད་ནི་ངའི་རྣམ་ཤེས་ཀྱི་འཕྲི་ཤིང་གཅིག་པུ་ཡིན།

ཨ་མའི་ལོ་ལོ། ཁྱོད་དང་བྲལ་བའི་ཉིན་མཚན་རེ་རེར།
ངའི་སེམས་པ་དམར་པོ།
སྐྱི་བསེར་རླུང་གིས་སྐྱུལ་འགྲོ།
ཆར་དང་ཆུ་ཐོས་བརྒྱན་འགྲོ།
ང་རང་གར་སོང་ས་ནས།
ཁྱོད་ཀྱིས་ངའི་སེམས་པ་འདི་ཐག་པ་བཞིན་དུ་འཐེན་ཡོད།

ཨ་མའི་ལོ་ལོ། ཁྱོད་ཀྱི་ཕྱོགས་ལ་བསྒྲིགས་པའི་སེམས་པ།
ཧ་ཆོད་རྒྱུག་རྒྱུག ལུ་གུ་ལྡིང་ལྡིང་།
བྲེལ་འཚུབ་ཀྱི་སེམས་པས་རླངས་འཁོར་ཤུགས་ཀྱིས་སྐྱུལ་ན་ཡང་།
ལ་ལུང་སྟར་བཞིན་བརྒྱུད་ནས།
རི་ཆུ་སྟར་བཞིན་གཏུབ་དགོས་ཡོད།

བདེ་སྐྱིད་ཀྱི་ལྷན་འཛོམས་ཤིག་ལ་རེ་ནས་ལམ་ལ་ཆས།
བུ་མོ་དཔལ་སྒྲོན་གནམ་གྱིས་སྲུང་།
འོ་ཞིག་བསྐྱུལ་ཡོང་གི་ཡོད།
ཨ་མ་སླེབས་ཡོང་གི་ཡོད།

༢༠༡༥ལོའི་ཟླ་༨པའི་ཚེས་༢༠ཉིན།

སྙན་ངག་པའི་ རྒྱུད་མར་ཕུལ་བ།

ཁྱེད་ཀྱི་རི་སྨུག་གི་མིག་ཟུང་ཟྫོན་མོ་མཆི་མས་ཁེངས་ཤིང་།
འཁྲམ་པ་ལག་པས་བསྐྱོར་ནས་རང་སེམས་ནང་ལ་འགྱུག་དུས་ནི།
ཏག་ཏག་ཁོ་བོས་ཆང་ཕོར་ལག་ཏུ་བསྐྱོར་ཏེ།
རྨི་ལམ་གཞན་ཞིག་ལ་མགོ་བོ་འཛོག་སྟངས་རེད།

ཨ་ཅག་ལགས།
ད་ནི་སེམས་པའི་ཁྲེལ་འཚུབ་ལོགས་སུ་བསྐྱུར་ནས།
རང་ཉིད་ལ་གཅེས་གཅེས་གནང་རོགས།
བུ་རྒྱུད་གི་འཛུམ་མདངས་ནི་ཁོ་བོས་ཁྱེད་ལ་བསྐུལ་བའི་ལེགས་སྐྱེས་དེ་ཡིན་ན།
བྱམས་པའི་བུ་ལ་སྙིང་གཏམ་སྨྲོས་དང་།
རྨི་ལམ་ལས་ཁྱེད་ཀྱིས་ལྟུང་མདོག་ཡུལ་གྱུ་ཤིག་གི་མཛེས་སྡུག་མཐོང་ཡང་སྲིད།

གོམས་ལོབས་སུ་སོང་བའི་ཁྱེད་ཀྱི་ཁེར་རྐྱང་དེ་དང་།
ཐན་གདུང་རི་སྨུག་ཏུ་གྱུར་ཚར་བའི་ཁྱེད་ཀྱི་ས་སྲོད་དེ་ལ།

ཁྱེད་ཀྱིས་འདང་ཕོག་དཀའ་བའི་འདྲི་གཞི་དེ་དག་རེ་ཞིག་བསྐྱུར་ནས།
ཕྱི་རོལ་ཏུ་འཆམ་འཆམ་ལ་ཤོག་དང་།

མཚམས་སྦྲིན་གྱིས་ཁྱེད་ལ་བལྟས་ནས་ཡོད་ཅིང་།
ཟླ་བས་ཀྱང་ཁྱེད་ལ་སྒུག་ནས་ཡོད།
ཨ་ཅག་ལགས། སུས་ཀྱང་ཁྱེད་ཀྱིས་སྙན་ངག་པ་འབོད་པ་ཐོས་མྱོང་ལ།
བཙལ་བའང་རིག་མྱོང་།
སྙན་ངག་པའི་ཆུང་མ།
ཞེད་སྣང་དང་ལྷན་ཏུ་བསྐྱལ་བའི་མཚན་མོ་རེ་རེ་ནི།
ཁྱེད་ཀྱིས་མིག་ཆུའི་མགུལ་རྒྱན་སྤེལ་བའི་གོ་རིམ་ཧྲིལ་པོ་རེད།
ཁྱེས་པ་ལྷ་བུའི་སྙན་ངག་པ་དེས།
ཁྱེད་ཀྱི་སྤུས་མགོར་འཁྱིལ་བའི་མིག་ཆུ་མཐོང་ཨེ་སྲིད།

མིག་ཆུའི་གོ་དོན་རྟོགས་ཨེ་སྲིད།
འཛུམ་མདངས་ཡལ་ཟིན་པའི་ལོ་ཟླ་ཟད་པོ་དེས།
ཁྱེད་ལ་ཡང་ཡང་བརྐུས་ཤིང་གཅོས་ནའང་།
རྒྱང་ཁར་གཟིད་པའི་སེམས་པ་ཕྲ་མོས།
ད་དུང་སུ་ཞིག་སྐྱོབ་འདོད་ཀྱི་ལག་ཟུང་གློད་མ་མྱོང་།

ཨ་ཅག་ལགས། ཕྱི་རོལ་དུ་སེམས་པ་གཡེང་བར་ཐེབས་དང་།
སྐར་ཚོགས་ཀྱིས་ཁྱེད་ལ་འདུག་རོགས་བྱེད་ཅིང་།

བསིལ་རླུང་གིས་ཁྱེད་ཀྱི་ངོ་གདོང་ལ་བྱིལ་བྱིལ་བྱེད།

ཨ་མ་ལྷ་བུའི། གྲོགས་མོ་ལྷ་བུའི། ས་མ་ལྷ་བུའི།

སྙན་ངག་པའི་ཚུང་མ།

མཛེས་སྡུག་ཞིག་གི་ཡུལ་གྲུ་སྲུང་མཁན་མ།

ཚེ་སྲོག་དང་བརྩེ་བའི་བདག་མོ།

བྱང་སེམས་ཀྱི་ཁྲུ་བ་དཀར་པོ།
བརྩེ་བའི་ཆུ་རྒྱུན་ལས་བཞུར་ནས།
མངལ་གྱི་གུར་ཁང་ནས་བདེ་སྣང་གིས་འཕྲད་དུས།
ཚེ་སྲོག་གི་ས་བོན་འབུས་པའི་ངང་ཚུལ་ནི།
སྐོག་ཀྱུར་དུ་སྣང་བའི་མཛེས་སྡུག་ཏུ་སྲིད་ཀྱང་།
སུས་ཀྱང་སྔོན་དུ་མེད་པ་ནི།
ཡུམ་ཆེན་གྱི་ལྟེ་བ་ན་ཚེ་སྲོག་ཞིག་གི་རྣམ་ཤེས་བརྒྱུས་ཡོད།
དེའི་དབང་གིས།
འཚོ་བའི་ཁ་གཏད་ཀྱི་སྡུག་ཡུས་ཐ་དག
བརྩེ་བའི་བདག་མོ་དེས་ཁྲུ་སིམ་མེར་ཡོད་ཚད་དང་དུ་བླངས་སོང་།

ཟླ་དགུ་ཞག་བཅུ་དེའི་རྗེས་སུ།
སྲོག་དང་བྲལ་འདྲའི་ན་ཟུག་དང་ལྷན་ཏུ།
ཚེ་སྲོག་ཞིག་གི་སྐྱེས་སྐར་དེ་འཛུམ་མདངས་ཀྱིས་བསུས་ཤུལ་ནས།
ཆར་ཆུ་ཉི་འོད་ས་རྡུལ་གྱི་སློང་དང་།

སྡོགས་སྙོམ་འཆེས་པ་གྲངས་མེད་ཀྱི་མདུན་ནས།
བརྩེ་བའི་བདག་མོ་དེས་རང་སྲོག་འབེན་ལ་འཛོག་འགོ་ཚུགས་སོང་།
སྐྱ་ཆད་སྔོ་ཐུག་གི་ཉེན་མཚན་རེ་རེ་ཐོལ་གྱིས་བརྒལ་ནས།
རང་ཉིད་དང་སེམས་ཚོར་བོར་ཟིན་པའི་ལོ་ཟླ་དག་ནི།
བུ་བུ་མོ་སུ་ཞིག་གི་ཚེ་སྲོག་ལ་གཏམ་རྒྱུད་མེད་པའི་དུས་ཚིགས་དང་།
བརྩེ་བའི་བདག་མོའི་ལང་ཚོ་རྒུད་པའི་གོ་རིམ་ཡིན།

ཉི་འོད་ཀྱི་ཪྡོད་འཁོལ་འཛོམས་འདྲའི་ཕ་ཁྱིམ་གོར་མོ་དང་།
མཚོ་མོའི་རླབས་ལྟར་འཇམ་པའི་བརྩེ་འདང་གི་ཟབ་ས་ནས།
བུ་བུ་མོ་ཚོ་རེ་རེ་བཞིན།
ཕྱིའུ་གཤོག་ཐོགས་བཞིན་དུ་འཕུར་ཤུལ་ནས།
བརྩེ་བའི་བདག་མོས་འཁྲིང་ཞེན་དང་སེམས་ཁྲལ་སྣ་ཚོགས།
ལྷུང་ཁར་བཏེགས་པའི་སེམས་པ་དམར་པོ་དེ་ཡིན་ལ།
གཉིང་མཐའ་མི་མངོན་པའི་འཚོ་བའི་འཇིངས་སུ།
བུ་ཕྲུག་ཚོར་རང་རང་གི་གཡོར་གྲུ་རྡུང་རྡུང་རེ་ཡོད་སྲིད་ཀྱང་།
བསིལ་ལྷུང་གི་གཡབ་མོས་དབང་གིས།
རྒྱུ་འབྲས་དང་གནས་ལུགས་ལ།
འགལ་བའི་ཉེས་པའང་བཟོ་སྲིད།
དེ་འདྲ་ཡིན་ཀྱང་།
བརྩེ་བའི་བདག་མོ་དེས།

ཁྱེད་ཀྱི་རྣམ་ཤེས་ཀྱི་ནག་ཉེས་ཡོད་ཚད་རང་གི་བྱུས་ནས།
མནར་གཅོད་དེ་དག་ལ་ཚད་ལས་འདས་པའི་བཟོད་སྒོམ་དང་ཀུ་ཡངས་བྱ་རོགས།

བུ་ཕྲུག་ཚོའི་འཛུམ་མདངས་དང་བདེ་སྐྱིད་ཀྱི་སྒྲོང་ན།
བརྩེ་བའི་བདག་མོ་དེའི་སྨྲ་ལོའི་ཁ་དོག་སེ་པོར་གྱུར་ཡོད་ལ།
དཔྲལ་མདུན་དང་མིག་ཟུར་གང་ཙུང་ན།
གཉེར་རིས་ཀྱི་མདུད་པའི་དམ་དུ་བཅིངས་ཤིང་།
ཐ་ན་ཨོལ་མདུད་ཀྱི་སྐྱི་མོའང་ལྷོད་པོར་གྱུར་ཡོད་དུས།
ཁྱེད་ཀྱིས་ད་གཟོད་ཅི་ཞིག་དྲན་པ་ལྟར་སེམས་གསོ་ལྟ་བུ་ཞིག་བྱེད་སྲིད་ཀྱང་།
འགྱོད་གདུང་དང་ཕངས་སེམས་མེད་པར།
རང་གི་བུ་ཕྲུག་དང་ཚ་བོ་ཚ་མོ་ཚོགས་ལ།
ལྷང་མདོག་གི་ཚེ་སྲོག་རྒྱུང་རྒྱུང་ཕུལ་ནས།
ཆེས་མཐའ་མཇུག་གི་ཚེ་སྲོག་ཧ་ཊ་འདྲ་བོའང་།
དགྱེས་བཞིན་དགྱེས་བཞིན་བསྐྱལ་བའི་བརྩེ་བའི་བདག་མོ་དེ་ཡིན།

གནམ་གྱི་ཕྱེད་ཀ་འདེགས་པའི་གྲུད་མི་དེ་སུ་ཡིན།

བཙན་པོ་འཁོར་གྱིས་བཞེངས་པའི་རྒྱལ་རབས་དེ་བསམ་ནས། །
ལོ་རྒྱུས་དེབ་ཏུ་འཁོད་པའི་འབྲུག་ཁྲིས་ལ་བལྟས་ཆེ། །
སྲིད་བརྟན་ལོངས་སྤྱོད་རྒྱས་པའི་གདུངས་འདེགས་ཀྱི་ཀ་བ། །
འགྲོ་བཟའ་ཁྲི་མ་ལོད་དེའི་བློ་གྲོས་རང་མིན་ནམ། །

ཆོས་ཁྲིམས་གཙང་མ་གངས་ཅན་བོད་ཡུལ་དུ་སྤེལ་དུས། །
རྒྱ་ཆོས་བོད་ལ་བསྒྱུར་མཁན་མང་པོ་རང་ཡོད་ཀྱང་། །
བོད་ཆོས་གསར་ཏུ་གཏོད་ནས་གཞན་ཡུལ་ལ་སྤེལ་མཁན། །
མ་ཅིག་ལབ་ཀྱི་སྒྲོན་མའི་གཟི་མདངས་རང་མིན་ནམ། །

སངས་རྒྱས་སྟོང་སྐུ་བྱོན་པའི་རྣམ་ཐར་རེ་ཡོད་ཀྱང་། །
ཚེ་གཅིག་ལུས་གཅིག་སངས་རྒྱས་གོ་འཕང་དེ་ཐོབ་མཁན། །
རྗེ་བཙུན་མི་ལའི་ངེས་འབྱུང་སྐྱེས་ཡུལ་གྱི་གཞི་མ། །
མ་ཡུམ་མྱུང་ཚའི་ཁོག་དཔུང་ལ་རྒྱུ་དེ་མིན་ནམ། །

དཔའ་བོའི་གད་བརྒྱངས་བསྒྲོགས་ནས་དམར་འཛིང་རེ་བྱེད་དུས། །
སུམ་ཉིས་ས་ཡི་དཀྱིལ་འཁོར་རིས་གཟུགས་སུ་ཕབ་ནས། །
གསོལ་སྐྱེམས་མངར་མོ་རྒྱལ་ཁའི་ཞལ་ཟུར་ནས་འཛོམ་སྐབས། །
གནམ་གྱི་ཕྱེད་ཀ་འདེགས་པའི་གྱད་མི་དེ་སུ་ཡིན། །

སྨུན་པའི་གློང་ནས་ཤ་འོད་ཤག་ཤག་ཏུ་རྒྱུགས་ནས། །
ཟླ་བའི་འོད་མདངས་སྤྲིན་ནག་ཕུང་པོ་ཡི་བསྒྲིབས་དུས། །
འོ་མའི་བཙུད་དང་བརྩེ་བའི་དྲོད་འཁོལ་རང་སྨིན་མཁན། །
གནམ་གྱི་ཕྱེད་ཀ་འདེགས་པའི་གྱད་མི་དེ་སུ་ཡིན། །

ཨ་ཕོ་ལུག་རྫིའི་དཀའ་སྡུག་ཐོད་ནག་གི་མདུད་པ། །
བུ་ཆུང་སྐབས་ལུག་ལེ་ལོ་རྣམ་གཡེང་ལ་འཁོར་དུས། །
སྦྲ་ནག་གྲུ་བཞི་སྐྱིད་པའི་གཡང་རྟེན་དུ་འགྱུར་མཁན། །
གནམ་གྱི་ཕྱེད་ཀ་འདེགས་པའི་གྱད་མི་དེ་སུ་ཡིན། །

རྨོན་དོར་རྗེས་སུ་རྟུལ་ཆུ་ཁྲོམ་ཁྲོམ་དུ་བཞུར་ནས། །
ལྷུགས་ཁེམ་འཛེར་གྱིས་ས་བརྐོ་རྡོ་བསློགས་རེ་བྱས་ཀྱང་། །
དེ་ཡི་ཞོར་ལ་ཞིམ་མངར་བཟའ་བཏུང་རེ་འདྲེན་མཁན། །
གནམ་གྱི་ཕྱེད་ཀ་འདེགས་པའི་གྱད་མི་དེ་སུ་ཡིན། །

བཙན་གཏམ་ཚོད་མེད་མདུན་ནས་སྤྱོབས་སེམས་ཀྱི་འགྲེང་ལ།།
ཉམ་ཆུང་ནུས་མེད་གྲས་ལ་སྙིང་རྗེ་རེ་སྐོམ་ཞོར།།
སྤྱི་ཁའི་བཙན་རྫོང་སྟུག་པོ་ཡང་ཚོ་ཡི་བཀྱལ་མཁན།།
གནམ་གྱི་ཁྱེད་ཀ་འདེགས་པའི་བྱུད་མེ་དེ་སུ་ཡིན།།

ཤེས་རབ་སྒྲིག་མོའི་འཛུམ་ཞལ་ས་གཞི་ལ་འགྲོས་ནས།།
མི་བུ་སྟོང་གིས་རིག་པའི་ཅང་ཤེས་ལ་བཅིབས་བཞིན།།
གངས་ལྗོངས་ས་ལའི་ཡུལ་ལ་སྲི་ཞུ་རེ་བསྒྲིབས་དུས།།
གནམ་གྱི་ཁྱེད་ཀ་འདེགས་པའི་བྱུད་མེ་དེ་སུ་ཡིན།།

ཨ་མའི་རེ་སྐོན།

——བུ་མོའི་མཚོལ་སྟོན་ལ་ཕུལ།

མ་ལོའི་འཛུམ་གོང་ན་འཁྱིལ་བའི་འོད་ཀྱི་ཟེགས་མ།
ཕ་ལོའི་བྲང་གཞུང་ན་རྩེན་པའི་ཟླ་བའི་ཐིག་ལེ།
ལོ་གསུམ་ཁ་ལ་ཡར་ཡར་འབུད་དུས།
སྤྱི་བོའི་གསོལ་འདེབས་དང་སྨོན་ལམ་བརྒྱབ་ཐེས།
རྩོ་རྩོའི་ཁ་གཡང་དང་རེ་སྐོན་བསྐུར་ཐེས།
གནག་སྟུམ་གྱི་སྐྲ་ལོའི་ཉག་མ་རེ་རེ།
གཡང་དཀར་བལ་འཇམ་གྱི་གོང་བུར་བསྒྲིལ་ནས་རྒྱབ་ལ་བརྟེགས་ཚུལ་དེ།
བུ་མོའི་མཚོལ་སྐྲ་བླངས་པའི་རྟེན་འབྲེལ་ཡིན་ལ།
བུ་མོ་ཁྱེད་ཀྱི་མི་ཚེ་འདི་ཡི་ཚོག་དང་པོ་ཡིན།

གོས་ཚར་གྱི་ལྷ་བ་འཁོར་མོའི་དབུས་ན།
འཛུམ་དཀར་གྱིས་རྩེན་པའི་ཐང་ཆུང་ལག་ཆུང་།

ཚེ་སྲོག་ཞིག་གི་སྙིག་ཉམས་དོད་སྣངས་ཡིན་ན།
ཕ་མ་གཉིས་ཀྱི་སེམས་སྲུང་ཅི་ལ་མིན་འདང་།

ཁྲིམས་མི་ལྡན་འཛོམས་ཀྱི་དགའ་སྐྱོའི་དགོད་སྒྲ་འདི།
ནང་མི་སྤུན་ཟླ་ཡི་བཀྲ་ཤིས་ཞུ་ཚུལ་འདི།
ཁྱེད་ལ་ཤེས་རིག་གི་ཕྱུག་པའི་སྨོན་འདུན་ཡིན་ལ།
ཁྱེད་ལ་དཔའ་སྟོབས་གཉིས་འཛོམས་པའི་རྟེན་འབྲེལ་ཡང་ཡིན།

བུ་མོ་ཆུང་ཆུང་ཚེ་རིང་དཔལ་སྒྲོན།
ཁྱེད་རང་ད་དུང་ཆུང་དྲགས་པས།
ཨ་མའི་ངག་ཀྱང་འཁྲོལ་དཀའ་ནའང་།
ཅིས་ཀྱང་བདེ་ཐང་དང་འཚར་ལོངས་བྱུང་དགོས།
ཅིས་ཀྱང་དགོད་སྒྲའི་ཁྲོད་ནས་ནར་སོན་དགོས།

༢༠༡༥ལོའི་རྒྱ་ལོའི་ཚེས༢ཉིན།

ཐབ་ཚང་།

ཐབ་ཚང་ནང་ན། དུས་ཚིགས་ཀྱི་དབྱེ་བ་མེད་པར།
དཀར་ཡོལ་དང་ཐོམ་བུའི་ཁྲོག་སྒྲ་སྣ་ཚོགས།
ལེ་འདའ་དང་འཁང་ར་ཅི་ཡང་མེད་པར་འཁྱིལ་ནས་བསྡད་ཡོད།
ཐབ་ཚང་ནང་ན། ལང་ཚོ་ལ་དར་རྒུད་མེད་པར།
ཆུ་སྣོག་གཡེར་གསུམ་དང་རྫོར་ཅན་རྫོར་མེད་ཀྱི་གདམས་གསེས་མང་པོ།
སྲེད་ཆགས་ཞེན་ལོག་གི་འགྱུར་བ་ལ་སེམ་ཡོད།
ཐབ་ཚང་ནང་ན། བར་སྐབས་མང་པོ་ཞིག་ལ།
བུ་དང་བུ་མོས་མ་ཡི་སྙིང་པར་འཐམས་ནས།
ཨ་མ་འཐོད་པའི་དབྱངས་ར�་ཟས་ཀྱི་རོ་དང་དྲི་ལ་ཐིམ་ཡོད།

ཐབ་ཚང་ནང་ན། དགའ་སྐྱོ་ལ་ཁྱད་པར་མེད་པར།
ཐུག་པ་དང་བག་ལེབ་ཀྱི་ཕྱེ་དྲི་མངར་མོ།
ཁ་ཁུ་སིམ་མེར་ཀ་གདུང་གི་ངོས་ལ་འབྱར་ཡོད།

ཐབ་ཚང་ནང་ན། མ་ཡུམ་ཞིག་གི་སེམས་གཏམ་རྫོན་མོ།
ལག་པའི་ལྡེམ་ཤུགས་དང་རྐང་པའི་འགྲོས་ཀྱི་བར་ན།
སྒྲོལ་མའི་སྐྱོད་དབྱངས་དང་སྦྱོངས་ནས།
ཐབ་ཀའི་ངོས་ལ་འབྱུར་ཡོད། སྣ་ངའི་མཐིལ་ལ་ཐིམ་ཡོད།

ཐབ་ཚང་ནང་ན། ཨོང་བའི་མེ་དམར་ལྡབ་ལྡབ་མཆེད་དུས།
རྫོད་ཀྱིས་གཞིབས་པའི་བཟའ་མི་གང་བོས།
མིག་ཟུང་ཨ་མར་རེ་ཡོད། ལག་ཟུང་ཨ་མར་གཟེད་ཡོད།
སྨྲ་བ་ཞུང་བའི་ཐབ་ཚང་གི་བདག་མོས།
མཚམས་རེར་མགོ་ནག་སྐྱིད་སྡུག་གནམ་གྱི་ལག
གོ་ཁ་རྫོན་པོ་རང་གི་ལག་ཡིན་ཟེར།

ཐབ་ཚང་ནང་ན། སོས་དལ་མེད་པའི་གཟུགས་རིས་ཤིག་གིས།
བསྐྱུར་ཟློས་ཀྱི་ཟློས་གར་རིང་མོ་ཞིག
ཉིན་དང་མཚན་ལ་བསྟུད་ཡོད། ལོ་དང་ཟླ་བར་མཐུད་ཡོད།
སེམས་དང་བསམ་པ་ཕུལ་ཡོད། ལོ་དང་ལང་ཚོ་སྦྱིན་ཡོད།

ཐབ་ཚང་ནང་ན། སེམས་པ་ལྷོད་ལ་བབས་པའི་ངོ་གདོང་ཤིག་གིས།
དུས་དང་ལོ་ཟླ་རྒྱང་ནས་རྒྱང་དུ་བཞུད་ཀྱང་།
མི་ཚེ་ཤིག་གི་གོ་རིམ་ཐབ་ཀའི་འགྲམ་ནས་བསྐྱལ་ཡོད།

ཐབ་ཚང་ནང་ན། མི་རབས་ཤིག་གི་སྐྱེ་རབས་བཞིངས་ཡོད།
ཐབ་ཚང་ནང་ན། ཁྱིམ་རྒྱུད་ཞིག་གི་དར་རྒྱུད་བྲིས་ཡོད།
ཐབ་ཚང་ནང་ན། འཚོར་བའི་ཇོ་བོ་གསལ་བོར་བསྒྲུབ་ཡོད།
ཐབ་ཚང་ནང་ན། སྨན་ཤར་ཞིག་གི་ལས་དབང་སེམ་ཡོད།

དྲན་པ་འདི།

མེ་ཏོག་གི་འཛུམ་རིས་འདི་མཐོང་ཐེངས་རེ་རེར།
སེལ་ཏོག་སྨིན་འདྲའི་ཞལ་རས་ཆུང་ཆུང་ཞིག
རྒྱང་རིང་གི་གྲོང་ཚོ་ཞིག་ན།
གོམ་པ་འཁྱར་འཁྱོར་ཞིག་སྤོ་ཚུལ་བསམ་ན།
སྐད་ཆ་ལྷབ་ལྷིབ་ཅིག་སྨྲ་ཚུལ་དྲན་ན།
དྲན་པའི་རྒྱུད་སྐུད་ཀྱི་སྣེ་མོར།
སྐྱོ་བའི་དབྱངས་ཧ་ཞིག་འཁྱིལ་ཡོང་།

གནམ་གཤིས་འདིའི་དྲོ་གྲང་བརྗེས་ཐེངས་རེ་རེར།
ཆུ་ཤེལ་འདྲ་བའི་མིག་ཟུང་ཆུང་ཆུང་དེ།
རི་ཀླུང་གི་སྨུག་པའི་གསེབ་ན།
འབྲིང་ཞེན་གྱི་གཡོ་བར་བསམ་ན།
ཁེར་རྐྱང་གི་དགོད་ཚུལ་དྲན་ན།
བྱེའུ་མ་གཤོག་ཐོགས་ཀྱི་སེམས་པ།
སྡེ་ཆུང་འདབས་ཀྱི་སྟོང་མགོར་བབས་ཡོད།

ཟིལ་ཆར་ཤིག་ལྷོད་ཀྱིས་འབབ་ཐེངས་རེ་རེར།
མེ་ཏོག་བཞད་འདྲའི་གཟུགས་རིས་སྙིང་རྗེ་ཞིག
ཁ་ཐག་རིང་བའི་སྟེ་སྐྱུང་ཁྲོད་ན།
ཆར་རྒྱུའི་ལྷན་ལྷིན་གྱིས་གཡོགས་པ་བསམ་ན།
ཉེ་འོད་ལམ་ལམ་གྱིས་བསྐྱངས་པ་དྲན་ན།
མ་སེམས་བུ་ཐོགས་ཀྱི་དྲན་པ།
ལྷས་རའི་དཀྱིལ་གྱི་དར་ལྕོག་ལ་འཁྱིལ་ཡོད།

༢༠༡༥ལོའི་ཟླ་༩པའི་ཚེས་༢༩ཉིན།

སེམས་འཁྲིང་།

སྨྲ་བ་ཁྲུ་སིམ་མེར་འཇགས་དུས།
སེམས་པ་ལྷོད་ཤིག་གེར་གནས་ཡོད།
དུང་བ་གཉོམ་པོ་གཉོམ་པོ་ཞིག་གིས།
ང་ཚོ་རྒྱང་རིང་རྒྱང་རིང་ཞིག་ལ་འཁྲིད་ཚར་འདུག

མོ་ལོ་ཉི་ཤུའི་དབྱར་གཞུང་གི་གསེབ་ནས།
ཁྱེ་ཅག་གི་དགོད་སྒྲ་དང་ཀུ་རེ་མ་ལུས།
ཡང་ཚོ་དང་སྐྱི་ལམ་རེ་རེ།
ཉི་འོག་ནས་ཊྲས་ཤིང་མཚན་ལྗོངས་ནས་ཏུམ་སྒྲོང་ཨང་།

རྫུ་བག་གིས་མ་གཡོགས་པའི་ལོ་ན་དེ་དག་ལ།
ཁྱེ་ཅག་སྐྱིད་ཚལ་ཁྲོད་ཀྱི་བྱུང་བ་ཇི་བཞིན།
རྒྱུ་སྐར་དབུས་ཀྱི་ཟླ་བ་ཇི་བཞིན།
མཛེས་སྡུག་གི་ཡུལ་ལྗོངས་སྟུམ་པོ་དེ་ཡིན།

གོམ་པ་འཚབ་འཚུབ་དང་སྡོ་དུས།

ཞེ་འདང་སྙིང་སྙིག་གེར་བལྟམས་དུས་ཤིག་ཡིན།

བརྩེ་བ་ཟབ་མོ་ཟབ་མོ་ཞིག་བསྡམས་ནས།

ང་ཚོ་ཐག་རིང་ཐག་རིང་ཤིག་ལ་བཞུད་ཚར་འདུག

མོ་ལོ་སུམ་ཅུའི་སྙིང་འཛིགས་ཀྱི་ཁྲོད་ནས།

བསམས་གཞིགས་དང་གདམས་གསེས་རེ་རེ།

རང་དབང་དང་འགལ་ཟླ་མ་ལུས།

གདོང་ཐུག་ཁྲོད་འབུས་ཤིང་བཟོད་སྒོམ་ཁྲོད་ཞུ་དགོས་པ་མིན་ནམ།

ཚུལ་འཚོས་ཀྱི་དྲི་མ་གོས་པའི་ལོ་ཟླ་འདི་དག་ལ།

རྨི་ལམ་རྨི་ལམ་ཟེར་ནས་ཧེ་འདེབས་མཁན་ཨེ་ཡོད།

ཡང་ཚོ་ཡང་ཚོ་ཟེར་ནས་ཞེ་འཁྲེང་མཁན་ཨེ་ཡོད།

འཚོ་བས་ང་ཚོ་བཟི་རུ་བཅུག་ན་ཚོག

སྨྱོས་སུ་བཅུག་ཀྱང་རུང་།

སྐྱུར་མ་ཐུབ་པའི་ཡང་ཚོའི་གཟུངས་ཐག་དེ།

ང་ཚོས་སྔར་བཞིན་རྨི་ལམ་གྱིས་མཐུད་དགོས་ལ།

གཏོང་མ་ཐོད་པའི་རེ་སྨུག་གི་ལོ་ཟླ་དེ་དག

ང་ཚོས་སྔར་བཞིན་དཀའ་སྡུག་གིས་བགྲོད་དགོས་པས།

གླུ་གཞས་སང་སེང་དུ་ཐོངས་ཤོག

སེམས་གདམ་ལྷུག་ལྷུག་ཏུ་སྤྲོས་ཤོག

༢༠༡༥ལོའི་ཟླ་༦པའི་ཚེས་༤ཉིན།

དྲུག་གཅིག་གི་ལེགས་སྐྱེས།

ཨ་མའི་ལོ་ལོ། ཁྱེད་འཛིག་རྟེན་ལ་སླེབས་ནས་ཉིན་ཞག་བདུན་བརྒྱ་ལྷག་ཙམ་ཡིན།
ཕྱིར་འདང་རེ་རྒྱབ་ན་དེ་ཡང་སྐད་ཅིག་སྐད་ཅིག་ཉིད་རེད།
ཁྱེད་ཀྱི་ཚེ་སྲོག་གིས་ང་ལ་སྦྱིན་པའི་བདེ་སྐྱིད་ཐ་དག
ངས་མི་ཡུལ་འདི་ནས་རྙེད་པའི་ཆེས་དྭངས་གཙང་གི་བརྩེ་བ་ཁོ་ན་ཡིན།

ཨ་མའི་ལོ་ལོ། ད་ལྟ་ཁྱེད་རང་ཕ་ཡུལ་ལུང་པ་ན་ཡོད།
ཁྱེད་རང་རྩེ་དགའ་ཡིས་གཏམས་ཡོད་པར་སྣོན་པ་ཡང་ཡང་རྒྱུག་བཞིན་ཡོད།
དྲུག་གཅིག་གི་ཉིན་མོ་འདི་ལ།
ངས་བརྗོད་འདོད་ཀྱི་སྐད་ཆ་མགོ་ཟ་མི་ཚང་བ་མང་པོ་འཚངས་འོང་གི་འདུག་མོད།
སྐད་ཆ་ཚིག་གཅིག་བཤད་ན།
ངས་ཁྱེད་རང་ཡང་ཡང་དྲན་བཞིན་ཡོད། ཨ་མའི་ལོ་ལོ།

ཨ་མའི་ལོ་ལོ། འདུར་རྒྱུག་ལ་བྲེལ་བའི་འཚོ་བའི་གློང་ནས།
ཁྱེད་ཀྱིས་ཨ་མ་ཞེས་འབོད་པའི་སྐད་ངག་གཉོམ་པོས།

ངས་ཡོད་ཚད་མཐའ་རུ་སྐྱུགས་ནས་ཁྱེད་རང་པང་ལ་ཞེན་འདོད་ཀྱང་།
ཞུ་ཚང་གི་འཚོ་བ་ད་སོ་མ་འགོ་བརྩམས་པ་ཡིན་པས།
ང་ད་དུང་མུ་མཐུད་ནས་ལམ་ལ་ཆས་དགོས་བྱུང་ཡོད།
དེ་བས་དུག་གཅིག་གི་ཉིན་མོ་འདི་ལ།
ངས་ཁྱེད་ལ་བཅངས་པའི་འདུན་པ་ཡོད་ཚུལ།
ཡི་གེར་བཀྲུས་ནས་སྐྱེས་སུ་བཏེགས་སྟེ་དྲན་རྟེན་དུ་འཇོག་འདོད།

ཨ་མའི་ལོ་ལོ། ཁྱེད་ཀྱིས་ད་དུང་དུག་གཅིག་བྱིས་པའི་དུས་ཆེན་རྟོགས་ཐུབ་མེད་ཀྱང་།
ཨ་མས་ཁྱེད་ལ་དལ་མོར་བརྗོད་ངེས།
གོམ་པ་ག་ལེར་སྤོས་དང་སྐད་ཆ་ཡུན་གྱིས་ཤོད་དང་།
དུག་གཅིག་ལ་རོལ་དུས་དཔེ་ཁྲུག་རྒྱབ་ལ་འཁྱེར་དུས་ཡིན།
ཁྱེར་པོ་ཕྲུག་ལ་ཞེན་དུས་ཡིན།

ཨ་མའི་བུ་མོ་ལོ་ལོ། དུག་གཅིག་དུས་ཆེན་གྱི་ཡོ་ལང་རྣམ་པར་རྒྱས་ཚུལ།
བྱིས་པའི་དགའ་མགུ་དང་སྤྲོ་དགས་གནམ་ས་གཡོ་ཚུལ།
ཞུ་མ་བུ་ཚ་བོས་ཡུན་གྱིས་ལོངས་སུ་སྤྱོད་ཨང་།
ད་ལོའི་དུག་གཅིག་གི་ཉིན་མོར།
ཨ་མའི་ལུས་པོ་ཁྱེད་དང་མཉམ་དུ་མེད་ཀྱང་།
ཨ་མའི་སེམས་པ་ནམ་ཡང་ཁྱེད་ཀྱི་གམ་དུ་ཐོན་ཡོད།

ཨ་མའི་ལོ་ལོ། ཁྱེད་དང་ཁྱེད་འདྲ་བའི།

མི་རྟོག་བཞིན་མཛེས་ཤིང་སྨུག་པའི་འཛམ་གླིང་བྱིས་པ་རྣམས་ལ།

ཚེ་རིང་ནད་མེད་ཡོང་བའི་སྨོན་ལམ་འདེབས།

རྟེན་འབྲེལ་ཞུ།

༢༠༡༥ལོའི་ཟླ༥པའི་ཚེས༡༠ཉིན།

ཀླུ་ཡི་ཡ། ཡ་མ་ཡ་ཡོ་ཏི་ཁུ་ཁྲུ།

ཞིང་གྲོང་གི་དབྱངས་རྟ།

སྙན་ངག་ལྷ་བུའི་དཔྱིད་ཀའི་འཛུམ་རིས་དེ།
ལྗོང་མདོག་གི་ལོ་མའི་གསེབ་ནས།
ཁྲུ་སིམ་མེར་ལྷབ་ལྷབ་པོར་འབུས་ཡོང་དུས།
མགོ་དཀྲིས་སྒྲོ་དམར་མནབས་པའི་ཨ་ཅེ་ཚོའི་གོམ་འགྲོས་དལ་མོ།
ཞིང་ཁའི་ཐང་མའི་བར་ན།
ཐབ་ཀ་གྲུ་བཞིའི་འགྲམ་ན།
དལ་བཞིན་བྲེལ་བཞིན།
ཞིང་ས་གཤིན་པོའི་ཡང་ཚེ་སྔོན་མོ་དེ།
འབྲུ་རིགས་སྣ་ལྔ་འཚར་ལོངས་བྱུང་ས་དང་།
སྒོ་ཕྱུགས་གཡང་གི་འཕེལ་ཁ་དར་ས་ཡིན།
ལྷོས་དང་། ལྕེམ་ཤུར་ལེར། སྤོ་ལྗོང་སེ།
གྲོ་ནས་ཀྱི་འདབ་མ་རེ་རེ།
ཅི་འདྲའི་མཛེས་ཨང་།
ཕྲག་དོག་དང་ཞེ་སྡང་གཡུག་ཞོག
ཚུལ་འཆོས་དང་ཟོལ་བཅོས་སྐྱུར་ལ།

ད་དུང་འགྲན་རྩོད་ཀྱང་རེ་ཞིག་གུ་ཡངས་ལ་ཐོངས་ཤིག

ཁ་རོག་གེར། དལ་གྱིས་འགྲུལ་བཞིན་པའི་ལོ་མ་རེ་རེར་ལྟོས་དང་།

དེ་ན་སེམས་པ་ཞིག་ལུས་ཀྱིན་ཡོད།

རྨི་ལམ་ཞིག་འབུས་བཞིན་ཡོད།

ང་རང་གང་ནས་འོང་།

ང་རང་སིལ་ཏོག་གི་ཞིམ་མངར་ཁྲོད་དང་།
མཛེས་སྡུག་གི་མེ་ཏོག་སེར་ཆེན།
ད་དུང་ཕྱེ་ལེབ་ཀྱིས་གར་སྟངས་བསྒྱུར་ས་དང་།
ཁྲིས་པ་ཚོ་ཆ་རྫེའུ་བརྩེ་ས་ནས་འོང་།

ང་རང་དགེ་རྒན་གྱི་ཐལ་ལྷག་ཁྲོད།
གཞན་རིགས་ལ་སྐྲག་སྣང་སྐྱེས་བཞིན།
རང་ཉིད་ཀྱིས་མི་ཐེག་པའི་ཁུར་པོ་འཁུར་ནས།
ཁ་བ་མོད་ལ་གྲང་ངར་ཆེ་ས་ནས་སླེབས།

ང་རང་ཨ་མས་བསྐུལ་བའི་བསླབ་བྱ་དང་།
ཨ་ཕའི་འཛིགས་རུང་གི་གནའ་གཏམ་རེ་རེ།
ད་དུང་ཨ་ཞྱེས་ཀྱིས་ཕྲེང་རྡོག་འདྲེན་བཞིན།
གསོལ་འདེབས་ཀྱི་ཐལ་མོ་སྙིང་གར་སྦྱོར་དུས་སླེབས།

ང་རང་གོས་རྒྱལ་རྙིང་ཆད་ཡང་ཡང་གྱོན་ཡང་།
འཛུམ་མདངས་དང་སྨ་རྒྱ་གདོང་ནས་མངོན་བཞིན།
རེ་བའི་མིག་ཟུང་རི་བོའི་ཕ་རོལ་དུ་སྐོར་ས་ནས་འོང་།

ལམ་བུ་ཇི་འདྲའི་རྒྱབ་ནའང་།
ཁྱུར་བོ་ཇི་འདྲའི་ལྡིང་ན་ཡང་།
རང་གི་རྐང་པ་འཁྱག་ཧྲོ་དེ།
རང་གི་ཁ་རླངས་ཀྱིས་བསྲོས་ཏེ།
སྔར་བཞིན་འགག་འདོག་པའི་ལམ་ཕྲན་བརྒྱུད་དེ་འོང་།

རང་སློ་རང་ལ་གསལ་བ་ཇི་བཞིན།
རང་ཉིད་འོང་སའི་གནས་མལ་དེ་ནམ་ཡང་བརྗེད་མི་ཐུབ་ཨང་།

དུ་སྦྲིན་གསེབ་ཀྱི་ཊ་སྡེ།

ས་རྩལ་འདྲེས་པའི་རྐང་ལམ་ཕྲ་མོ་གོམས་པས་འཇལ་ཐེངས་རེ་ནི།
སེམས་པ་ལྷོད་ནས་མི་ཡུལ་གྱི་རྡོལ་འཁོལ་སྒྱོང་སྐངས་རེ་ཡིན་ལ།
དཀའ་བའི་ལས་ལ་བརྣགས་ཀྱང་ངོ་གདོང་འཛུམ་གྱིས་བསུ་བའི་ཕ་རོལ་ན།
ངའི་ནང་མི་སྤུན་ཟླ་དག་ཡོད་ལ།
ད་དུང་ཁ་ངོ་སའི་དྲེགས་དང་ལག་མགོར་སག་རིས་ཕབ་པའི་ངའི་ཚ་བོ་དང་ཚ་མོའི་ཚོགས།
ད་དུང་འགྱུལ་མེད་དུ་གནས་པའི་དུ་སྦྲིན་ཁྲོད་ཀྱི་ཊ་སྡེ་ཕྲ་མོ།
ཡོད་ཚད་སྤར་ལྷར་དུས་ཚོད་ཀྱི་མཆེ་བར་ན་འདུར་བཞིན་འཛིག །
སྣོ་ཁྲིམ་རེ་རེ་ན།
དར་ལྷོག་རླུང་གིས་ཐག་ཐག་ཏུ་གཡུག་ཅིང་།
དུ་བ་ཤུགས་ཀྱིས་ཡང་ཡང་དཀྱུང་ལ་སྐྱོམ།
ལྷོད་ཀྱི་ལེར་གནས་པའི་ངའི་ཕ་ས་གསེར་གྱི་གཞུང་བ་འདིས།
སྡེ་གསར་གན་གི་གསར་འགྱུར་ཐོས་བཞིན་ཡོད་དམ།
སྣོ་ཕྱི་ནང་གི་ལས་ལ་བྲེལ་བའི་མ་སྤྱུ་ཚོ་དང་།
ཁྲིམ་འཚོ་བའི་རྩུས་ལ་མཁས་པའི་སྐྱག་ཤར་ཚོས།
ཧ་ཧ་ཧོ་ཧོ་ཁྲོད་ནས་ཁ་ཟས་ལ་རོལ་ཅིང་།

ཁ་བརྙོན་སྨོན་ལམ་ཁྲོད་ནས་ཞོགས་པ་རེ་བསུ་དུས།

འཚོ་བ་འདིའི་ཡང་སྙིང་ཡང་འདི་ལས་གཞན་ཅི་ཞིག་ཡོད་དམ།

དགུང་ཕྱི་རྡོས་རྩ་ཙུབ་དུས།

ལུ་གུའི་འབའ་སྒྲ་དང་བྱིས་པའི་ངུ་སྒྲའི་ཁྲོད།

དུ་སྤྲིན་གསེབ་ཀྱི་ཙུ་སྟེ་ཕྲ་མོ་དེ།

ཨ་ཐང་ཆད་པའི་ལུག་རྫི་དེ་བཞིན།

རྨི་ལམ་གྱི་ཞིང་ཁམས་འགྲིམས་ཀྱང་།

གཉེར་རིས་ཀྱི་ཐོད་མདུད་དེ་སྟར་བཞིན་དམ་དུ་བཅིངས་འདུག

སྐར་ཆེམ་འོག་གི་མཚན་མོ།

གྲོང་ཁྱེར་ནས་སྨུན་པ་རུབ་ཐེངས་རེ་ལ།

སྨུན་སྣང་དང་ཁེར་རྐྱང་བསྡམས་འོང་ལ།

པ་ཡུལ་གྱི་མཚན་མོས་སྨུན་པ་གོས་སུ་བགྱུབས་ཀྱང་།

མཐོངས་སུ་དཔྱངས་པའི་སྐར་ཆེམ་གྱི་མགུལ་རྒྱན་སྣ་ཚོགས།

རེས་གསལ་རེས་མོག་གི་ངའི་དྲན་པ་ཅི་བཞིན།

རྫོགས་མཐའ་བྲལ་བའི་མཚར་སྣང་གི་སྟེ་མོ་རེ་རེ་ནས།

ང་ལ་ལག་གཡབ་བྱེད་ཅིང་འཛུམ་མདངས་མཛོན།

སྐར་མདའ་ཞིག་གསལ་གྱི་ལེར།

མཐོང་སྣང་ཞིག་ནས་རྒྱང་རིང་ལ་ལྷུང་དུས།

རི་བོ་དེ་ཡི་མཐོ་ཚད་དང་།

ཆུ་མོ་དེ་ཡི་གཏིང་ཚད།

ངས་ད་དུང་ལོ་ཟླ་ག་ཚོད་ལ་གཞལ་དགོས་སམ།

སྐར་མ་སྨིན་དྲུག་དང་བྱང་གི་སྐར་མ་ཨ་བརྟན།

ད་དུང་མིང་མི་ཐོགས་ལ་བགྲང་གིས་མི་ལངས་པའི།

ངའི་མགོ་ཐོག་གི་སྐར་ཆེམ་ཕྲ་མོ་དག

ཡོད་ཚད་ཅི་ཞིག་ལ་རེ་བའི་འོད་སྣང་ཡིན་ནམ།

ཡང་ན་སུ་ཞིག་གི་ལ་གཞས་ཀྱི་དབྱངས་རྟར་སྨུག་པའི་རྗེང་མ་ཡིན།

དགུང་གི་ལྷ་ཟླ་དཀར་པོ།

སྙིང་འཛགས་ཀྱི་སྔོ་ཁྱིམ་གྲུ་བཞིའི་བར་ནས།
གཉོམ་དུང་ངེར་འབབ་པའི་ལུ་གུ་དང་སྔོ་ཁྱིའི་ཟུག་སྐད་འདི་ལས།
ང་ཡི་རྨི་ལམ་དཀྲོགས་མཁན་སུ་ཡང་ཡོད་མི་སྲིད་ཀྱང་།
མཁའ་རུ་འཚེར་བའི་ལྷ་ཟླ་དཀར་པོས།
ངའི་སེམས་ཀྱི་སྒོ་མོ་སྒེའུ་ཁུང་གི་དྲ་མ་བརྒྱུད་དེ།
ཟླ་བ་ལྷ་མོས་རི་བོང་གྲོགས་སུ་བསྟེན་པའི་གཏམ་རྒྱུད་དྲན་ཡོང་ལ།
གོར་ཞིང་ཟླུམ་པའི་ཟླ་བའི་བཞིན་རས་འོག་ནས།
བསིལ་རླུང་གིས་ངོ་གདོང་འཁྱུག་སིབ་སིབ་ཏུ་སྣང་ཡང་།
ཞི་བདེ་དང་འཇམ་ཐང་ཐིང་གི་ལྷས་ར་འདི་ནས།
ཟླ་བའི་གཟུགས་བརྙན་འཚོལ་བ་ང་ཁོ་ན་ཡིན་ནམ།
ཡང་ན་དཀར་གསལ་ཟླ་བའི་འོག་ནས།
མགོ་སྐྲ་གཟེངས་ཤིང་གཟི་མདངས་འཚེར་བའི་རང་ཉིད་རྟེད་སོང་།
བུ་མོ་ཞིག་གིས་ཟླ་བ་ཡར་ངོས་ནས་མར་ངོས་བར།
སུ་ཞིག་ལ་ལོ་གསུམ་དང་ཟླ་གསུམ་ལ་སླུག་སླུག་པའི་གནའ་གཏམ་དག་དྲན་འོང་ན།
བརྩེ་དུང་ལ་ཡིད་གཏད་མེད་པའི་ལོ་ཟླ་འདིར།

ངས་སུ་ཞིག་གི་བྲང་ལ་མགོ་བོ་བཞག་ནས།
ཟྲན་གདུང་དང་བརྩེ་བའི་མཛེས་སྡུག་སྙིང་དགོས་སོང་།
སྙིང་དུ་སྡུག་པའི་དགུང་གི་ཟླ་བ་གཞོན་ནུ་ཡོ་ན།
ངའི་སྙིང་བ་གསོ་བའི་སེམས་ཀྱི་རོགས་པོ་དེ་ཨེ་ཡིན།

རོགས་ཆུང་ལོ་སྡེ་ནས་དྲན་ཚུལ།

སྔོ་ཁའི་ལྷུང་མ་གླིང་མའི་སྟེང་ན།
བྱིའུ་ཆུང་གཉིས་ཀྱི་མགོ་གུག་གུག་ལན་གསུམ་བྱེད་པ་མཐོང་ན།
དུད་འགྲོ་བྱ་ཡི་སྐྱེས་པ་བླངས་ཀྱང་སྣང་བ་ནམ་མཁའི་འཇའ་རེད་བསམ་བྱུང་།
ཟས་རྒྱུན་འབུམ་མཉམ་འཐུ་མཉམ་ཟ་དང་།
དགུང་ནམ་འཕང་གཅོད་པའི་རྗེས་ལ་བསྙེགས་དུས།
ངའི་སྡེ་ཆེན་དཀྱིལ་གྱི་རོགས་ཆུང་ལོ།
ཁྱོས་སྐྱུ་ལུས་སྤར་བཞིན་བདེ་མོ་ཨེ་ཡིན།
བེའུ་ཆུང་ཆུང་ར་རྩེད་ཡང་ཡང་བྱེད་དུས།
ཁ་ཟ་རྒྱུ་རྩ་དང་ལྷུམ་བུ་ཡིན་ཡང་།
ཞེ་སྣང་བ་ཨ་སྔོན་དགུང་རེད་བསམ་བྱུང་།
རྩ་རྩི་ཧྲོག་ཟ་ན་མཉམ་ཟ་དང་།
ཆུ་སྔོན་མོ་འཐུང་ན་མཉམ་འཐུང་བྱེད་དུས།
ས་ཁ་ཐག་རིང་བའི་རོགས་ཆུང་ལོ།
ཁྱོས་སྐྱུ་ཁམས་སྤར་བཞིན་དྭངས་མོ་ཨེ་ཡིན།
བྱིའུ་འཇོལ་མོ་རྒྱ་རྫོང་ནགས་ནས་གྲགས་དུས།

བྱ་ཁྱུ་ལོས་རྒྱ་གར་སྐྱོད་ནས་གོ་རྩུལ་བསམ་ན།
སྡེ་མར་ཁྱུ་འཁྱིལ་འདྲའི་ནང་རོལ་ནས།
འདང་འོ་མ་འདྲ་བའི་རོགས་ཆུང་ལོ།
ཁྱོས་གསུང་སྐད་སྤར་བཞིན་སྙན་མོ་ཨེ་ཡིན།

ཚ་པོ་དང་ལུ་གུ།

ཨ་མའི་པང་ན་ནོར་བུ་བཞིན་ཆགས་ཤིང་།

ཨ་ཐྱིས་སེམས་ན་མེ་ཏོག་བཞིན་འཁྱུངས་པའི།

སྙིང་རྗེ་ལ་ཛེག་འདོད་པའི་ཚ་པོ་ཕྲ་ཚགས་ཁྱོད།

སེམས་དྭངས་མོ་ཆུ་ཤེལ་འདྲ་ལ།

བློ་རྣམ་རིག་མདའ་ལྟར་མྱུར་བའི་ལོ་ཚོད་འདིར།

ཁྱོད་ལ་གཅེས་བསམ་ཀྱང་ཧུ་རུ་འཇུག་དོན།

བསམ་མེད་ཀྱི་ཁྱོད་ལ་བསམ་ཤེས་ཀྱིས་མདུད་པས་བཅིངས་པས་མིན་ནམ།

ད་ནང་རྩེབ་པའི་ལུ་གུ་ཆུང་ཆུང་འདི་ལ།

མ་མོས་འོ་མ་མི་སྟེར་བའི་ཚུགས་ཀ་ཁྱོད་ཀྱིས་མཐོང་དུས།

ཅིས་ཀྱང་འོ་མ་བླུད་དགོས་པའི་ཞུ་ཚུགས་ཡང་ཡང་བྱེད།

གཟུགས་པོང་ཆུང་ལ་སེམས་ཁུར་མེད་པའི་ངོ་གདོང་དེར།

སྐྱོབས་དང་ཤེད་ཀྱི་ཁེངས་པའི་མི་ཆེན་དག་གིས་ཀྱང་།

བསམ་གཞིགས་དང་དྲན་སྐུལ་ག་ཚོད་ཅིག་བགྱི་དགོས་སམ།

ཁྱེད་ཀྱིས་བུ་བོར་རྙོམ་པའི་འབའ་འབའ་ལུ་གུ་དེ།

ཁྱེད་ཀྱི་མཛུབ་གུ་ནུ་བའི་འབའ་འབའ་ལུ་གུ་དེ།

ཁྱེད་ཀྱིས་ཉམ་ཞིང་འོ་ཆུང་ཡང་ཡང་བྱས་ནའང་།

ནམ་ཞིག་གི་ཆུང་རྩེ་ནས་རང་སྒྲོག་བྲལ་དགོས་པ་བསམ་ན།

ངས་ཁྱོད་རང་ནར་མ་སོན་ན་བསམ་ཞིང་།

ངས་ཁྱོད་ཀྱི་བསམ་མ་ཤེས་ན་སྙམ།

འདྲི་ལ་དགའ་བའི་ཚ་བོ་རྣམས་ཁ་ཁྱོད།

ཁྱོད་ལ་ཁྱོད་ཀྱི་མཚར་སྡུག་གི་ཁེངས་པའི་བྱིས་དུས་ཡོད་རྒྱུན།

ད་དུང་ཡ་མཚར་གྱི་མཐོང་སྣང་དག་ལ་རྟོག་བརྟགས་བྱས་ཅིག

ངས་མི་སྡུག་པའི་དངོས་པོ་དེ་དག

མཛེས་པར་སྤྲུལ་ནས་ཁྱེད་རང་བསླུ་བར་མི་འདོད་ཅིང་།

ཡིད་འོང་གི་འདབ་མ་རེ་རེར།

འོལ་ཚོད་ཀྱིས་འུད་སྒྲོག་བྱེད་ག་ལ་ཡོད།

ས་དང་འདམ་གྱིས་པར་ནས།

གཅིས་པའི་འཇུམ་མདངས་ཁྲིད་ནས།

ཡུན་གྱིས་ནར་སོན་ཅིག

བྱིས་དུས་ནི་ད་གཟོད་ཁྱོད་ཕོ་ནར་དབང་བའི་ཆེས་མཛེས་སྡུག་གི་དྲན་ཤིང་ཟབ་མོ་ཡིན།

གྲམ་ཆུའི་ཁ་ནས་བྱིས་དུས་དྲན་སྣང་།

གནའ་ཞིག་ལ་གོམ་ཆུང་གིས་བརྫིས་སྐྱོང་ཞིང་།

རི་གླུས་འཚོས་སྐྱོང་བའི་སྤང་ལྗོངས་སྔོན་མོ་འདིས་པང་ལ་ཡང་བསྐྱུར་ལོག་དུས།

ངའི་སེམས་པ་དྭངས་གཙང་ཆུ་བོར་འདྲེས་ནས།

ངའི་སྣང་བ་ལ་ཁའི་རི་ལ་འགོས་ནས།

སེམས་འགྱུལ་དང་ལྷན་དུ།

སྙིང་བ་དང་མཉམ་དུ།

ལན་བུ་བསྙེས་པའི་བུ་མོ་ཆུང་ཆུང་ཞིག་གིས།

བེའུ་དང་བོང་ཕྲུག་གི་རྗེས་ན།

ན་ཁུགས་དང་མེ་ཏོག་གི་བར་ན།

ད་དུང་རི་སེལ་དམར་པོ་དང་སྐར་གའི་སྡོང་བོའི་ཚལ་ན།

ཆ་རེའུ་བརྩེ་བཞིན ཆུ་རྩེད་བྱེད་ཞོར མེ་ཏོག་འཐུ་བཞིན།

ཕྲུག་ཟློག་གིས་རྩྭ་ཟ་ཚུལ་ལ་མཚར་བའི་ལོ་ཟླ་སྙིང་སྡུག་དེ།

ཡང་ཡང་དྲན་བཞིན་ཡང་ཡང་བསམ།

མི་ལོ་ཉི་ཤུ་འདས་པའི་དེ་རིང་ལ།

ངའི་རྒྱལ་སར་གྱུར་པའི་སྡོང་པོ་དེ་སྐམ་ནས་ཡོད་ཅིང་།

ད་དུང་ལྡོག་ལྡོག་འཁྱུར་བའི་ཆུ་མགོ་དྭངས་མོ་དེ་ཡང་ཤུལ་ཙམ་རེད།

ཐང་མེ་ལོང་འདྲ་བའི་སྤང་གཞོང་དེ་ཡང་།

ལྷགས་ར་སྲ་མོས་བཙོན་དུ་ཡོད་ཅིང་།

རྡོ་ཕ་བོང་རྐས་རྒྱ་མེད་པ་དེ་ཡང་།

སུ་ཚང་གི་གཡང་ཁྱིམ་གྱུ་བཞིའི་རྟེན་དུ་གྱུར་ཡོད་དམ།

ང་རང་དར་ཤུད་སྐྱེགས་སའི་དཀར་སྔོང་སྔོང་གི་ཆབ་རོམ་སྲ་མོ་དག

བཙལ་ཡང་རྙེད་མཐའ་བྲལ་བའི་དག་ཞིང་ལ་སོང་ངམ།

བྱིས་དུས་ཡོད་ཀྱང་གྲམ་པ་མེད་པའི་ངའི་སེམས་ཚོར་འདི།

སྐྱིད་སྡུང་ཡོད་ལ་མིག་ཆུ་སྙིང་བའི་དྲན་ཤིང་རྒྱབ་མོ་རེད།

ཕ་ཡུལ་རྐས་པ་དང་ལྷན་དུ་ང་ཡང་ཤི་བཞིན་པ་ཡིན་ནམ།

ཕྱུག་རོན་ལུང་བའི་བྲག་སྐད་སྤར་ལྷར་མཆེད་ཅིང་།

བྲག་དཀར་མེ་ལོང་བཞིན་རས་སྤར་བཞིན་དྭངས་པ་བསམ་ན།

ལྷང་སྟོང་གི་ཡལ་གར་བརྩེ་བའི་ངའི་རྩེད་རོགས་ཆུང་ཆུང་ཚོ།

སྤར་བཞིན་བདེ་མོ་འཚམ་པོ་ཡིན་ནམ།

དེ་རིང་གྲམ་པའི་ཤུལ་ན།

ཆུ་མགོ་མི་འདུག

བྱིས་པ་མི་འདུག

གླུ་སྐད་ཀྱང་མི་འདུག

ང་ཡི་སྐྱིད་ལ་སྡུག་པའི་གྲམ་པ་ཡ།

ཧུ་སྦྱེ་གཉིས་ཀྱི་ལམ་བར་ནས།

ཆུང་དུས་ཡང་ཡང་བརྒྱུད་པའི་ལམ་ཕྲན་འདི་ནས།
ཁེར་རྐྱང་གི་གོམ་འགྲོས་ཆུང་ཆུང་དང་ལྷན།
ངས་སྐྱི་ལམ་ག་ཚོད་ཅིག་ཡིད་ལ་བརྟགས་ཚུལ་བསམ་ན།
བསམ་མེད་ཀྱི་ང་ལ་ཅི་འདྲའི་འཚར་སྣང་གི་བརྟས་པའི་སང་ཉིན་ཅིག་ཡོད་ཨང་།
དེ་རིང་ལམ་བུ་འདི་སྔར་བཞིན་ཡིན་ཡང་།
སྐྱོ་གདུང་དང་ཡིད་ཆད་བཅས་པའི་སེམས་ཚོར་འདིས།
ངའི་བྱིས་དུས་ཀྱི་སྐྱི་ལམ་ལ་ཐོག་ཐུག་ཡང་ཡང་བཏང་འོང་བས།
དོན་དམ་དུ་རང་ཉིད་གང་ཞིག་ལ་ཆས་ནས་ཅི་ཞིག་ལ་ཐོན་ཡོད་དམ།
སྦྱེ་འདི་གཉིས་ཀྱི་ལམ་བར་འདི།
ངའི་བསམ་གཞིགས་ཀྱི་གཉོམ་ལག་ཀྱུས་ས།
ངའི་སྐྱི་ལམ་ལ་གཤོག་པ་ཐོགས་ས་ཡིན།
བརྗེད་ཟིན་པའི་ལོ་ཟླ་ཞིག་ཡིད་ལ་བརྟགས་ཚུལ་དང་།
ད་དུང་མདུན་དུ་བསྐྱོད་དགོས་པའི་དྲན་སྐྱུལ་ཡང་ཡང་བྱེད་དུས།
བྱིས་དུས་ལས་ཀྱང་ཉམ་ཆུང་བའི་དེ་རིང་གི་ང་ནི།
ཅི་འདྲའི་ནུས་མེད་ཐབས་ཧྲུགས་ཅིག་རེད་ཨང་།

༢༠༡༠ལོའི་ཟླ་༢པའི་ཚེས་༡༨ཉིན་ཧེ་ལོ་སར་ལ་ཕ་ཡུལ་ནས།

ཡང་བསྐྱར་བྱིས་དུས་ལ་སློན་པ།

༡ དགའ་བའི་གླུ།

མི་ཏོག་ལོ་གཅིག་ལོ་གཉིས་གཡུ་སྦྲང་དང་ལྷན་དུ་སྐྱིལ་ཚལ་ནས་ག་ལེར་བཞད།
ཆུ་མོའི་གླུ་སྒྲ་ཤག་ཤག་སྤང་ལྗོངས་སྔོན་མོའི་ངོས་ན་དལ་གྱིས་རྒྱུ།
ཀང་རྗེན་གྱི་ང་ཚོས།
དབྱར་ཁའི་མེ་ཏོག་ཁྲོད།
རེ་ལྷུག་པའི་ཞྭ་མོ་གྱོན་ནས།
ཁེར་རྐྱང་ཏོག་ཙམ་དང་།
རེ་བ་མོད་ཙམ་བསྣམས་ཏེ།
འཇིག་མའི་གླིང་བུ་བུས་པའི་ལོ་རྒྱ་དེ་སྙིང་དུ་སྟུག

དགུན་ཁའི་ཞོགས་ཟེར་གྱི་གློང་ནས།
(དགུན་ཁའི་ཉི་མ་བདག་པོ་ཡོད།
བདག་པོ་མེད་ན་རྟུང་རེས་བྱེད།
ཨ་མ་ཉི་མ་དྲིན་མོ་ཆེ།
གོ་ཁའི་ནང་གི་ལོ་ལོ་གྲང་གི་མ་འཇུག)

ཡིད་སྨོན་དང་རང་དབང་ལ་ཕྱོགས་པའི་དྭངས་གཙང་གི་སྨུ་གཞས།
ཁྱེད་ནས་བླངས་ལ་ངས་ཀྱང་གྱེར།

བྲིས་པ་སྐྱེས་ཕོམ་མེད་ལ་ལོ་ལོན་རྒས་ཕོམ་མེད་དུས་ནི།
ཏག་ཏག་ཚ་གདུག་གི་སྟོན་ཟླ་ར་བ་དེ་རེད།
བཙས་མ་རྫས་ཤུལ་གྱི་སོག་མའི་ཁྲོད།
སླེ་མ་ཐར་ཐོར་དེ་ཁྱོས་ཀྱང་འཐུས་ལ་ངས་ཀྱང་སྤུམ།
སིལ་སྐྲས་མཐོན་པོའི་རྩེ་ནས།
ཉིང་ཉིང་གི་སྒྲ་དང་མཉམ་དུ།
ལྷང་སིལ་སྤོ་འཇོང་དེ་ལག་ཆུང་གིས་ག་ལེར་བརྟོག་ཚུལ་ནི།
ད་ལྟ་རིག་ཐུབ་བྲལ་བའི་འབྲས་བུ་མངར་མོ་དེ་སེམས་ཀྱིས་མྱོང་ཚུལ་རེད།

༢ སྐྱོ་བའི་མིག་ཆུ།

བྲིས་པའི་རྩེད་ར་བཞིག་ན་འདྲེ་ཡིན་ཞེས་ཀུན་གྱིས་སླེང་ཡང་།
བསྟན་བཞིགས་ཚ་བོའི་རྡོ་རྗེ་གཅོད་པ་ནྡ་མགོ་དེས།
རང་གི་བུ་སྲུན་ལྷན་དང་སྦྲེལ་ནས།
ང་རང་རྒྱལ་ལ་ཁྱེད་ནི་ཕམ་མོ་ཞེས།
མང་ཞུང་དཔྱང་ལ་བརྟེན་ནས་རྩི་ལམ་བཙོམ་ཚུལ་དེ།
ཆུང་ཆུང་བྲིས་པའི་སེམས་པར་རྨ་ཁ་རྟོག་ཙམ་བཞག

ཨ་མ་བྱམས་སེམས་ཅན་ལ་ནད་ཀྱིས་གདུང་བའི་ཚེ།
ལོ་དགུའི་ན་ཆུང་སེམས་ལ་སྐྲག་སྣང་གི་སེམས་འགྱུ་ཐོག་མར་སྐྱེས་ཤིང་།
ཁྱིམ་མཚེས་སེམས་བཟང་མི་ལ་དྲིན་གྱི་འདུ་ཤེས་སྐྱེད།

གཞོམ་དུང་གཤིས་བཟང་གི་འཚོ་བའི་བརྒྱུད་རིམ་དེར།
བཙན་དབང་གི་སྣང་བས་བཏེགས་པའི་སྡེ་གྲོང་གི་བུ་ཕྲུག་ཚོས།
བརྙས་བཅོས་དང་དམའ་འབེབས་ཀྱི་སྐད་གདངས་མཐོ་ནའང་།
མིང་སྲིང་ཟུང་དང་བསྡེབས་ན་སྡུག་ཕྲུག་ལས་ཀྱང་བཙན་ཚུལ་དེ་ནི།
ད་ལྟ་བསམ་ན་འཁོན་སེམས་ཤིག་དང་ཡང་ན་དགོད་བྲོའི་ཕྱིར་དྲན་ཞིག

༄ ད་དུང་རེ་སྨོན།

ཡ་མགལ་གྱི་དུང་སོ་ཆུང་ཆུང་བརྗེས་དུས།
ལག་པ་ཆུང་ཆུང་གིས་སྐར་ཁུང་ནས་ཤུགས་ཀྱིས་ཡར་ལ་འཕེན་བཞིན།
(འོལ་སེར། འོལ་སེར།
ངའི་ཁྲི་སོ་དཀར་མོ་ཁྱེད་ལ་སྟེར།
ཁྱོས་དུང་སོ་དཀར་མོ་ང་ལ་བྱིན་ཤིག་ལབ་དུས།)
དངོས་གནས་སྟེར་འོང་སྙམ་པའི་ཡིད་ཆེས་དེ།
ཇི་འདྲའི་དྭངས་ཤིང་གཙང་།

སྡེ་གྲོང་མཐའ་ཡི་རི་བོ་དེའི་ཕ་རོལ་ན།
སྐར་མ་ཟླ་བ་ཅི་ལྟར་རྒྱུའམ་སྙམ་པའི་ཐེ་ཚོམ་ཞག་ཅིག་དང་།

གྲམ་པའི་ཆུ་བོའི་མགོ་ཟ་ཅི་འདྲ་ཡིན་པའི་དྲི་རྟགས་སྣ་ཚོགས།

ཐ་ན་དཔྱིད་ཀ་སྐྱ་བོའི་ཟེགས་མ་དང་རླུང་འཚུབ་ཀྱི་ས་རྡུལ་གསེབ་ནས།

ཨ་མས་དེ་རིང་བཏབ་པའི་ལ་ཕུག་དེ།

སང་དང་གནངས་ལ་སྐྱེས་ན་སྙམ་པའི་རེ་སྨོན་བཅངས་ཚུལ་ནི།

ནམ་མཁའི་སྐར་མ་ཕྲ་མོ།

རང་གི་ལག་ཏུ་ལྷུང་ན་སྙམ་པའི་འཕྲུལ་སྣང་ཞིག་གམ་རེ་སྨུག་ཅིག །

གང་ལྟར་དུས་ཚོད་མདུན་དུ་ཕྱིན་ནའང་།

ལོ་ཟླ་རྒས་ཤིང་འཁོགས་ནཡང་།

ཕྱིས་དུས་ནི་སྔར་ལས་སྙིང་དུ་སྡུག །

རྨ་སྔོན་མོ་དང་སེམས་སྐྱོ་མོ།

སྔོ་སངས་སངས་ཀྱི་བཞུར་རྒྱུན་རིང་མོ་འདི།
ཉ་གསེར་མིག་ཅིག་གི་འཕྲུག་འགྲོས་དེ་ཡིན་ན།
ལང་ཚོའི་རྒྱལ་རྩལ་རྒྱས་པའི་བུ་ལོ་དེ་གང་ན།

གནམ་སྔོན་པོའི་མདོག་གིས་རླབས་པའི་ཇོ་གདོང་འཕྱོར་པོ་འདི།
ཡབ་མེས་ཀྱི་ལོ་རྒྱུས་སྤྲེང་བའི་དན་རྟགས་དེ་ཡིན་ན།
གཡུ་རལ་དཀྱུང་དུ་ཐུག་པའི་བྲོ་ཉམས་དེ་གང་ན།

ཟེལ་མིག་དང་པར་ཆས་ཐོགས་པའི་འགྲུལ་བཞུད་པ་ཚོའི།
མཚར་མདོག་དང་ཧམ་སེམས་ཀྱི་གློང་ན།
བག་མེད་དང་ལྷོད་གཡེང་གི་རྒྱུ་བའི་ཁྲིད་ཀྱི་རླབས་སྒྲ་རེ་རེ།
སུ་ཞིག་གིས་ངའི་རྨི་ལམ་ལ་རྒོལ་བར་བཏང་བའི་ཐོ་ཉ་ཡིན།

རྨ་འཁྲམ་གྱི་མཁར་རྙིང་འདིའི་སྟེང་ནས།
ལྷང་མདོག་སྨུག་པོའི་ཕྱོགས་བཞིའི་ལུང་ཁུག་ལ་བལྟས་ཆེ།

སྨུམ་བཅུད་བྲལ་བའི་ངོ་གདོང་སྐྱ་བོ་རེ་རེ།

མེ་ལོང་ལྷ་བུའི་ཟ་ཆུ་ལས་ག་ལེར་འཆར་འོང་།

བཙན་པོ་སུ་ཞིག་གིས་རང་བསྒྲིལ་མཆིས་པའི་གནས་འདི་ཏུ།

མག་མོག་གི་ངོ་གདོང་རེ་རེ་ཡིས།

ཟ་སྔོན་མོའི་ཁེར་རྐྱང་ཚོར་གྱིན་མ་མཆིས་ལ།

སེམས་སྐྱ་མོའི་མིག་ཆུ་སྨུམ་ཚུལ་ལ་རྐྱང་ཐག་ག་ཙམ་རིང་ཨང་།

༢༠༠༩ལོའི་ཟླ༥ཚེས༢ཉིན།

ཕ་ཡུལ་གྱི་མཁའ་དབྱིངས་དྲན་སྣང་རེར།

གྲོང་ཁྱེར་ནས་ལ་གཞས་ལ་ཉན་རྗེས།

ཏུས་ཚོད་ག་ཚོད་ཅིག་ལ་ངས་དབྱིན་ཡིག་གི་ཐ་སྙད་བསླུམ་བསླུམ་ནས།

ཁྲ་ཆིལ་གྱི་གློག་སྒྲོན་མོད་པའི་དབུས་ནས་རང་ཉིད་སུ་ཡིན་གར་འགྲོ་ལའང་ཆ་མ་འཚལ།

མི་རྟོག་སེར་ཆེན་གྱི་མཛེས་སྡུག་དང་ཨ་ཅེ་ཅོག་ག་པ་ཡི་ཅག་སྒྲ་དེ།

དག་དག་ཕ་ཡུལ་གྱི་སྙིང་འཇགས་དཀྱིགས་མཁན་དང་སྤང་ལྗོངས་ལ་མགུན་བརྒྱན་བསྒྲོན་མཁན་དེ་ཅིས་མིན།

ལོ་ཟླས་ཐོས་ཟིན་པའི་ངའི་དྲན་པའི་ཁྲོད་ཀྱི་སྣང་བ་མག་མོག་འདི།

སེམས་པ་སྙིང་རྩལ་གཞན་ཞིག་དང་བྲེལ་ཤ་ལངས་པའི་དབུ་འབྱུང་གཞན་ཞིག་གི་སྣེ་མོ་རང་རེད།

དོ་ཉུབ། ཟླ་ལྡ་པའི་དབྱར་གཞུང་གི་མཚན་མོ་འདིར།

ངས་གྲོང་ཁྱེར་གྱི་ཟང་ཟིང་ཡོད་ཚད་མཐར་བཅད་དེ།

ཡུན་རིང་ལ་ཉན་མ་མྱོང་བས་ལ་གཞས་དེ།

རྣ་བས་ཉན་ཞོར་སེམས་ཀྱིས་མྱོང་དུས།

ཞིང་རྡང་མའི་བར་གྱི་ཨ་ཅེ་ཚོ་ཕ་ལེར་དྲན་འོངས་ལ།

འུར་ཆ་ཐོགས་པའི་ཇི་བོ་ཚོ།

ལྷགས་ཁེམ་བསྣམས་པའི་སྐག་ཤར་དག་གིས།

ཁ་བགད་ལེ་ལ་གཞས་འཛིན་དུས་ཀྱི་སྣང་བ་རབ་རིབ་དེའང་།

མཛེས་སྨུག་ཤིག་གི་ལོངས་སྤྱོད་དང་མཉམ་དུ་བྲན་འོང་།

སེམས་པ་ཕ་ཡུལ་ལ་འཁྲིད་མཁན་གྱི་དབྱངས་རྣ་སྙན་མོ་འདིས།

ཐོར་བརྡུག་ཏུ་འགྲོ་བའི་ངའི་སེམས་ཀྱི་ཟ་ཟུར་གང་ཅུང་དུ།

བྲན་པ་གཞན་ཞིག སྐྱུལ་མ་གཞན་ཞིག

ད་དུང་ལྷག་བསམ་གཞན་ཞིག་ཀྱང་བསྣམས་འོང་གི་འདུག

སེམས་པ་སྐྱོམ་པར་བྱེད་པའི་འབྱུ་གདངས་རེ་རེ་ལས།

གྲོ་ཡི་སྣེ་མས་རླབས་ཕྲེང་གི་བྱིལ་བྱིལ་བྱེད་ཚུལ་དེ་བྲན་འོང་ལ།

རྒྱ་མཚོའི་ཐིལ་བ་སྟོ་ལྡེམ་མེར་འཁྱིལ་ནས་ཡོད་ཚུལ་ཀྱང་ཡིད་ལ་འཆར་འོང་བས།

གདངས་དབྱངས་འདིས།

ང་ལ་བར་ཐག་ཤིག་བརྗོད་ཀྱིན་འདུག །

སེམས་པ་འདིས།

ང་ལ་ཁ་ཕྱོགས་ཤིག་སྟོན་ཀྱིན་འདུག །

༢༠༠༩ལོའི་ཟླ༥པའི་ཚེས༡༨ཉིན།

ཕ་ཡུལ་དུ།

ངས་མ་ལོ་དྲིན་མོ་ཆེ་ཡི་བྱམས་པ་དྲན་ཞོར།
ངས་ཕ་ལོ་རིན་པོ་ཆེ་ཡི་འཛུམ་མདངས་བསམ་བཞིན།
ཚ་བོ་སྙིང་རྗེ་བོའི་ལྷད་མེད་བྱིས་བློ་ཡིད་ལ་འཁོར་བཞིན།
ཕ་ཡུལ་དུ་ལོག་ཐེངས་རེ་ལ།
སླངས་འཁོར་འདི་གནམ་གྲུ་ཡིན་ན་བསམ་བྱུང་།
ཕ་ཡུལ། གནམ་ས་འདྲིས་མཚམས་གང་ཙུང་དུ་བསྐྱོད་ཀྱང་།
ཕྱོགས་བཞི་མཚམས་བརྒྱུད་གང་འདྲར་ཕྱིན་ཡང་།
འདི་ལྟར་འཁྲིང་ཞེན་གྱི་བློས་བསླངས་མཚམས་ཆད་མ་མྱོང་།

ཕ་ཡུལ་ཨ། ཁྱེད་ནི།
ངའི་བྱིས་དུས་ཀྱི་མཚར་སྡུག་གི་ལོ་ཟླ་འདས་ས།
ངའི་རྨི་ལམ་དང་ཕྱུགས་བསམ་གྱི་རྩ་བ་ཚུགས་ས།
ངས་ཀ་ཁ་ག་ངའི་དབྱངས་ཧྲ་ངག་ལ་གྱེར་ས།
ཁྱེད་དྲན་དུས། ཆུང་དུས་དཀའ་སྡུག་གི་ལོ་ཟླ་དག་དྲན་འོང་།

མ་ཡུམ་གྱི་སེར་ཁ་དང་སྡུག་ཡུས་ཀྱི་མཆི་མ་དག་ཆོར་འོང་།
ཡུལ་མི་ཚོའི་སྐྱིད་ལ་སྡུག་པའི་འཚོ་བ་རེ་རེའང་དྲན་འོང་བས།
ད་ལྟ་ངའི་སྟོབས་ཤུགས་ཞན་པའི་ལུས་པོ་འདིས།
ཁྱེད་རང་ཐེངས་གཅིག་ཡང་དུ་བླངས་ན་བསམ།

ང་འདི་ལྟར་གྲོང་ཁྱེར་ནས་ཕྱིར་ལོག་ཐེངས་རེ་ལ།
ངའི་ཡིད་སེམས་སྐྱིད་སྣང་གི་ཁེངས་ཡོད་ལ།
ངའི་ཡ་ཆུང་རེ་བ་ཡི་བརྟས་ཡོད།
ཕ་ཡུལ་ན། ངའི་དྲིན་ཆེན་ཟུང་གི་ཞབས་རྗེས་ཀྱི་རི་མོ་ཡོད་ལ།
ངའི་ཁ་ཡ་ན་ཟླའི་དགོད་སྒྲ་དང་འཛུམ་མདངས་ཡོད།
ཁྱི་དང་དཀར་དང་བེའུ་མགོ་རྗེ་ཡོད་ལ།
སིལ་རྟོག་དཀར་དམར་སེར་གསུམ་གྱི་བསུ་མ་ཡོད།

ད་དུང་ཁ་ལག་ཀྱང་བཀྲུས་མེད་པའི་ཁྱིམ་མཚེས་བྱིས་པ་སྣབས་ལུག་ཚོ།
ཡོད་ཚད་ངའི་དྲན་གདུང་གི་གཞི་མར་བརྒྱུས་པའི་མཛེས་སྡུག་གི་རི་མོ་ཁག་ཅིག
ང་ལ་མདུན་བསྐྱོད་ཀྱི་སྤོབས་པ་བསྐུལ་མྱོང་ལ།
སེམས་པར་ན་ཟུག་བཞག་མྱོང་བའི་ཕ་ཡུལ།
ང་ལ་སྤྲོད་འཕོལ་དང་འཛུམ་མདངས་སྦྱིན་མྱོང་ལ།
རྟུལ་ཆུ་དང་མིག་ཆུའང་གཏོར་མྱོང་བའི་ཕ་ཡུལ།

འདི་ལྟར་ཕ་ཡུལ་དུ་ལོག་ཐེངས་རེ་ལ།
ངའི་དགའ་སྤྲོའི་གསེབ་ན་སེམས་ཁྲལ་ཅིག །
དང་མ་ལྗིད་འཇིགས་ཀྱི་གྲོང་ཚོ་དེ་ན།
འཕྲུལ་ཆས་དང་འུར་སྒྲའི་ཁེངས་ཨེ་ཡོད་བསམ།

ཞི་བདེ་དང་བག་ལྷོད་ཀྱི་ཁོར་ཡུག་དེ་ན།
ཇག་རྐུན་དང་འགྲན་རྩོད་ཀྱི་བརྙས་ཨེ་ཡོད་བསམ།
དད་འདུན་གྱི་ཁེངས་པའི་མ་ནི་ཁང་ན།
རྒན་རྒོན་ཚོས་སྔར་བཞིན་སོས་དལ་གྱི་མ་ནི་འདོན་བཞིན་ཨེ་ཡོད་སྙམ།

བྱིས་པ་ཚོའི་དཔེ་ཀློག་གི་སྒྲ་དབྱངས་མཁའ་དབྱིངས་སུ་བསྐྱོད་ཀྱིན་ཨེ་འདུག་སྙམ།
ཚང་མ་དབྱར་ཙ་བཀྲ་ཁྲ་སོང་ཤུལ་དུ།
ཞོར་ལས་སོང་ཚར་བའི་ཕ་ཡུལ་ན།
བྲེལ་འཚུབ་ཀྱིས་འདུར་བཞིན་ཡོད་པའི་རྒན་རྒོན་ཚོའི་གཟུགས་གཞི་འཁྱོགས་པོ།
མིག་ཆུ་དང་རེ་སྨུག་ཤ་ལེར་སྟོད་པའི་བྱིས་པ་ཚོའི་མིག་ཟུང་དྭངས་མོ།
ཡོད་ཚད་ལ་བསམ་གཞིགས་ཐེངས་ཤིག་བགྱིས་ན།
ངའི་སེམས་ལ་བཟོད་མེད་ཀྱིས་བྲེལ་ཤ་ལངས་ཤིང་།

ངའི་ཡ་རྒྱུང་ཁོག་ལ་སྨུག་པ་ཅིག་འཐིབ་འོང་།
ཕ་ཡུལ་ལགས། ཁྱེད་ཀྱི་ངོ་གདོང་འདི་ལྟར་འགྱུར་བཞིན་པ་བསམ་ན།
ང་དགའ་འོས་སམ་སྡུག་དགོས།

དོན་དམ་པས། ང་ཚོས་འཚོལ་བཞིན་པའི་བདེ་སྐྱིད་ཀྱི་ཡང་སྙིང་དེ།

མཇོས་སྡུག་གི་ཡང་རྩེ་དེ་གང་ཡིན།

ཕ་ཡུལ། ངའི་སེམས་ཁྲལ་གྱི་ལོག་མལ་གཅིག་ཏུ།

ལྡིང་ཏིག་ཏིག་གི་སེམས་པ་ཡང་བསྐྱར་ཁྱེད་ཕྱོགས་ལ་ཆས་འོང་།

སེམས་ཆུང་མ། ཞིང་གྲོང་གི་མེ་ཏོག

རེ་ལྟག་པའི་ཞྭ་མོ་གྱོན་ནས་དབྱངས་གསལ་གྱི་ཡིག་འབྲུ་བློ་ལ་གྱེར་མཁན་མ།
རྩེད་ར་ཆུང་ཆུང་བསྒྲིགས་ནས་ཨ་ཅེ་ཡིད་འཕྲོག་གི་གཏམ་རྒྱུད་འཆད་མཁན་མ།
ཧོར་གླིང་གཡུལ་འགྱེད་གླིག་ཞོར་ཞིང་ཁ་ནས་མིག་ཆུ་གཏོར་མཁན་མ།
སྐར་ཚོགས་ཀྱི་གོས་ཡག་གྱོན་ནས་སྐུ་ག་ཡི་འབོད་སྒྲར་ཉན་མཁན་མ།
གྲམ་ཐང་ནས་བེའུ་འཚོ་ཞོར་ཆུ་འགྲམ་ནས་རྡེའུ་འཐུ་མཁན་མ།
ཨ་མས་རྫོད་འཁོལ་གྱིས་ལང་ཚོ་རྒྱས་པའི་སེམས་ཆུང་མ། ཞིང་གྲོང་གི་མེ་ཏོག

ས་རྟུལ་གྱི་དྲི་མ་བསྣམས་ནས།
ཕ་ཡུལ་གྱི་རྡོད་འཁོལ་བསྐུར་ནས་ལམ་ལ་ཆས་ཉིན་ནས།
ཕྱུགས་བསམ་དང་མ་འོངས་པའི་རྨི་ལམ་བསམ་བཞིན།
ཨ་མའི་ལས་དབང་དང་མི་མཚུངས་པའི་རང་ཉིད་ཀྱི་ནམ་མཁའ་བསྐྱུན་པར་རེམ།
སྒྱི་ཁ་དང་དཀའ་སྡུག་གི་ལོ་རླྭ་མང་པོ་སྨྱུག་རྩེ་ནས་བཞུར་སྟེ།
རིགས་མཐུན་གྱི་ལ་རྒྱ་དང་མཛེས་སྡུག་གི་འབྱུང་འགྱུར་ཕྲག་སྙིང་དུ་བསྣམས་ནས།
ཧུར་བརྩོན་དང་ལྷག་བསམ་གྱིས་འཚོ་བའི་བར་གསེང་ན་འདུར།
ཀན་རྐོན་ཚོས་ཁ་གཡང་བྲོད་བཞུད་པའི་སེམས་ཆུང་མ། ཞིང་གྲོང་གི་མེ་ཏོག

གྲོང་ཁྱེར་གྱི་ཉིན་སྲིབས་ནས། ནག་ནོག་གི་དྲི་མས་ཁྱུད་མེད་གཏོང་སྲིད་མོད།
རང་སེམས་ཀྱི་སྨྲོག་གི་བཅིངས་ཐག་བརྟན་པས་ནམ་ཡང་མེ་ཏོག་ཡིན་པ་སེམས་ལ་བཟུང་།
སད་སེར་གྱི་གདུག་རྩུབ། ཁ་བ་བུ་ཡུག་དང་དབྱར་གཞུང་གི་ཚད་པའི་ཁྲོད།
སྨིན་མ་ཐུབ་པའི་འབྲས་བུ་མངར་མོ་རླུང་གིས་གཏོར་ལ་ཉེ་དུས།
སེམས་ཆུང་མ། ཞིང་གྲོང་གི་མེ་ཏོག ཅེས་ཀྱང་ཁྱུ་སིམ་པོར་འབད་དགོས་ཡ།

ལུས་སེམས་དང་སྤོབས་པ་ཡོད་ཚད་འཚོ་བར་ཕུལ་ཤུལ་ན།
ཁྱེད་ལ་ཐོབ་པ་ནི་མིག་ཆུ་དང་ཁེར་རྐྱང་ལས་ཅི་ཡང་མེད་མོད།
བདེན་དོན་དང་ཕུགས་བསམ་གྱི་རྩ་བ་ཉམས་མེད་ལ།
འཚོལ་བསྙེགས་དང་འགྲུལ་བཞུད་ཀྱི་ལམ་བུ་རྫོགས་མེད་པས།
ཅེས་ཀྱང་ཁྲ་ལེམ་མེར་བཞད་དགོས་ཡ། སེམས་ཆུང་མ། ཞིང་གྲོང་གི་མེ་ཏོག

༢༠༠༧ལོའི་ཟླ་༡༠ཚེས་༥ཉིན།

ཕ་ཡུལ་གྱི་ལོ་སར།

༡

སྲིན་ཆན་པདྨ་དབང་རྒྱལ་གྱི་མདུན་རོལ་ན་གནས་ཤིང་།
གཞི་བདག་ཨ་མྱེས་ཐར་ཆན་གྱི་པང་བ་ནས་འཚོ་བའི།
བདག་གི་ཕ་ས་ལ་འགྲོ་སྨུག་མོ་འདི་ལ།
གཡང་དཀར་ལུག་ལོ་ཚེས་པའི་རྟེན་འབྲེལ་བཟང་པོ།
དང་པོ་དགུང་སྟོན་གནམ་ནས་འགྲིག་བྱུང་།
གནམ་ནས་གསེར་གྱི་ཉི་མ་ཤར་ཞིང་།
དུང་གི་ཟླ་བ་ཚེས་པའི།
སྐར་ཚོགས་འབུམ་ཕྲག་བར་སྣང་ཁམས་ནས་འཚེར་ཡོང་།

༢

རི་དང་སྔོན་པའི་མཐའ་ནས་བརྒྱན་ཞིང་།
ཆུ་དང་གཙང་པོ་འདབ་ནས་རྒྱུ་བའི།
བདག་གི་ཕ་ཡུལ་ལ་འགྲོ་སྨུག་མོ་འདི་ལ།
གཡང་དཀར་ལུག་ལོ་ཚེས་པའི་རྟེན་འབྲེལ་བཟང་པོ།

གཉིས་པ་དོག་མོ་ས་ནས་འགྲིག་བྱུང་།

ས་ལ་འབྲུ་དྲུག་ས་བོན་ཚུགས་ཤིང་།

ཕྱུགས་ནོར་ལུག་གསུམ་འཕེལ་ཁ་དར་བའི།

མི་ནོར་ཆོས་གསུམ་འཛོམས་པའི་ཕྱྭ་གཡང་འཁོར་ཡོད།

༣

ཨ་མ་བྱོར་དགུ་སྔོན་མོའི་གཡས་ན་གནས་ཤིང་།

བྲག་དཀར་གངས་རི་དཀར་པོའི་གཡོན་ན་གནས་པའི།

བདག་གི་ཕ་ས་ལ་འགྲོ་ཕྱུག་མོ་འདི་ལ།

གཡང་དཀར་ལུག་ལོ་ཚེས་པའི་རྟེན་འབྲེལ་བཟང་པོ།

གསུམ་པ་བར་སྣང་ཁམས་ནས་འགྲིག་བྱུང་།

བར་ལ་བཀྲ་ཤིས་རྟགས་བརྒྱད་ཚང་བའི།

ཆོས་སྲིད་དུང་གི་སྒྲ་དབྱངས་སྙན་མོ།

བ་དན་མཐོན་པོའི་དབྱིངས་ན་འཕྱེལ་ཡོད།

༤

ནས་ཞིང་གྲུ་བཞིའི་མཐའ་ནས་བསྐོར་ཞིང་།

བྱ་དང་བྱེའུ་འབོད་པ་སྙན་པའི།

བདག་གི་ཕ་ཡུལ་ལ་འགྲོ་ཕྱུག་མོ་འདི་ལ།

གཡང་དཀར་ལུག་ལོ་ཚེས་པའི་རྟེན་འབྲེལ་བཟང་པོ།

ཕ་དང་ཨ་ཁུའི་ཁ་གཡང་དྲོན་མོར་འཛོམས་ཡོད།

མ་དང་སྤུ་མོའི་བྱམས་བརྩེ་ཟབ་མོར་འཁྱིལ་ཡོད།
ནང་མི་ལྷན་འཛོམས་བཀྲ་ཤིས་གདན་ལ་བཞུགས་ཡོད།

༥

གཤིས་ཀྱི་ཁ་དོག་གངས་ལས་འཕྲོས་ཤིང་།
རྒྱུད་ཀྱི་དྭངས་མ་གཡུ་ལས་འཕྲོས་པའི།
བདག་གི་ཕ་ཡུལ་ལ་འགྲོ་སྒྱུག་མོ་འདི་ལ།
གཡང་དཀར་ལུག་ལོ་ཚེས་པའི་རྟེན་འབྲེལ་བཟང་པོ།
སྔག་ཤར་བུ་ཡི་དཔའ་སྟོབས་ཁྲོད་ནས་འཁྲིག་ཤིང་།
སྨན་ཤར་བུ་མོའི་འཛུམ་སྐྱེག་ཉམས་ལས་ཚེས་པའི།
ལྷ་བསང་སྲུག་དྲི་སྤོན་མོ་དགུང་ལ་ཁྱབ་ཡོད།

ཟླ་འོག་ནས་ཉལ་སྐྱིད་བརྒྱབ་པ།

ལྗོན་ཤིང་ཚང་ཚིང་ཏུ་སྐྱེས།
ལོ་ལེགས་རྟག་ཏུ་འབྱུང་།
ཆར་ཆུ་མོད་ཅིང་དུས་བཞིའི་དབྱེ་བ་གསལ།
མི་རྣམས་དྲང་ཞད་ཆེ་བའི་མཚམས་རེར་དགོད་རེ་བྲོ།

སྔོན་དུས་ལོ་ལོན་འཆི་དབང་མེད་ཟེར་ཡང་།
ད་ནི་བག་ལྷོད་ལྷོད་དང་བསྡད་ཆོག
ལྷིང་འཇགས་ཉམ་ནས་ཟླ་བར་བལྟས་ནས་ཉལ་ན།
ཚོར་བ་ཡུག་ཡུག་ཏུ་བསྐྱོད་པའི་ལྗོན་རྩེར་འཁྱིལ།
སེམས་པ་ཚང་ལ་འཛུལ་བའི་བྱེའུ་བཞིན།
སྐར་ཚོགས་ཁྲོད་གཉིད་དུ་ཡེར།
སྨུན་པ་རྗེ་སྨུག་ལ་ཕྱིན་ཡང་།
རི་བོང་ཁ་སྔོ་དང་ཨ་མ་དྲེད་མོང་།
བྲག་རྩའི་རི་བོང་སྤྱིན་བསྐོལ་གྱི་གནའ་གཏམ་ཡོད་པས།
ཚ་བོ་ཚ་མོ་འདི་དག་རྨི་ལམ་གྱི་གཞུང་ལ་འཁྲིད།

གནའ་གཏམ་གྱི་དོན་ད་གོ་ཡོད་པར་སྙོན།

བདེ་སྐྱིད་ཀྱི་ཐ་སྙད་ལ་འགྲེལ་བ་མང་དུ་ཡོད་སྲིད་ཀྱང་།
མགོ་ཐོག་ན་གདུང་མ་དང་གནམ་གཅལ་མེད་པར།
ནམ་མཁའ་དང་ཟླ་བ།
སྐར་ཚོགས་ཀྱིས་སྤྲས་པའི་འཇིག་རྟེན་འདིའི་པང་ནས།
སེམས་ཀྱི་ངོ་བོ་རང་གི་ལག་མཐིལ་ན་ཡོད་སྣང་འདི།
ང་བདེ་སྐྱིད་ཅེས་པའི་ཡིག་འབྲུར་འཐམས་དོན་ཡིན།

ཟླ་འོག་ནས་ཕ་ཡུལ་ཟེར་བ་འོད་ཀྱི་ཐིག་ལེ་ཅིག
གཉེན་ཉེ་དེ་ཡང་སེམས་ཀྱི་དྲོད་ཐིག་ཅིག
ཐ་ན་ལྗང་སྔོང་དང་སེལ་སྔོང་།
གྲོ་དང་ནས་དང་སྲན་མ།
གྲམ་པ་དང་ཆུ་སྲན།
སྤལ་ལྗོང་བྱ་བྱེའུ།
རི་དང་གཞི་བདག་མ་ལུས།
དོ་དགོང་། ཟླ་འོག་ནས་ངའི་ཉལ་རོགས་ཡིན།

༢༠༡༥ལོའི་ཟླ་༧པའི་ཚེས་༡༡མཚན་མོར་
ལ་འགྲོ་ཞོལ་མ་ག་ཀྲུའི་སྟེ་བ་ནས།

མ་ཧེ་ཚོས་འབྱུར།

ཧ་ཅང་ལྷིང་འཇགས་ཀྱི་གྲོང་ཚོ་ཞིག་ན།
ཟླ་བཞི་བའི་ཁུ་བྱུག་སྔོན་མོས།
དབྱར་ཟླ་ལ་འབོད་པ་གཏོང་གིན་ཡོད།
ལོ་སྙེ་མའི་མགོ་ལྡོག་ལྡེམ་ནས།
ཞིང་གྲུ་བཞིར་ཡུར་མ་ཡུར་བར་སྐྱུག་ཡོད།

ས་ག་ཟླ་བའི་དུས་ཉིན་ཁྱད་པར་ཅན་ལ།
བསང་དུད་ཀྱི་བར་སྣང་ཁྱབ་ཡོད།
གདུགས་སེར་པོའི་འཁོར་ལོ་བསྐོར་ནས།
ཆོས་དུང་གི་སྒྲ་དབྱངས་སྙན་མོ།
སྡེ་ཚོ་བའི་སེམས་ལ་འཁྱིལ་ཡོད།

བཀའ་བསྟན་གྱི་གླེགས་བམ་དུམ་པ།
ཡིད་གུས་པའི་ངང་ནས།
སེམས་མོས་པའི་སྒོ་ནས།

དྭངས་གཙང་གི་རྣམ་ཤེས་ཀྱིས་བརྟེགས་ནས།
སྟེ་རྒྱུང་ཁྲ་མོར་གཡས་བསྐོར།
ལོ་ཡག་ཞིང་ལ་གཡས་བསྐོར།

གོམ་འགྲོས་ཀྱི་གདངས་དབྱངས་བར་ནས།
སེམས་བྱུང་གི་འགྱུ་བ་སྣ་ཚོགས།
མོས་གུས་དང་གསུང་རབ་ཀྱི་ཞལ་ཏའི་གློང་ནས།
ཤེས་རབ་ཀྱི་རལ་གྲི་ཐོགས་པར་སྨོན།
བློ་གྲོས་ཀྱི་སྣོ་མོ་ཕྱེ་བར་སྨོན།

སྨོན་ལམ་གྱི་གཏམས་པའི་ཚོ་ག
རྟེན་འབྲེལ་གྱི་ཁེངས་པའི་ལམ་བུ།
གསོལ་འདེབས་དང་མ་ཎིའི་དབྱངས་རྟ་ཁྲིད་ནས།
མི་ལ་གཡང་འཁོར་ལོ་ལ་ལོ་ཡག
ནོར་ལ་ཕྱུ་གཡང་འཛོམས་པའི་བཀྲ་ཤིས་ཤོག

༢༠༡༥ལོའི་ས་ག་ཟླ་བའི་ཚེས༡༨ཉིན་
པ་ཡུལ་ལ་འགྲོ་ཞོལ་མའི་ཆོས་འཁྱུར་ཉིན་མོར།

བཞི་པ། ཤིག་ཆུང་ངེ་ཞིག

ཟླ་གསུམ་པ། མིག་ཆུ་མོད་པའི་ལོ་ཟླ།

སེམས་ཀྱིས་ཡུན་རིང་སྒུག་པའི་དཔྱིད་ཟླ་འགོ་མ་འདི་ལ།
ཁ་ཆར་དང་བུ་ཡུག་གྲངས་མེད་ཀྱི་གཙོས་པའི་ལུ་གུ་ཆུང་ཆུང་ཚོས།
མྱུ་ངན་གྱི་ཐང་ཆེན་ནས་ཚེ་སྲོག་གི་སྐྱོ་དབྱངས་རླུང་ལ་གྱེར།
ས་སྨུག་དང་རྗེ་སྨུག་ནས་འབུས་མ་ཐུབ་པའི་མེ་ཏོག་ཆུང་ཆུང་དག་གིས།
ཉི་འོད་ལ་རེ་བའི་མིག་ཟུང་རིག་རིག

ལྗང་མདོག་གིས་འཛིག་རྟེན་མ་གཡོགས་པའི་ཡར་སྟོན་ལ།
སྐྱ་ཐིང་ཐིང་གི་སེམས་པ་འདི་སྐྱ་ཐིང་ཐིང་གི་རྩྭ་ཐང་བཞིན་དུ།
ས་ཡིས་གཡོགས་འགྲོ།
ཆུ་མོས་བརླན་བྱུང་།
མེ་ཡིས་འཚིག་སོང་།
རླུང་གིས་འཁྱུར་ཚར།

དུས་ཚིགས་རེ་རེ་ནི།
ལོ་ཟླ་ཞིག་བསུ་སྐྱེལ་གྱི་འབབ་ཚིགས་ཤིག་ཡིན་པའི་དབང་དུ་བཏང་ན།

ལྷ་གསུམ་པ་ནི་སྐྱོ་བའི་གདམས་ཤིང་།
མིག་ཆུ་མོད་པའི་ས་སྲོད་ཀྱི་ཟླ་བ་ཁེར་བགྲོད་དེ་རེད།

གནམ་གཤིས་འདི་ས་རྫུལ་གྱི་གཡོགས་ཚར་བས།
ངས་རང་ཉིད་ལ་ཞུ་ཚུགས་ཀྱིས་བསྐྱོད་དགོས་པའི་ཁྱུར་བོ་བསྒྱུར་རྒྱུ་ལས།
མེ་ཏོག་གི་ཚོམ་བུ་དག་སེར་ལམ་མེར་བཞད་ཐུབ་ཀྱིན་ཡོད་མེད་ལ།
སེམས་གཏིང་ནས་དོ་སྣང་ཞིག་ཀྱང་བྱེད་མ་ནུས།
ཡིན་ནའང་མིག་ཆུ་ཁྱོར་བ་གང་པོ་འདིས།
ཁྱོད་ཀྱི་འཛིག་རྟེན་ལ་བརྟན་གསེར་གྱི་བཅུད་སྣ་ཞིག་བསྩོལ་ནུས་ན།
ལྷ་གསུམ་པར། ས་གཞིར་འདིར་མིག་ཆུ་ཡི་རྒྱ་མཚོ་བསྐྱིལ་བར་སྨོན།
ལྷ་གསུམ་པར། འཛིག་རྟེན་འདིར་བསྒྱུར་གསོན་གྱི་ལང་ཚོ་སྨིན་པར་ཤོག

དགོད་མོ་ཅིག་བྱས་ན།

ཁྱེད་ཁྱེད་ཁྱེད།
མིག་ཆུ་ཡིས་བསྟུབས་མ་ཐུབ་པའི་ཞེ་གྲོང་དེ་རེད།
བརྩེ་བ་ཡིས་ཐོས་མ་ཚར་བའི་འདོད་སྲེད་དེ་རེད།
ཁྱེད་ཁྱེད་ཁྱེད།
རྣམ་ཤེས་ཀྱི་བསྐྱུ་བྲིད་འོག
གར་འགྲོ་ལ་ཆ་མ་འཚལ་བའི་ རླུང་བུ་ཡན་པོ་དེ་རེད།
ག་ལེར་སོམས་ཤིག
ས་རྟུལ་གྱི་ཆ་ཤས་ཙམ་ཡང་བཟོད་མི་ཐུབ་པའི་སེམས་པ་དྭངས་མོ་དེ།
ཆར་ཕྲན་གྱི་གདུང་བ་ཙམ་ཡང་མེད་མི་ཐུབ་པའི་གཤིས་ཀ་སྐྱི་མོ་དེ།
དོན་དམ་དུ་གཤེད་མ་སུ་ཞིག་གི་རྩེད་ཆས་སུ་གྱུར་ཡོད།

ཁྱེད་ཀྱིས་ལག་བྲུང་ཅི་ལྟར་མཐོ་རུ་བརྟེགས་ནའང་།
ཁྱེད་ཀྱིས་སེམས་པ་ཅི་ལྟར་གཙང་སྤྲུག་བྱས་ནའང་།
དམར་ཧྲི་བྲོ་བའི་རལ་གྲི་ཡིས།
ལང་ཚོ་སྟོན་མོ་དེ་གཙོད་འབྲེག་བྱེད་སྲིད།

སྐྱུག་སྨུར་ལྷག་གྱིན་པའི་འབུ་སྲིན་དག་ཀྱང་།
བར་མཚམས་མེད་པར་ཁྱེད་ཕྱོགས་སུ་འཚང་འོང་བས།
ཤི་མ་ཐུབ་པའི་ཁྱེད་ལ་ཅི་ཞིག་བྱུང་སོང་།

༢༠༡༡ལོའི་ཟླ༨པའི་ཚེས༡༥ནངས་མོར་
མལ་ཤག་ནས་སློ་བུར་དུ་བྲིས།

ཡིད་སེམས་ཀྱིས་སྐྱོང་མོ་མི་བྱེད།

དྭངས་གཙང་གི་མིག་ཆུ་ཆར་པ་བཞིན་བཪོལ་ཚར་ཤུལ་ནས།
སྐམ་པོར་འགྱུར་བཞིན་པའི་སེམས་ཀྱི་བྱེ་ཐང་དེར།
འཇིད་མཐའ་བྲལ་བའི་ཚོར་བའི་རླབས་རྒྱུན་ཡང་བསྐྱར་འཁྱོ་ཨེ་སྲིད།
བརྩེ་བའི་འོ་ཞོ་རྒྱ་མཚོ་བཞིན་འཁྱིལ་ཤུལ་ནས།
དྭངས་པའི་བུ་རམ་མར་ལོ་བཞིན་ཆགས་རྗེས་སུ།
བདེ་སྐྱིད་གི་རྟོགས་འགྱུ་དང་སེམས་གཤིས་ཀྱི་འགྱུར་བག་མ་ལུས།
ཡིད་ཀྱིས་ཚོར་དགོས། སེམས་ཀྱིས་ཟིན་དགོས་པས།
ད་ནི་ང་ལ་ལག་ཟུང་མ་བཟེད། ང་ལ་ཅོ་འདྲི་མ་བྱེད།

ངས་སྔར་བཞིན་ཡང་ཚོ་འབུལ་ངེས།
ཐ་ན་ཚེ་སྲོག་གིས་ཀྱང་ཁྱེད་ཀྱི་ན་ཟུག་འགོག་ངེས།
འགྱོད་མེད་ཀྱི་ཐུལ་སྣང་འདི། ཚེ་སྲོག་གི་མཛེས་སྡུག་ཡིན་ལ།
བརྩེ་དུང་གི་འགྱུར་ཁུགས་ཡིན་པས།
ང་རང་གཅེར་བུའི་ངང་ཕྱིར་མ་སློག་ཅིག

ངས་ད་དུང་། བུ་དང་བུ་མོར་དབྱངས་གསལ་གྱི་མགོ་མཇུག་བསླབས་ནས།
མ་ཡུམ་ཤིག་གི་རྟོགས་བརྗོད་སེམས་ཀྱིས་བཞེངས་སྲིད་ལ།
ལོ་ཟླ་དང་དུས་ཡུན་རིང་པོ་འཚོ་བའི་ཐབས་སྐྲུར་སྟོབས་ཀྱིས་ཕྱུལ་སྲིད་པས།
སེམས་ཀྱིས་བསྒྲིགས་པའི་གོ་རིམ་འདི་དང་རྟོགས་བརྟགས་འདི།
མིག་གི་འཚོས་ནས་སེམས་ཀྱིས་གཉེར་དགོས་པས།
ང་ལ་འགྲན་མ་སློང་། ང་ལ་སྐྱུར་མ་འདེབས།

ཙ་ཐུག་གི་གོམ་སྟེ་རྗེ་ལ་ཐོག་ན་ཡང་།
ཁེར་རྐྱང་གི་འཇབ་རྐོལ་ལྷུང་ལས་སྒྱུར་ན་ཡང་།
བརྩེ་བ་ནི་ཞི་འཇམ་གྱི་མཚོ་ངོས་ལས་འཁྲོས་ཏེ།
འཚོ་བའི་སྡུང་སྡིག་ལ་ཁྱིལ་ཁྱིལ་གནང་སྲིད་པས།
ངས་རེ་བའི་ལག་ཟུང་མི་བཟེད།
ངས་སེམས་ཀྱི་སློང་མོ་མི་བྱེད།

འགྱུར་ལྡོག་རིགས་ཤིག་ནི་ཚོར་བའི་སྣང་ས་སྣབས་ཤིག་ཀྱང་ཡིན་སྲིད་ལ།
དུང་སྡང་རྒྱམ་སྣང་ས་མཐུག་པོ་ཞིག་ཀྱང་ཡིན་སྲིད་པས།
མཚམས་རེར་ང་རང་རྒྱང་དུ་གྱེས་འགྲོ་ལ།
མཚམས་རེར་ང་རང་ཉེ་སར་བཅར་ནས་ཐེ་ཚོམ་ཀྱང་བསྣམས་འོང་སྲིད།
ཚོར་འདུའི་ངོ་བོ་སྐྱེན་པ་རང་གཤིས་འདི་རང་ཡིན་པས།
ང་ལ་གཤེ་གཤེ་མ་གནང་། ང་ལ་སྡུང་སྡིག་མ་སྟོན།
ང་རང་མིག་ཆུ་དང་བསྡོངས་ཏེ་ཕྱིར་མ་སློག་ཅིག

སྣང་བ་དང་འཚོ་བར་གདོང་ཐུག་གྲངས་མེད་རྒྱག་སྲིད་ན་ཡང་།

རྨི་ལམ་དང་ལང་ཚོར་ཐོབ་ཤོར་གྲངས་མེད་ཅིག་འབྱུང་སྲིད་ན་ཡང་།

འཛུམ་མདངས་ནི་ཉི་འོད་ཀྱི་ཟེགས་མ་ལས་འགྲོས་ཏེ།

གདོང་གི་མིག་ཆུ་ཡང་ཡང་འཁྱིལ་སྲིད་པས།

བདག་གི་རྣམ་ཤེས་ཀྱི་སྐྱོ་བའི་མིག་ཆུ་མི་གཏོང་།

བདག་གི་ཡིད་སེམས་ཀྱི་རེ་བའི་སྙིང་མོ་མི་བྱེད།

མིག་ཆུའི་བཞུར་སྟངས།

བརྩེ་བ་ཇི་འདྲའི་ཞེན་ན་མིག་ཆུ་དེ་ལྟར་མོད།
དུང་བ་ཇི་འདྲའི་ཟབ་ན་མིག་ཆུ་དེ་ལྟར་དྭངས།
མིག་ཆུ་ནི་ཉམས་ཆུང་གི་སེམས་པའི་འགྲེལ་བཤད་པ་ཡིན་ན།
ད་ལྟ་ངའི་སེམས་པ་ནི་བརྗོད་བྱ་ཟབ་པའི་མཛེས་སྡུག་གི་སྙན་ངག་ངོ་མ་ཡིན།

སེམས་འགྱུལ་ཐེབས་ཐེངས་རེ་ར། མིག་ཆུ་བཞུར་ཐེངས་རེ་ར།
རྩི་ལམ་མངར་མོའི་ལྗང་མདོག་གི་ཡལ་འདབ་རྒྱས་སྒྲོང་ལ།
འཁོར་བའི་སྙིང་པོ་བདེན་དོན་དུ་ཡང་ཡང་རློམ།
སེམས་པ་སྐྱོ་ཐེངས་རེ་ར། མིག་ཆུ་བཞུར་ཐེངས་རེ་ར།
བསླུ་བྲིད་ཀྱི་ནག་ཉེས་ལ་སྡང་སེམས་ཡང་ཡང་སྐྱེས་ཤིང་།
ལྟད་མེད་ཀྱི་འཛུམ་མདངས་ལ་ཡིད་ཆེས་བྲལ།
མིག་ཆུ་ཡིས་དུང་སེམས་ཀྱི་བཞུར་རྒྱུན་མཚོན་ནུས་ན།
ད་ལྟ་ཆུ་མགོ་གངས་ལ་འདྲེས་ཡོད། ཆུ་ཇ་རྒྱ་མཚོར་འདྲེས་ཡོད།
ཁེར་རྐྱང་གི་མཚན་མོ་མིག་ཆུ་བཞུར་དུས།
སེམས་ཁོང་གི་འཁྲུམ་པོ་ངོ་གཉིས་ཁྲོད།

གང་ཞིག་ན་ཨ་རག་གི་བཟི་ཁ་དང་ལྷན་དུ་ཆགས་སྲེད་ཀྱི་ཕུང་པོ་མེ་ཏུ་སྨྲོན།
མིག་ཆུ་མོད་པའི་ལོ་ཟླ་ནི་ཆར་ཆུ་མོད་པའི་དུས་ཚིགས་དང་མཚུངས།
དཔྱིད་དུས་ཀྱི་ལྗང་མྱུག་རྒྱས་སྲིད་ལ་སྟོན་ཀའི་འབྲས་བུའང་བཙོམ་པར་ནུས།
མིག་ཆུ་ནི་རྣམ་ཤེས་ཀྱི་བྲི་དོར་མཁན་དེ་རང་ཡིན་ན།
ད་ནི་ཡོད་ཚད་ཕྱི་གསལ་ནང་གསལ་དུ་གྱུར་ཡོད་པར་སྨོན།

མིག་ཆུས་བསྐྱབས་པའི་ཞོགས་པ་ཞིག

ངས་རྒྱ་མཚན་ཅི་ཡང་བསྟན་མི་འདོད།
ངས་གསལ་བཤད་ཀྱང་བྱེད་རྩིས་མེད།
ཡོད་ཚད་མིག་ཆུའི་ལམ་ནས་བཞུར་དུ་ཆུག

བརྩེ་བའི་མེ་ཏོག་བཙོམ་ན་ཡང་ཆོག
བདེན་པའི་བླ་སྲོག་གཏོར་ན་ཡང་ཆོག
ངས་རེ་རེ་བཞིན་བགྲངས་རྩིས་བྱོན་ནས་མེད།

ཡིད་ཆེས་ནི་གད་སྙིགས་ཁྲོད་གཡུགས་ཟིན་པའི་ལྷམ་གོག་རྒྱལ་པོ་དེ་མིན།
སེམས་པ་ནི་ཡང་ཡང་ཆག་ཤིང་ཡང་ཡང་བསྒྲིགས་པའི་རྩེད་ཆས་དེའང་མིན།
དེ་བས་ངའི་བརྩེ་དུང་ལ་གསལ་བཤད་ཅི་ཡང་མེད།

དུང་བའི་བདེན་པར་ཞེན་ཆེ་བས།
དྭངས་གཙང་སེམས་པར་ལྷད་མེད་པས།
དཀར་པོ་མའི་ནང་གི་ནག་ཐིག་དེ་བཟོད་དཀའ།

བཟོད་དཀའ་བའི་ན་ཟུག་གིས།

བསླུ་བྲིད་དང་ཚུལ་འཆོས་ཀྱི་བསླུབས་པའི་སེམས་ཚོར་ཐ་དག་ལ།

ང་རང་རྒྱང་དུ་བསྐྱེད་སྲིད།

ང་རང་མིག་ཆུ་དང་བཅས་ཏེ་རྒྱང་དུ་བསྐྱེད་སྲིད།

མིག་ཆུ་འཚོ་ཐེངས་རེ་ལ།

ངའི་སྙིང་གི་ཁང་མིག་གཡས་གཡོན་ན།
དགའ་སྤྲོ་དང་སྡུག་བསྔལ་ཟུང་དུ་གནས་ཏེ།
ཐོབ་པ་དང་ཤོར་བ་གྲངས་མེད་ཅིག་གི་རྗེས་ནས།
ད་དུང་ཁྲུ་སིམ་སིམ་ལྷན་ནེར་སྡོད་པ་ནི།
ནམ་ཡང་འཕར་རྒྱུ་མེད་པའི་སྒྲོ་བ་ཁོ་ན་རེད།

བརྩེ་བས་ང་ལ་དྲན་རྟེན་འཛོག་ཞོར།
ལག་ཟུང་བསྐོགས་འགྲོ་ལ།
དུང་བས་ང་ལ་དགོད་འཛུམ་སྟོན་ཞོར།
སྙིང་ཆུང་བཤའ་ཚུལ་འདི།
སུ་ལའང་གསང་ཚུགས་བྲལ་བའི་ན་ཟུག་ཧྲུལ་པོ་དེ་རེད།

སྨུ་ཧྲིག་ལྷ་བུའི་མིག་ཆུ་རྫོག་པོ་རེ་རེ།
ས་ཆུ་མེ་རླུང་ལ་ཁད་ཀྱིས་འཐིམས་ཚུལ་དེ་ཡིས།
ཆོས་ཉིད་ལྷ་བུའི་ གོ་རིམ་བཞིན་གྱི།

སེམས་གསོ་ལེབ་མོ་ཅིག་ལག་མཐིལ་ཏུ་འཛོག་སྲིད་ཀྱང་།
མིག་ཆུའང་སྐམ་ཁོམ་མེད་པའི་དུས་ཚོད་ཀྱི་སྣེ་མོ་ནས།
ཧར་གྱིས་འཁྲེངས་ནས་སྔོན་དུ་བསྐྱོད་དགོས་ཚུལ་དྲན་ན།
ང་དེ་ལྟར་འཆི་ག་ལ་ཉན།

སླུང་ཁར་གཡེང་བའི་གྲང་རེག་རྒྱུབ་མོས།
མིག་ཆུའང་ཆབ་རོམ་དུ་བསྒྱུར་ཚར་དུས།
རང་ཉིད་སྤུར་ནས་ཐག་རིང་ཞིག་ལ་སོང་ཟིན་པ་འདྲ་ཡང་།
གྲུལ་དུ་ལུས་པའི་ཁྱེད་ཉིད་བསམ་ན།
ངས་ད་དུང་སྐྱེས་རབས་ག་ཚོད་ཅིག་ལ་སྒྲུག་དགོས།
ང་ད་དུང་ལོ་ཟླ་ག་ཚོད་ཅིག་ལ་སྐྱོ་དགོས།

༢༠༡༠ལོའི་ཟླ་༡༢པའི་ཚེས་༡༩ཉིན།

པེ་ཅིན་གྱི་མཚན་མོ་དང་ང་ཡི་དུ་ངག

ས་བོན་དང་ལྡོང་སྨྱུག་ག་ལེར་འབུས་ཤིང་།
བསིལ་རླུང་དང་དུས་ཚོད་ཡུན་གྱིས་བརྒྱལ་དུས།
ང་རང་ས་མཐའ་ན། ཁྱེད་རང་ཕ་ཡུལ་ན།
རྟོགས་ཐབས་བྲལ་བའི་ནང་སེམས་ཀྱི་འགྱུར་བ་རེ་རེ།
བར་ཐག་རིང་པས་ལན་ནམ།
སེམས་པ་གཡོ་བས་ལན།
ཨ་ཐང་ཆད་པའི་གསལ་བཤད་དེའི་རྗེས་སུ།
མིག་གོང་དམར་བའི་བདག་གི་ངོ་གདོང་འདི།
ཡོལ་རས་ཀྱིས་གཡོགས་ཤིག
སྨུན་ནག་གིས་བསྒྲིབས་ཤིག

ཁྱེད་ལས་སུ་ལའང་སྟོན་མ་ཐོད་པའི་མིག་རྒྱུ་ཤར་མར་དེ།
དོ་དགོང་ཁ་པར་ལས་བཞུར་ནས།
སུ་ཞིག་གི་སེམས་པ་དེ་བསྣུབས་སོང་།
ང་རང་སྨུན་ཁྲིད་དུ་ལུས་ཡོད།

ཁྱེད་རང་ལྷུ་ཆང་ཁྲོད་འཁྱིལ་ཡོད།

ང་ལ་སེམས་གསོ་མི་གནང་རོགས། རྒྱང་རིང་གི་མི།

ཟླུག་གཙོག་གི་སྐྱེ་བདུན་རིལ་བུ་དེ།

ཁམས་དྭངས་སྐྱུད་རྣམ་ཤེས་སོར་འཇུག་སྟེ།

དོན་དམ་པའི་སྲུ་ཞིག་གིས་སྙིར་སེམས་ཀྱིས་སེར་སྣའི་བཙངས་ཡོད།

༢༠༡༠ལོའི་ཟླ༩པའི་ཚེས༦ཉིན།

སྙན་ངག་འདི་དང་མིག་ཆུའི་ཐིགས་པ།

ཟླ་ཁྲག་སེམས་གསུམ་གྱི་འདྲེས་ཚུལ་མཚར་པོ་དེ།
གང་ཟག་ཅིག་གྲུབ་པའི་གོ་རིམ་དེ་ཡིན་ན།
ས་བོན་ལས་སྨྱུ་གུ་འབུས་སྐབས་དང་།
མེ་ཏོག་ལ་འཛུམ་མདངས་ཀྲུས་ཚུལ་ནི།
རང་བྱུང་གིས་ང་ཚོར་བསྐུལ་བའི་མཛེས་སྡུག་དེ་ཅིས་མིན།

མེ་ཏོག་གི་གང་བུ་རེ་རེ་ཁད་ཀྱིས་འབུས་དུས།
ངས་དཔྱིད་འགོ་མ་འདི་འཛུམ་གྱིས་བསུ་ལོས་འོས་ཀྱང་།
སྙེར་གཅོད་ཀྱི་སྡིག་མཛུབ་རེ་རེ་ང་ལ་གཏད་ནས་འོང་དུས།
སུས་ཀྱང་རྟབ་ཚོག་པའི་མེ་ཏོག་གི་དྲི་བསུང་།
སུས་ཀྱང་རོལ་ཚོག་པའི་མེ་ཏོག་གི་མཛེས་སྡུག
སུས་ཀྱང་བྲིས་ཚོག་པའི་མེ་ཏོག་ལྷ་བུའི་སྙན་ངག
ཡོད་ཚད་སད་ཀྱིས་བཙོམ་པའི་མེ་ཏོག་བཞིན།
སྐད་ཅིག་སྐད་ཅིག་ཉིད་ལ་ངའི་མིག་ལམ་ནས་ཡལ་ཞིང་།
བྲང་གཞུང་ནས་ལྷུང་དུས།

ང་ལ་ད་དུང་ཅི་ཞིག་ལྷག་ནས་ཡོད་དམ།

ཉི་མར་ཕྱོགས་རིས་མེད་པ་ཇི་བཞིན།
མེ་ཏོག་གི་མཛེས་སྡུག་ཡང་ཀུན་ལ་ཁྱབ།
མི་དཀར་ནག་སེར་གསུམ།
སྤྲང་པོ། རྒྱལ་པོ། འོན་པ། ལྐུགས་པ།
ཐ་ན་ཞ་ར་སོགས་ཀྱིས་ཀྱང་ལོངས་སྤྱོད་ཐུབ་ཚོག་པས།
ཐུན་མོང་གི་འོད་སྣང་འདི་བདག་གིར་མ་འཛིན་ཅིག
མེ་ཏོག་གི་མཛེས་སྡུག་འདིར་སེར་བ་མ་གཏོར་ཅིག

ང་ནི་མ་ཡུམ་ས་གཞིའི་མཛེས་པར་དུང་དྲགས་པས།
སེར་བ་དང་། གནམ་ལྷགས། དུག་མདའ་ལྷ་བུའི་དྲག་ཆས་མེད་ཀྱང་།
མེ་ཏོག་གི་སེའུ་འབྲུ་ལས་འཁྲུངས་པའི་མིག་ཆུའི་ཐིགས་པ་འདི།
སྡིག་མཛུབ་དེ་དག་གི་སྣེ་མོ་བརྒྱུད་ནས།
ཁྱེ་ཐང་དུ་འགྱུར་བཞིན་པའི་སེམས་པ་སྐམ་པོ་དེ་བརླན་ཡང་སྲིད།

༢༠༠༩ལོའི་ཟླ༩པའི་ཚེས༡༧ཉིན།

སེམས་ཀྱི་ཡུ་བ་འཕྱོར་ཚུལ།

དུས་དེར། ང་རང་ར་བཟི་ནས་ཡོད།
ར་བཟི་བས། སྐད་ཆ་ངག་ལ་མ་འཁྱིལ།
སྙིང་གཏམ་མགྲིན་པར་མ་སོང་།
སྐད་སྒྲ་དེ།
གནམ་ལྷགས་ཐོག་མདའ་བཞིན་ང་རང་སིལ་བར་གཏོར།
ཐ་ན་ལམ་འགྲམ་གྱི་བསེར་བུ་ལྷོམ་པོ་དེས་ཀྱང་།
ང་རང་བསྐྱིལ་བར་བྱས།
མིག་རྒྱུ་ཤམ་ཤམ།
དུ་འཐོད་ལྷང་ལྷང་།
མི་ཚོགས་དེ་ཧ་ལས་ཧོན་ཐོར་བས།
འཕྲུལ་སྣང་མིན་ན་སའི་གོ་ལའང་ཞེ་ནས་སྙིང་བྱུང་།
སྙིང་བྱུང་པའི་སེམས་པ་སྤྲིན་བཞིན་འཁྲུགས།
སྤྲིན་བཞིན་འཁྲུགས་པའི་སེམས་པ་དེར།
ངས་ད་དུང་གོ་རིམ་བཟོ་དགོས།
ངས་ད་དུང་ཁུར་པོ་སྐྱུར་དགོས།

གསལ་བཤད་བྱེད་པ་ནི་བརྩེ་དུང་གི་མཐར་ཐུག་གི་འགྲེལ་བཤད་ཡིན་ན།
ཕ་རོལ་གྱི་ཁྱེད་ལ་ངས་ཀྱང་མཆིལ་ཞག་ཡང་ཡང་འཕངས་ཡོད།
ཕྱུ་ཚུགས་དང་བཟློད་བསྲན་གྱི་འགྲེངས་སོང་བའི་ལམ་བུ་དེ།
ངས་དྲན་གྱིན་དྲན་གྱིན་སྙིང་ཡི་འདུག་ལ།
ངས་བསམ་གྱིན་བསམ་གྱིན་སྐྱོ་ཡི་འདུག
བརྩེ་དུང་ནི་རྨ་ཁ་གསོ་བྱེད་ཀྱི་བདུད་རྩི་དང་མཚུངས་ན།
རྨ་ཁ་གཏོད་བྱེད་ཀྱི་རལ་གྲི་དེ་ཡང་ཅི་ལ་མིན།

སེམས་པ་འདི།

སེམས་པ་འདི། རླུང་དང་འདྲ་བའི་ཡང་ཞིང་གཡོ།
སེམས་པ་འདི། མེ་དང་འདྲ་བའི་ཚ་ཞིང་བསྲེགས།
སེམས་པ་འདི། ཆུ་དང་འདྲ་བའི་བརླན་ཞིང་གཤེར།
སེམས་པ་འདི། ས་དང་འདྲ་བའི་སྲ་ཞིང་བརྟན།

དེ་མིན་ན། ངས་ཞེ་སྡང་གིས་ཁྱེད་རང་འཇོམས་པར་མི་བྱེད།
དེ་མིན་ན། ངས་མིག་ཆུ་ཡིས་ཁྱེད་རང་བསྐྱབས་པར་མི་སྲིད།
དེ་མིན་ན། ངས་སོང་ཁྲོ་ཡིས་ཁྱེད་རང་སྐྱུར་བར་མི་བྱེད།
དེ་མིན་ན། ངས་ཞུ་ཚུགས་ཀྱིས་ཁྱེད་རང་ཁྲོས་པར་མི་བྱེད།

སེམས་པ་འདི།
སྐྱི་བསེར་རླུང་རེད།
དམར་པོ་མེ་རེད།
དྭངས་མོ་ཆུ་རེད།
མཁྲེགས་པོ་རྡོ་རེད།

ལྷུང་ཡིན་པས་ང་ཏུ་སྐྱེན་ལ་དགོད་ཡང་སླ།
མེ་ཡིན་པས་ངའི་ཞེ་འདང་རྡོད་ཀྱིས་ཁེངས་ཡོད།
ཆུ་ཡིན་པས་ངའི་མིག་མཐའ་མཆི་མས་བཟུང་ཡོད།
རྗེ་ཡིན་པས་ངའི་སེམས་ཀྱི་རྨ་ཁར་རྫ་ཁྲུས་བྱོས་ཡོད།

༢༠༡༢ལོའི་ཟླ༡པོའི་ཚེས༦ལ།

མིག་ཆུ་ཐེངས་མ N པ།

བཞུས་ལ་ཉེ་བའི་མེ་ཏོག་གི་འབྲི་མར་བཞིན།
སྐད་ཆ་བཤད་དབང་དང་བསམ་བློ་གཏོང་དབང་འང་མེད་པར།
ཚོད་ཚོད་ལ་གོ་མེད་ཚོར་མེད་ངང་མིག་ཆུའི་ཐིག་པ་རུ་འགྱུར་འགྲོ་འང་།
ཕྱི་ལུས་ཀྱི་ཕུང་པོ་རྣམས་ན་ཟུངས་ཁྲག་གི་མཚོ་མོ་བསྐྱིལ་སྲིད་ལ།
ནང་སེམས་ཀྱི་ཚོར་བ་རྣམས་ན་མིག་ཆུ་ཡི་ནམ་མཁའ་འང་བསྐྱུན་སྲིད་ངེས།

མཁུར་མགོ་ནས་བརྒྱུད་པའི་ཀྭ་དྲི་བྲོ་བའི་མཆི་མ་དེ།
སེམས་པའི་ན་ཟུག་ལས་བཟློལ་བའི་ཁ་དོག་མེད་པའི་མཆི་མ་དེ།
རྣམ་ཤེས་ཀྱི་དྭངས་མ་ལས་བཟློལ་བའི་ཟློལ་ཟློག་མེད་པའི་མཆི་མ་དེ།
འདི་ལྟར་ལྷུང་ཐེངས་རེ་ལ། སེམས་པར་གས་ཆག་ལན་བརྒྱ་བྱུང་ཞིང་།
ཕྱིར་འོང་མེད་པའི་ལོ་ཟླ་ལ་དུང་སེམས་ལྷ་ལེར་སྐྱེས།

ལྷད་མེད་དྭངས་གཙང་གི་མིག་ཆུ་ལྷ་བུའི་སེམས་པ་དེ།
འདི་ལྟར་མིག་ཆུའི་ཀློང་ནས་རྐས་ཤིང་འཁོགས་ན།
ངའི་རྨི་ལམ་ལྷ་བུའི་ཡིད་འོང་གི་མ་འོངས་པ།

ངའི་འཇའ་ཚོན་ལྷ་བུའི་མཛེས་སྡུག་གི་ཕྱུགས་བསམ་སྔོན་མོ།

ད་དུང་ངས་མི་ཡུལ་ལ་འཇོག་འོས་པའི་རྐང་རྗེས་ཟབ་མོ།

ཡོད་ཚད་སྔོང་བསམ་དང་འཆར་སྣང་རྐྱང་རྐྱང་ཁོ་ན་མ་ཡིན་ནམ།

མིག་ཆུ་ཐེངས་མ N པ།

ཉམ་ཆུང་གི་སེམས་པའི་འགྲེལ་བཤད་པ།

བརྩེ་དུང་ལ་ཕྱུལ་བའི་ལང་ཚོ་ཡི་འགྱུར་ཁུགས།

སྨིག་རྒྱུ་ལྟ་བུའི་ཚོར་བ་རྣལ་མ་དེའི་ཆེད་དུ།

ཁྱེད་རང་འདི་ལྟར་བཞུར་ནས་ཇོགས་རྒྱུ་མེད་དོན་ཅི།

བརྩེ་དུང་དང་ཕྱུགས་བསམ་གྱི་ཆེད་དུ་བཞུར་པ་བདེན་དོན་ཡིན་ན།

ངའི་བརྩེ་དུང་གི་འབྲས་བུ་སྨིན་དུ་བཅུག་ན་ཅིས་མི་ཆོག

ངའི་ཕྱུགས་བསམ་གྱི་རྩེ་མོ་རྒྱས་སུ་བཅུག་ན་ཅིས་མི་ཆོག

ཁྱེད་ནི་མནར་གཅོད་དང་སྡུག་བསྔལ་གྱི་རྒྱུ་རུ་གྲུབ་ཡོད་ན།

བཞུར་ཐེངས་འདི་དང་བསྟུན་ནས།

མི་གཙང་བའི་བཀྲུ་མ་ཐ་དག་ཤུགས་ཀྱིས་དོར་རོགས།

མི་སྙན་པའི་ལབ་རྫོལ་མང་པོ་གཙང་འཁྲུད་བྱོས་ཤིག

མིག་ཆུ་ཐེངས་མ N པ།

མགོ་བོ་སྤུས་ཐོག་ལ་བཞག་ནས།

མཚན་ཞག་གཅིག་གི་ཡུན་ཚད་ལ་བཞུར་རུང་།
གློ་སློང་སྐམ་ནས་ཐལ་བ་རུ་གྱུར་ཀྱང་།
མིག་རྟེན་གྱི་སྣང་ཚད་ལས་སྐྱོ་གདུང་གི་ཟབ་ཚད་མི་མཐོང་ཞིང་།
སྤུས་མགོ་ཡི་རྡོན་གཞེར་ལས་སེམས་པའི་གས་ཆག་མི་རིག་པས།
ཕ་འཐོད་མ་འཐོད་བྱས་ནས་ལྷ་ཀླུ་གཉན་འཐོད་བྱས་ཀྱང་།
སུས་ཀྱང་སྐྱོབ་མ་སོང་ལ་སྐྱོབ་མཁན་ཀྱང་མེད་པའི་ཕྱིད།
རྩུལ་འཚོས་དང་བསླུ་བྲིད་མངར་མོའི་ཁྲོད་ནས།
བཞུར་མཚམས་ད་དུང་མི་འཇོག་དོན་ཅི།

མིག་ཆུ་མ་སློང་།

གལ་ཏེ་ཁྱོད་ལ་དགའ་བ་ཡོད་ན།
བདག་ལ་མིག་ཆུ་མི་སློང་རོགས།
དེ་ནི་ཁྲོ་བའི་མེ་ལྕེ་མཁའ་རུ་འཕྱུར་བ་མིན།
དེ་ནི་དུང་བའི་མཆི་མ་སྙིང་ནས་བརྗོལ་བ་ཡིན།

གལ་ཏེ་ཁྱོད་ལ་དུང་ཤ་ཆེ་ན།
བདག་ལ་མིག་ཆུ་མི་སློང་རོགས།
དེ་ནི་འཚེ་བའི་རལ་གྲི་ཁྱོད་ལ་གཟིས་པ་མིན།
དེ་ནི་སེམས་ཀྱི་སྙིང་པོ་ཕྱི་རུ་བཏོན་པ་ཡིན།

གལ་ཏེ་ཁྱོད་ལ་བྱམས་སེམས་ལྡན་ན།
བདག་ལ་མིག་ཆུ་མི་སློང་རོགས།
དེ་ནི་ལྷུང་ལྷུང་འབབ་པའི་ཐབ་ཆུ་མ་ཡིན་ཏེ།
དེ་ནི་ཡུན་གྱིས་རྒྱུ་བའི་ཁྲག་གི་བཞུར་རྒྱུན་ཡིན།
གལ་ཏེ་ཁྱོད་ཀྱི་ཞེ་རྩ་གཙང་ན།

བདག་ལ་མིག་ཆུ་མི་སློང་རོགས།
དེ་ནི་མཆེ་བ་རྣོན་པོ་ཁྱོད་ལ་གཙིགས་པ་མིན།
དེ་ནི་ལྷོག་ལྷོག་ལྡིང་བའི་སྙིང་ཆུང་འཕར་ཚུལ་ཡིན།

གལ་ཏེ་ཁྱོད་ལ་སེམས་པ་ཡོད་ན།
བདག་ལ་མིག་ཆུ་མི་སློང་རོགས།
དེ་ནི་མགྲིན་བཟང་བོང་བུའི་ཞུ་ཚུགས་མ་ཡིན་ཏེ།
དེ་ནི་ལྷད་མེད་དྭངས་གཙང་སེམས་པའི་ན་ བྲུག་ཡིན།

གལ་ཏེ་ཁྱོད་ཀྱིས་གཅེས་སྤྲས་ཞེས་ན།
བདག་ལ་མིག་ཆུ་མི་སློང་རོགས།
དེ་ནི་ཐྲོལ་དང་བཙོས་ཀྱི་ཀྱུལ་ཀ་མ་ཡིན་ཏེ།
དེ་ནི་ཉམ་ཆུང་རྣམ་ཤེས་ཕྲ་མོའི་འོ་དོད་ཡིན།

གལ་ཏེ་ཁྱོད་ལ་བརྩེ་བ་མཆིས་ན།
བདག་ལ་མིག་ཆུ་མི་སློང་རོགས།
དེ་ནི་ཤག་ཤག་འབབ་པའི་ཆར་ཆུ་མ་ཡིན་ཏེ།
དེ་ནི་ལྷུག་ལྷུག་སྙིང་གཏམ་སེམས་ནས་བྱུང་བ་ཡིན།
གལ་ཏེ་ཁྱོད་ལ་རེ་བ་ཡོད་ན།

བདག་ལ་མིག་ཆུ་མི་སྤྲོང་རོགས།
དེ་ནི་གཡོ་དང་འཛུམ་གྱིས་བསླུ་བྲིད་མ་ཡིན་ཏེ།
དེ་ནི་བརྩེ་བའི་ཞིང་བཅུད་མཚོ་རུ་འཁྱིལ་བ་ཡིན།

གལ་ཏེ་ཁྱོད་ཀྱིས་རིན་ཐང་རྟོགས་ན།
བདག་ལ་མིག་ཆུ་མི་སྤྲོང་རོགས།
དེ་ནི་གསེར་སྲང་སྟོང་གི་ཁྲུགས་པ་མ་ཡིན་ཏེ།
དེ་ནི་རིན་བྲལ་རྫོ་རྗེ་ཕ་ལམ་ཡིན།

གལ་ཏེ་ཁྱོད་ལ་མཛེས་སྡུག་དགོས་ན།
བདག་ལ་མིག་ཆུ་མི་སྤྲོང་རོགས།
དེ་ནི་ཁྲིན་པའི་ནང་གི་བ་ཆུ་མ་ཡིན་ཏེ།
དེ་ནི་རྒྱ་མཚོའི་འཇིངས་ནས་འཁྲུངས་པའི་མུ་ཏིག་ཡིན།

གལ་ཏེ་ཁྱོད་ཀྱིས་ཚེ་སྲོག་བསམ་ན།
བདག་ལ་མིག་ཆུ་མི་སྤྲོང་རོགས།
དེ་ནི་འདམ་དང་དྲི་མའི་སྦགས་པའི་རྙོགས་ཆུ་མ་ཡིན་ཏེ།
དེ་ནི་སྲོག་དང་ཡང་ཚེ་རྒྱས་པའི་བརྩེ་ཆུ་དྭངས་མོ་ཡིན།

ཀྱེ་ལ་ལ་ཀོ་ལ་ཡེ་རེ།

ངས་སྙན་ངག་འབྲི་བཞིན་ཡོད།

ཁེར་རྐྱང་ལ་སྒྲོ་སྡུག་གི་འགྲེལ་བཤད་སྣ་ཚོགས་མཆིས་སྲིད་མོད།
འཚོ་བའི་རྩག་རྩིག་གི་གསེབ་དང་།
ནང་ལས་དང་བྱ་བཞག་གི་མཆེ་བར་ནས།
རང་ཉིད་ལ་བར་སྟོང་གཞན་ཞིག་ལྷག་པ་ཡང་།
མ་གཞི་ནས་བདེ་སྐྱིད་ཤིག་གི་དབུ་འཕྲུད་མིན་ས་མི་འགྲོ་འདང་།

ཤ་ཆང་གི་གྲོགས་པོ་དང་མཉམ་དུ་བདེ་སྐྱིད་ལ་རོལ་རྩལ་དེ་ཡང་།
ཉི་མ་དང་ཟླ་བ་ཡུན་གྱིས་ཕུད་སྤྲོལ་ཅིག་ཡིན་ན།
ངས་ཀྱང་མིག་ཆུ་དང་རེ་སྨུག་ཁོ་ན་མིན་པའི།
ལོ་ཟླའི་གོ་རིམ་གཞན་ཞིག་བཞེངས་འདོད།

འཚོ་བ་ནི་སྨུམ་ཚོན་རི་མོ་ཤིག་དང་འདྲ་སྟེ།
ཁྱོད་ཀྱིས་སྐྱེས་པ་ཤིག་གི་བྲང་གཞུང་ལས་ཡངས་ཤིང་།
ཕྲག་ཐུང་ལས་བརྟན་པའི་ཡུལ་ལྗོངས་ཤིག་བསྐྲུན་པར་ཧྫོམ་ན།

ངས་ཀྱང་དེ་ལ་བྱུད་མེད་ཤིག་གི་བརྩེ་འཇམ་ལས་འཁྲུངས་ཤིང་།
དྭངས་ཤ་ལས་འབྱུས་པའི་ཁ་དོག་གཞན་ཞིག་བསྒོ་ངེས།

ཁྱོད་ལ་ཁྱོད་ཀྱི་སྡུག་ཡུས་དང་ཁྱེར་པོ་ལྷེ་སྲིད་ཀྱང་།
ང་ལའང་རང་ཉིད་ཀྱི་འདོད་འདུན་དང་རྩི་ལམ་ཡོད་པས།
ཁྱོད་ཤ་ཆང་ལ་རོལ་དུ་སོང་ཡང་། ངས་སྤར་བཞིན་སྨན་ངག་འབྲི་ངེས།

ང་ལ་མ་དགའ་རོགས།

ཀ་ཡེ། སེམས་པ་ཡོད་པའི་མི་དེ།
སྟོང་ཧླུང་ཟས་སུ་སྨོམ་པའི་གྲོགས་དེ།
མིག་ཆུས་མཁྲིན་པ་བརྣངས་པའི་ཁྱེད་ཀྱི་ལོ་ཟླ་དག
ངས་རི་མོ་བཞིན་མཐོང་འོང་གི་འདུག
ངས་སྙན་དབྱངས་བཞིན་ཐོས་འོང་གི་འདུག

བྱམས་པའི་སྙིང་ཆུང་།
བརྩེ་བའི་མིག་ཟུང་།
འཇམ་པའི་སེམས་ཚོར།

ངས་ཀྱང་ཐེག་མི་ཐུབ་པའི་ཁྱེད་ཀྱི་མཛེས་པ་དེ་དང་།
སུ་ལའང་གསང་མི་ཚུགས་པའི་ཤེས་པའི་དྭངས་མ་དེ་ལ།

འོ་ཞིམ་གྱི་བྱིལ་བྱིལ་བྱེད་དགོས་གནང་ནའང་།

ང་ཡང་ཟློག་རྫོབ་ཀྱི་མི་ཡུལ་ནས།
བརྐམ་ཆགས་ཀྱི་འདྲེ་ལག་བརྒྱུད་མཁན་ཏེ།
མི་མོའི་གཟུགས་ཅན།
སྲིན་མོའི་ཉམས་ཅན་དེ་ཡིན་པས།

ཁྱེད་ཀྱི་ནང་སྙིང་དེ་ལྟར་དུ་འདུལ་མི་འདོད།

བར་ཐག་ཡོད་པ་གནང་རོགས།
རྒྱང་ནས་གཟིགས་མོར་ཕེབས་རོགས།

ང་མི་ཡུལ་གྱི་གསོན་འདྲེ་དེ་ཡིན་སྲིད་ལ།
དམྱལ་ཡུལ་གྱི་གཤེད་མ་དེའང་ཡིན་སྲིད་པས།

ཁྱེད་ཀྱི་མིག་རྒྱུའི་ཁ་དོག་ཚོད་ཚོད་ལ་བསྙོགས་མི་འདོད།

ས་སྒྲོད་དང་རྒྱང་རིང་གི་ཁྲེད།

དྲན་པ་དེ་ཧླུང་བུ་བཞིན་བསིལ་བསིལ་དུ་འགུལ་བྱུང་།
འགུལ་བྱུང་བའི་སེམས་པ་སྙིང་ཁར་འཕགས།
ཁྲུ་སིམ་སིམ་གྱི་ཁྲེད།
ཞི་དུང་དུང་གི་ང་།
མིག་ཆུ་དེས་གཞི་ནས་ལུས་ཀྱི་ཚ་གདུང་ཞི་བར་བྱས།

མཁའ་མཐའི་སྤྲིན་པ་རི་མོ་བཞིན་མཛེས།
མཛེས་དྲགས་པའི་ཁྲེད་ཀྱིས།
ངའི་སྙིང་གི་འཕར་སྐྲར་འགྲམ་པ་བསྣན་རོགས།

ཚོར་བ་འདི་མེ་ལྕེ་དང་འདྲ་བར་གང་སར་མཆེད།
དུང་དྲགས་པའི་དབང་གིས་ངས་སྙིང་སྒྲུ་གྱེར་བར་མ་ཕོད།

ས་སྒོད་འདིའི་སྤྲ་རོལ་དུ།
གཉོམ་དུང་དེར་འཕྱིལ་བའི་དྲན་པ་དམར་པོ།
རོལ་དབྱངས་ཤིག་གི་འགྱུར་ཁུགས་ལྟ་བུའི་སེམས་འགྱུ་ཟབ་མོ་ཤིག

ས་སྒོད་འདིར། རྒྱང་ཐག་རིང་བའི།
ཁྱོད་ཕོ་ན་མཚམས་ སྤྲིན་བཞིན་སྙིང་དུ་སྟུག

༢༠༡༡ལོའི་ཟླ༥པའི་ཚེས༢༢ཉིན་ཟློ་ཁྲི་མདོར་ནས།

བར་ཐག

བར་ཐག་རིང་དྲགས་ན།
རི་སྨུག་དང་དྲན་གདུང་ལྷི་འགྲོ་ལ།
བར་ཐག་ཉེ་ཅ་ན།
བསྙུ་བྲིད་དང་འདོད་འདུན་མོད་དྲགས་པས།
ངོས་གཉིས་བར་གྱི་ཡོལ་རས་དེ་མེད་པར་མི་བཟོ་རོགས།

གལ་ཏེ་གློ་བུར་དུ་བར་ཐག་མེད་སོང་ན།
བར་ཐག་གིས་ང་ལ་གནང་བའི་སེམས་འདུན་ཡོད་ཚད།
འཛིན་ཐབས་བྲལ་བའི་འཇའ་ཚོན་དུ་གྱུར་ཨེ་འགྲོ།
ཐག་རིང་བོར་མ་འགྲོ།
ངའི་སྨོན་པ་འཁྱེར་འགྲོ།
ཐག་ཉེ་སར་མ་བཅར།
ངའི་བརྩེ་བ་བསྣུབས་འགྲོ།

༢༠༡༠ལོའི་ཟླ་༤པའི་ཚེས་༢༦ཉིན།

མཚོ་སྔོན་པོ་རྩ་མཚོ་ཁ་ནས།

དུས་ཚིགས་དེར། ལོ་ཟླ་དེར།
མཚོ་འགྲམ་དུ་འགྲེང་བའི་སེམས་ཚོར་ལ་མགོ་བོ་ཐེངས་ཤིག་བསྐྱས་ན།
སེའུ་འབྲུ་ལྷ་བུའི་མོ་ལོ་ཉི་ཤུ།
ཀུ་ཤུ་སྨིན་འདྲའི་མོ་ལོ་ཉི་ཤུ།
དགོད་སྒྲ་ཞིང་དུ་སྐྱེན་པའི་ལང་ཚོའི་མེ་ཏོག་བཀྲ།
མཚོ་མོ་དེའི་འཛམ་ཤ་དྲན་ན།
མཚོ་མོ་དེའི་ཁ་ཞེང་བསམ་ན།
ཚོད་ཚོད་ལ་སློན་པོ་གསེར་ཆེན་གྱི་གཏམ་རྒྱུད་དེ་ཡིད་ལ་བརྟགས་འོང་།

མོ་ལོ་ཉི་ཤུ།
དགའ་རོགས་མེད་ཀྱང་སྐྱོ་སྣང་རབ་རིབ་ཀྱི་གཏམས་པའི་དུས་ཚིགས་ཤིག
མོ་ལོ་ཉི་ཤུ།
སུ་ཞིག་ཤུགས་ཀྱིས་དྲན་ཡང་མིག་ཆུ་སེམས་ལ་གཏོར་བའི་ནར་སོན་གྱི་གོ་རིམ་ཞིག
མཚོ་མོ་དེའི་དྭངས་གཙང་དྲན་ན།

མཚོ་མོ་དེའི་གཉིང་ཚད་བསམ་ན།
ལན་བུ་བསླེས་པའི་བུ་མོ་ཞིག་གི་འདས་སོང་གི་རྐང་རྗེས་སེམས་ལ་དྲན་འོང་།

བསྟན་བཞིགས་ཆ་བོའི་མོ་ལོ་ཉི་ཤུ།
ལང་ཚོའི་བརྟེགས་པའི་མོ་ལོ་ཉི་ཤུ།
མཚོ་སྔོན་པོའི་གསེར་ཞར་དུང་བའི་ཞེན་ཆགས་མ་ལུས།
མེ་ཏོག་སེར་ཆེན་ལ་ཁ་རོག་གེར་མེར་ལབ་པ་བརྗེད་དུ་མེད་ལ།

ན་བུན་དང་སྨུག་པའི་གསེབ་ནས།
རླུང་རྟ་དང་ཁ་གཡང་མ་ལུས།
རི་བོ་ཉི་ཟླའི་རྩེ་མོར་སྤྲོན་སྣང་དེའང་།
མཛེས་སྡུག་གི་སེམས་ཚོར་ཡང་མོ་ཞིག

མཚོ་མོ་དལ་གྱིས་འཁྱོ་དུས།
ཐ་ཚླབས་ཡང་མོས་མཚོ་འགྲམ་གྱི་རྡེའུ་ལ་བྱིལ་བྱིལ་གནང་།

སེམས་ཚོར་རིགས་ཤིག་ནི།
འགྱུར་ཁྱུགས་ཞིག་དང་མཚུངས་ལ།
ཁ་ཁྱུ་སིམ་མེར་གྱི་གནས་སྐབས་གང་ལ།

སྣང་བ་བན་བུན་དང་ཡིད་ལ་འཆར་འོང་དུས།
སྤྲང་རྩི་ལྷ་བུའི་མངར་ཁ་གཞན་ཞིག་བསྣམས་འོང་གི་འདུག

༢༠༡༡ལོའི་ཟླ་༥པའི་ཚེས་༢༨མཚན་མོར་
གྲོང་ཁྱེར་སྔོ་ཁྲིའི་མོ་ཡེ་མཚོ་ཆེན་ཞིག་གི་འགྲམ་ནས།

ཐོབ་ཤོར།

འཁྲུལ་སྣང་དང་རྣམ་རྟོག་གི་ཐྲན་དུ་རྩུད་རྗེས།
ལྐྲད་མེད་ཀྱི་འཛུམ་མདངས་དང་།
དྭངས་གཙང་གི་སེམས་འགྱུ།
ཐ་ན་མིག་ཟླུང་ལས་འཁྲོས་པའི་འོད་སྣང་རེ་རེ་ཡང་།
ལས་དབང་གིས་ཁྱེད་ལ་ཆེད་དུ་བརྟེགས་པའི་ལེགས་སྐྱེས་སུ་སྣང་ཡང་།
འཚོ་བ་ཡི་ཕང་བ་ནས་ཁྲུ་སིམ་མེར་འགྲེངས་དུས།
རེ་སྨུག་དང་སྐྱོ་གདུང་གི་གཉེར་རིས་མ་ལུས།
སེམས་པ་ཕྱིས་ས་ནས།
ལག་ཟླུང་བརྐྱངས་ཤུལ་ནས།
མིག་ཆུ་གཏོར་ཤུལ་ནས།
རེ་རེ་བཞིན་ཟླ་ངོགས་སུ་འཁྱིལ་སྲིད་ལ།
མཚམས་རེར་ལག་མཐིལ་གྱི་རི་མོ་དེའང་།
སུ་ལའང་དབང་མི་སྲིད་སྙམ།
མཛེས་སྡུག་ནི་མེ་ཏོག་ཀང་གཅིག་དང་འདྲ།
ཧག་ཧག་ཁྱེད་ལ་མངའ་བ་ཡང་དེའི་དྲི་ཞིམ་དང་དགའ་སྣང་ཙམ་ཞིག་ཡིན།

གློ་བུར་དུ་ཀམ་སྲིད་ཀྱི་ལག་པ་ཞིག་གིས།
མེ་ཏོག་གི་མགོ་བོ་བཅད་དེ་སྣ་ཊུ་སྟོམ་ཚེ།
ཉིད་སྲིད་པའི་མེ་ཏོག་གིས་ཁྱེད་ཀྱི་དང་གཞང་འགག་པར་བྱེད་སྲིད།

༢༠༡༠ལོའི་ཟླ༡༢པའི་ཚེས༢ཉིན།

ཐག་ཉེ་ལ་རྒྱང་རིང་བའི་ཁྱེད།

ད་ལྟ་ང་རང་ཁ་པར་གྱི་ཐག་ཉེ་ན་ཡོད།
ཁྱེད་སེམས་མཚོ་མོ་ཡི་འགྲམ་ངོགས་ན་ཡོད།
བསླུ་བྲིད་དང་ལས་དབང་གིས་གཏོར་བའི་ཞེ་འདང་གི་ས་བོན་ཚུང་ཚུང་།
རྩ་བ་ཚུགས་ནས་རྩེ་མོ་རྒྱས་ཡོད་པས།
ལག་ཟུང་གཡུག་གཡུག་མི་བྱེད་དོན་ཅི་རེད།
སེམས་གཏམ་ལྷུག་པོར་མི་གནང་དོན་གང་རེད།

སྐྱེ་ཁའི་འདམ་རྫབ་ཀྱི་འཁོར་བའི་གློང་ནས།
ང་རང་གནམ་ལ་འཕུར་བའི་ཟེགས་མ་དེ་ཡིན་སྲིད་ཀྱང་།
རང་སེམས་ན་སྦྲར་བའི་ཀུ་སྨུད་ཀྱི་ལང་ཚོ་སྔོན་པོ་དེ།
སུ་ལའང་སྦས་ཚོག་ཀྱང་།
རང་ཉིད་ཀྱིས་ཚོར་མེད་དུ་སྒོམ་པ་ག་ལ་ནུས་འདང་།

ཐག་ཉེ་ལ་རྒྱང་རིང་བའི་ཁྱེད།
འཁྲིང་ཤིང་ཞེན་པའི་བཟོ་ལྟ་དེ་ང་ལ་མ་སྟོན་གྱི།
གཅེས་ཞིང་ཕན་པའི་ཟློལ་འཛུམ་དེ་ང་ལ་མི་གནང་རོགས།

ཁྱེད་ཀྱི་ཞེད་སྣང་གི་བརྟེགས་པའི་སེམས་པ་སྐྱ་བོ་དེ་ངོས་ལ།
ངས་ཁྲག་གི་རི་མོ་བྲིས་ཀྱང་།
ཁྱེད་ཀྱི་ཆང་པའི་ས་རྡུལ་གྱིས་བསྒོགས་འགྲོ་ལ།
ངས་རང་སེམས་རྗེན་པར་མངོན་ཀྱང་།
ཁྱེད་ཀྱིས་མིག་ཟུང་ཡང་ཡང་བཙུམ་འགྲོ་བས།
ང་རང་སོང་རྗེས་ཀྱི་ཉིན་མོ་དེ་ལ།
བདེ་སྡུག་གི་འཚམས་འདྲི་མི་བསྐྱུར་རོགས།

རྣམ་སེམས་ཆེ་བའི་བརྩེ་དུང་།

ཁ་བ་དལ་གྱིས་འབབ་སྐབས་དེ།
མེ་ཏོག་གི་ཟེའུ་འབྲུ་སྨིན་པའི་མཛེས་སྡུག་དེ་རེད་ལ།
སེམས་གཏམ་ལྷོད་པོར་གླེང་དུས་ནི།
ཉ་མོ་ཆུ་ལ་རྐྱལ་བའི་འཁྱུག་འགྲོས་དེ་རེད།
སྐྱིད་སྡུག་གི་འཚོ་བའི་གློང་ནས།
ངས་རང་སེམས་རི་མོར་བྲིས་ནས་ཁྱེད་ལ་སྟོན་ན།
ཁྱོས་མི་སེམས་རྗེན་པོར་བརྟོན་ནས་ང་ལ་གྱེར་ཐུབ་བམ།

མིག་ཆུ་དང་དགོད་སྒྲ་གཉིས།
ངའི་ལག་པ་རེ་ན་དམ་དུ་ཡོད་ཀྱང་།
རྣམ་སེམས་ཆེ་བའི་བརྩེ་དུང་དེ།
མུན་པ་ཡིན་ནམ་འོད་སྣང་ཡིན་པ།
ངས་ད་དུང་རྟོགས་ནུས་མེད།
སེམས་དང་སེམས་པ་འདྲེས་ཚུལ་དེ།

རྒྱུ་དང་འོ་མ་འདྲེས་རྩུལ་ཡིན་པར་རློམ་ཡང་།
ནམ་སེམས་དང་དམ་སེམས་ཀྱི་མཚེ་བའི་བར་ནས།
རང་ཉིད་རང་ལ་ཞེན་པའི་བརྩེ་བ་དེ་རྟོགས་འོང་།
ཁེར་རྐྱང་དེ་ཡང་སྡུག་ཡུས་ཀྱི་མིག་ཆུ་འདོན་སའི་མགོ་ཁུངས་དེ་ཡིན་ན།
མིག་ཆུ་ནི་བརྩེ་སེམས་ཀྱི་ཉིང་ཁུ་ལས་མཆེད་པའི་མར་ལོ་སེར་པོ་དེ་རེད།

ལུས་ཀྱི་ཁ་ཐག་རིང་ཡང་།
སེམས་ཀྱི་དུང་བ་ཉེ་བའི་སེམས་ཚོར་རེ་རེ་ཡི།
རི་སུལ་ལུང་བརྒྱུད་ལྡེབས་པའི་དམ་སེམས་མེ་རི་བཞིན་འཕྱུར་སྲིད་ཀྱང་།
དམ་སེམས་ཆེ་དྲགས་པའི་ལག་ཟུང་འདིས།
ནམ་ཞིག་ལ་སུ་ཡི་སྙིང་ལ་རྨ་ཁ་བཟོ་སྲིད།

རྨ་ཁ་བཟོ་མཁན་ནི་དམ་སེམས་དེ་ཡིན་དུ་ཆུག་ཀྱང་།
ང་ཁྱོད་ལ་བརྩེ་དུང་མེད་ཅེས་ངས་ནམ་ཡང་བརྗོད་ཐབས་བྲལ།

བརྩེ་བ་འདི་ཡང་ཐབས་རྟགས་ཤིག་རེད།

སེམས་པ་སེམས་ཀྱིས་བརྟེགས་ནས་ཁྱོད་ལ་ཕུལ་སྐངས་དེ།
དབྱར་གྱི་སྤང་ན་བཞད་པའི་མེ་ཏོག་སེར་ཆེན་ལ་འོ་ཞིག་བྱེད་ཚུལ་ཡིན་ན།
སེམས་པ་དྭངས་གཙང་ཆུ་རུ་བསྒྱུར་ནས་ཁྱོད་ལ་མཆོད་འབུལ་བྱ་ཚུལ་དེ།
སྐལ་བ་སྟོང་གི་ཚོགས་བསགས་ཟབ་མོའི་ལས་འབྲེལ་མདུད་པ་དམ་དུ་རྒྱག་ཚུལ་ཞིག་རེད།

ལུས་ཀྱི་དྭངས་གཙང་དུང་བའི་སེམས་དང་བསྡོངས་ནས་ཁྱོད་ལ་སྐྱེས་སུ་བརྟེགས་ཚུལ་ནི།
ལུས་དང་རྣམ་ཤེས་དབྱེ་བ་མེད་པར་འཁོར་བའི་འཁོར་ལོ་སྨུ་རུ་གྱུར་བ་དེ་རེད།
ང་ཡི་ལག་པར་དམ་དུ་འཛུས་ནས་མ་ཤི་གསོན་བྲལ་མི་བྱ་ཟེར་མཁན་ཁྱོད་ཉིད་རེད་ལ།
ང་རང་ཁྱོད་ལ་དགའ་ཅེས་ཚིག་ཧ་འགྱུར་མེད་མནའ་ཡིས་བསྐྱགས་མཁན་ཀྱང་ཁྱོད་རེད།

ང་ཡི་རྨི་ལམ་འགྲུབ་པར་ཁ་གཡང་སྒྲོག་ཞོར།
ནམ་མཁའི་སྐར་མ་ཡིན་ཡང་སྟེར་བར་སྤོབས་མཁན་ཁྱོད་རེད་ལ།
ལུས་ལ་ན་ཚ་ཕར་ཞོག
ལྷུང་དང་བསེར་བུས་གཙེས་ཀྱང་མི་བཟོད་སྐྱོ་ཉམས་སྟོན་མཁན་དེ་འང་ཁྱོད་རེད།

སེམས་པ་དང་སེམས་པ་སྦྲེལ་བའི་ཡིད་ཀྱི་མེ་ལོང་ངོས་སུ།
ཟློས་གར་ལྷ་བུའི་ལོ་རྒྱ་རེ་རེ་ཕྱིར་དྲན་གྱི་ཨ་ལོང་ལ་བརྒྱུས་ཐེངས་རེ་རེར།
ཟབ་དྲགས་པའི་ཞོགས་ཀྱུར་གྱིས་ལྷུད་པའི་མཛེས་སྡུག་ཐ་དག
འཚོ་བའི་ང་ལ་གནང་བའི་མཚམས་སྦྱིན་ལྷ་བུའི་ལེགས་སྐྱེས་དེ་ཅིས་མིན།

ད་ཉེ་མིག་ལ་ཆུ་འཁོར་བསྐོར་ཡང་སྐྱོ་རོགས་ཕྱེ་ལེབ་རྣམས་མ་དེ་ཡིན་ལ།
ཡིད་ཆེས་གོར་མོ་རྗེ་བཞིན་བྱས་ཀྱང་སེམས་པ་ལྷུགས་ཀྱི་གོང་བུ་དེས།
འགྱུར་མེད་དམ་བཅའ་ཟེར་བ་དེ་ཡང་ཆུ་མོ་ཁ་ཡི་ལྦུ་བ་དེ་རེད།
བརྩེ་བ་བརྩེ་བ་ཟེར་ཡང་།
མྱི་ཁའི་འདམ་གྱི་མཚོ་མོའི་གཞུང་ན།
ཚུལ་འཚོས་གོས་ཀྱི་བཀླུབས་པའི་ཁེར་རྐྱང་གི་ལོ་མ་སེར་པོ་དེ་རེད།

བསླུ་བྲིད་ལ་གཡོལ་བ།

རི་བོའི་ཕར་རོལ་ཚུར་རོལ་གྱི་བྲག་སྐད་དེ་ལས།
སྡེ་གྲོང་སྟོད་སྨད་ཀྱི་གླིང་བུའི་སྙན་དབྱངས་དེ་ལས།
རོགས་ཚུང་ལོས་དྲན་ཚུལ་བརྗོད་ལ་དུང་ཞེན་གླེང་།
ཞིང་གྲུ་བཞིར་ཡུར་མ་ཡུར་དུས།
ལ་གཞས་ཀྱི་གདངས་ཆ་བར་སྣང་གི་སྤྲིན་པར་བསྒོངས་ནས།
སུ་ཞིག་ལ་ཞེ་འདང་གི་དྲན་རྟེན་དུ་ཕུལ་སོང་ངམ།

མཛེས་སྡུག་ཉག་ཅིག་ནི།
སྐེར་གཉིས་དང་འདོད་འདུན་གྱི་མ་གོས་པའི།
ཁྱེད་ཀྱི་མཛེས་སྡུག་ལོ་ནར་དུང་བའི་སེམས་ཚོར་དེ་རེད།

ཕྱུགས་བསམ་དང་རྨི་ལམ་ཁྲིད་ནས།
རྒྱང་བསྐྱོད་དང་འཚོལ་བསྙེགས་བར་ནས།
སྙིང་ཉེ་བ་སུ་ཞིག་གིས།
བློ་དགའ་བ་གང་ཞིག་དེས།
ཁྱེད་ཉིད་ལོ་ན་འཛིག་རྟེན་འདིའི་ནོར་བུར་བསམ་སྒོང་ངམ།

དགའ་བ་ཉག་ཅིག་ནི།
བརྩེ་བ་བརྩེ་བར་རྟོགས་པའི་འདུ་ཤེས་ཏེ།
ཁྱེད་ཀྱི་མཛེས་སྡུག་རིན་ཐང་ལ་དུ་བཏང་བའི་སེམས་འགྱུ་དེ་རེད།

མི་ལྷེ་དང་མཚུངས་པའི་བསླུ་བྲིད་དེས།
དུག་སྦྲུལ་དང་འདྲ་བའི་ཞྒོག་གྱུར་དེས།
སྤྲིད་སྨན་ཞིག་དང་གཉིས་སུ་མེད་པའི་བདེ་སྡང་དེས།

སྐྲིས་པ་ཚོས།
དཔའ་བོ་ཡིན་ཁུལ་གྱིས། སྒྲོག་ལ་འཛེམ་བཞིན་དུ།
སྐྲིས་མ་ཚོས།
མིག་ཆུ་མོད་ཁུལ་གྱིས། གཤིས་འཛམ་ཡིན་ཁུལ་གྱིས།

རང་གི་ནོར་བུ་བསྒྱུར་ནས་གཞན་གྱི་ནོར་བུར་བསླབས།
རང་གི་མཛེས་སྡུག་བརླགས་ལ་གཞན་གྱི་མཛེས་སྡུག་འཕྲོག

ཁ་རོག་གེར་འདང་ཞིག་བརྒྱབ་ན།
སྟོང་དྲགས་པས།
སྙིང་ཁོང་གི་རྣམ་སེམས་དེ་ཡིན་ཡང་སྲིད།

༢༠༡༡ལོའི་ཟླ༦པའི་ཚེས༥ཉིན།

ཕྱོད་ཐྲན་ན་ཞེ་རེ་སྐྱེང་གི

སྔོང་ལོ་ཁེར་རྐྱང་ངང་ས་ལ་ལྷུང་དུས།
ཐྲན་པ་ཞིག་འདི་ལྟར་རྒྱས་མགོ་བཅུམས་སོང་།
ཁ་རོག་གེར་སྨུན་པ་འདིའི་གཏིང་རུམ་ནས།
གཏན་ཏུ་གཉིད་ལ་ཡུར་ན་བསམ་མོད།
ཕྱི་རོལ་གྱི་གོམ་སྒྲ་ཡང་མོ་དེ།
སུ་ཞིག་གིས་བསྐྱུ་བྲིད་ཀྱི་གཡབ་མོ་ཡིན།
ཕྱོད་ཐྲན་པས། ད་གཟོད་ཁེར་རྐྱང་འདི་སྡུག་བསྔལ་དུ་སྣང་ལ།
ཕྱོད་མེད་པས། ཉིན་མོའང་སྨུན་ནག་ཏུ་འཁྱུལ་འགྲོ།
མེ་ཏོག་གི་སེའུ་འབྲུ་དང་མཛེས་སྡུག་ཡལ་རྗེས།
ས་བོན་དང་རྩ་བའང་བརྗེད་འགྲོ་བ་སུ་ཞིག་གི་རང་གཤིས་ངོ་མ་ཡིན།
གྲིབ་གཟུགས་དང་མཉམ་དུ་ལམ་ལ་འགྲོ་ཐེངས་རེར།
ལྷུག་ཕྲན་གྱི་གྲིབ་མས་ཀྱང་སེམས་པར་གནོད་ལ།
འདབ་ཆགས་ཀྱི་འཕུར་སྒྲ་ལ་ཡང་སུན་སྣང་སྐྱེ།
ངའི་སྐྱ་ཐང་ཐང་གི་སེམས་པའི་བར་སྟོང་ན།
བརྗོད་འདོད་ཀྱང་ཀླུགས་འགྲོ་བའི་སེམས་ཚོར་རེ་རེ།

འབྲི་འདོད་ཀྱང་སྲུབ་འགྲོ་བའི་རི་མོ་རེ་རེ།

འཚང་ཁ་ཤིག་ཤིག་གི་ཁྱོད་ཕྱོགས་ལ་ཆས་སོད།

སྟོང་བསམ་དང་རེ་སྨུག་ལས་ཅི་ཡང་མེད་པའི་སྐྱ་ཐིང་ཐིང་གི་ལོ་ཟླ་འདིར།

ཁྱེད་དྲན་ན་ཞེ་རེ་སྙིང་གི

བརྩེ་བ་ཆུ་ལ་མ་བསྐྱུར།

མཛེས་པའི་སྐྱིད་ཚལ་ནང་གི །གསེར་སྦྲང་གཞོན་ནུ་ཆ་གཅིག །
བརྩེ་བ་ཆུ་ལ་མ་བསྐྱུར། །ལས་འབྲེལ་མདུད་པ་ཐེབས་དཀའ། །

སྐྱིད་པའི་མཚོ་མོ་ནང་གི །གསེར་མིག་ཉ་ཆུང་གཉིས་ཀ །
བརྩེ་བ་ཆུ་ལ་མ་བསྐྱུར། །དུང་སེམས་ཨ་ལོང་སྦྲེལ་དཀའ། །

ཡངས་པའི་རྩྭ་ཐང་སྟེང་གི །ཤ་བ་ཡུ་མོ་གཉིས་ཀ །
བརྩེ་བ་ཆུ་ལ་མ་བསྐྱུར། ། ཐོད་པའི་ཁ་ཡིག་འཕྲད་དཀའ། །

ཡ་གའི་ཐང་དཀར་ཀྲོད་པོ། ། མ་གའི་བྱིའི་ཆུང་འཇོལ་མོ། །
བརྩེ་བ་ཆུ་ལ་མ་བསྐྱུར། །རང་དབང་གཤོག་རྩལ་རྫོམས་དཀའ། །

ལྷོ་རོང་ཡུལ་གྱི་ཁྱེ་བྱུག །མོན་ཡུལ་ཕྱོགས་ཀྱི་འཇོལ་མོ། །
བརྩེ་བ་ཆུ་ལ་མ་བསྐྱུར། །ཁ་ཐག་རིང་མོ་གཅོད་དཀའ། །

ཨ་ཇོ་དུང་སེམས་ཅན་པོ། །བུ་མོ་བྱམས་སེམས་ཅན་མ། །
བརྩེ་བ་ཆུ་ལ་མ་བསྐུར། །དལ་འབྱོར་མི་ལུས་ཐོབ་དཀའ། །

༢༠༠༧ལོའི་ཟླ་དགུ་པར།

ཁེར་གཞས།

ཡིད་འགུག་གི་ལ་གཞས་སྙན་མོས།
ཞིང་གྲོང་གི་ས་སྲོད་དང་གཡང་དཀར་གྱི་འབབ་སྒྲ།
སྨན་ཁྲོད་ཀྱི་སྐར་ཚོགས་དང་སྒོ་ཕྱིའི་ཟུག་སྐད།
ཡོད་ཚད་ཤུགས་ཀྱིས་དྲན་པར་བསྐྱིམས།

སྒེའུ་ཡོལ་གྱི་རྒྱབ་ལྗོངས་མཚན་མོས་གཡོགས་ཤིང་།
ངལ་དུབ་ཀྱི་སེམས་པ་གྱང་ལ་བརྟན་དུས།
ངའི་ཁ་ཡ་ན་ཟླ ངའི་དྲིན་ཆེན་ཕ་མ་བདེ་ལེགས་སམ།
སྙན་ངག་གི་གདངས་དབྱངས་བར་ནས།
ལྷོད་མེད་ཀྱི་སེམས་ཚོར གྲོགས་པོ་ཚོའི་ཞེ་འདང་།
ཡོད་ཚད་སེམས་པར་བསྐྱལ་ཞིང་།
ཁེར་རྐྱང་གི་གདུང་ཡུས་ཡིག་འབྲུར་བརྒྱུས་ནས།
ཞེད་སྣང་གི་མིག་ཟུང་མདུན་ཕྱོགས་ལ་ཅེར་དུས།
ངའི་རྒྱང་རིང་གི་གྲོགས་པོ ངའི་རྒྱང་རིང་གི་གཉེན་ཉེ་བདེ་ལེགས་སམ།

སྔོན་མཇུག་གི་སྨུན་པའི་ངོགས་ནས།
ཡུལ་མི་ཚོའི་འཛུམ་མདངས་དྲན་ལ།
མཚོ་སྔོན་པོའི་ཁ་ཞེང་དྲན་བྱུང་།
རང་དབང་གི་མཚན་མོའི་ཀློང་ནས།
ཉམ་ཆུང་གི་སེམས་པ་ཐང་ལ་བསྐྱལ་བཞིན།
སྒོ་གསུམ་གྱི་བཅིངས་ཐག་ཡར་ལ་གཡུག་དུས།
རྒྱུས་མེད་ཀྱི་ཁྲིད་རང་བདེ་ལེགས་སམ།

༢༠༠༧ལོའི་ཟླ༤པར་བྲིས།

ཕྱིར་འཕུར་ཤོག ངའི་སྙིང་གི་བྱ་ཁུ་ལོ།

ངའི་དྲན་གདུང་གི་ཚེས་ཟབ་ས་ནས། འཕུར་སྐྱ་བའི་ཁུ་ལོ་ཁྱོད།
གང་ཞིག་ན། འཛུམ་མདངས་ཀྱིས་འཚོ་ཞིང་དགོད་སྒྲ་ཡིས་སྐྱོས།
ཕ་ཡུལ་གྱི་སྐར་ཚོགས་ཁྲ་མོའི་འོག་དང་།
གྲོང་ཁྱེར་གྱི་གློག་སྒྲོན་མེད་པའི་དབུས་ནས།
བདག་ཁེར་རྐྱང་གི་འཚོ་བར་གོམས་ཤིང་འདྲིས་མོད།
ཁྱེད་མེད་པའི་དེ་རིང་གི་ཉིན་མོ་འདིར།
ང་ནི་ཇི་འདྲའི་ཉམ་ཆུང་ཅིག
ང་ལ་ཇི་འདྲའི་སུན་སྣང་ཞིག

ངས་མཛེས་སྨུག་གི་ཕྱིར་དྲན་མངར་མོའི་ཏུམ་ཁ་ནས།
མ་འོངས་པའི་འཕྲུལ་སྣང་སྣ་ཚོགས་ཡང་ཡང་འཆར་ཞོར།
སྨུག་ནག་པའི་མཚན་མོ་ཡལ་གྱིས་བསྐྱུལ།
སྤྲིན་པ་ལྷ་བུའི་དྭངས་གཙང་གི་སེམས་པ་དེ་དང་།
ནམ་མཁའ་ལྷ་བུའི་ཁོད་ཡངས་ཀྱི་སེམས་རྒྱ་དེ།
ད་དུང་། ཉི་འོད་འདྲ་བའི་བརྩེ་དུང་གི་རྡོལ་འཕོལ་ཡོད་ཚད།

བདག་ལ་དབང་བ་བདེན་པ་ཡིན་ན།
ངའི་སྨིན་བཞིན་པའི་ལང་ཚོའི་དྭངས་མ་དང་།
ལྷོད་མེད་པའི་སེམས་པ་དམར་པོ། སྨུག་རྩེ་ལས་འཁྲོས་པའི་ཚོར་འདུ་ཐ་དག
ཁྱེད་ཀྱི་ཡིན་པ་ཡིད་ལ་ཟུངས།

འཚོ་བ་དང་རྨི་ལམ་གྱི་བར་ཐག་ནི་ཤིན་ཏུ་རིང་ལ།
རེ་སྨུག་དང་དྲན་པ་ཡི་རྒྱང་ཐག་ནི་ག་ཚམ་ཡིན།
ཛོ་མ་ད་ལྷ།
★ཁྱེད་ཀྱི་ཁེར་རྐྱང་གི་སེམས་པ་གཉོམ་དྲགས་པས་ངའི་དྲན་གཏུང་གི
ཁུར་པོ་ཤིན་ཏུ་ལྗི།
དཔྱིད་དཔལ་ལྷ་མོ་ལྷ་ཡུལ་ནས་ལམ་ལ་ཆས་དུས།
ངའི་སྐྱོང་དྲགས་པའི་འཚོ་བ་སྙིང་ལ་བཅངས་ཞོར།
སྐྱོ་དྲགས་པའི་སེམས་པ་ཡང་ཡང་སྒོམ་བཞིན།
རེ་འདུན་སྐྱོང་དང་དྲན་པ་ཁྲི་ཕྲག་གི་དུང་བ་བསྡམས་ནས།
སླར་དུ་ཕྱིར་ཕེབས་ཤོག   ངའི་སྙིང་གི་བྱ་ཁུ་ལོ།
★སྐྱེས་མ་རྫོམ་པ་པོ་མཁའ་མོ་རྒྱལ་གྱི་ཚིག་གཡར་བ།

ཁྱེད་ལ་ངང་སྒྲུག་བྱས་ཚུལ་ནི།

རྗི་ལམ་དང་འཚོ་བའི་བར་ཐག་གཅོད་བསམ་གྱི་རྣམ་སེམས་དེ་རེད།
མིག་ཆུ་དང་སྨུན་ནག་ལྷན་དུ་ཉམ་པའི་གོ་རིམ་སྒྱུར་བོ་དེ་རེད།
ཡར་ངོས་ཟླ་བ་ཆེས་རིས་མ་ཁ་གང་བའི་ངང་ཚུལ་ཡོན་རེད།
སེམས་ཁྱུར་ནི་སེམས་ཁྱུར་ལྷག་མ་ཞིག་ཏུ་གྱུར་ཚར་ཚུལ་དང་།
བརྩེ་དུང་ཡང་རང་དབང་གི་མདུང་རྩེ་དེ་ནང་དུ་བསྒོར་ཚུལ་ཡིན་ན།
ངས་ཧག་ཧག་ཅི་ཞིག་བསམ་ཚོག་གམ།
ངས་ཁང་བ་ཆེན་པོ་དང་ཧྲངས་འཁོར་ཡག་པོ་བསམ་གྱིན་མེད།
ངས་ཟས་གོས་འཇོམས་པོ་དང་རྒྱུ་ནོར་ལོངས་སྤྱོད་བསམ་གྱིན་མེད།

ངས་ལེགས་ཉེས་གླེང་བའི་འཚམས་འདྲི་ཆུང་ཆུང་ཞིག
ངས་སྐྱིད་སྡུག་གླེང་བའི་སེམས་གསོ་ཆུང་ཆུང་ཞིག
ཐན་ཡོད་ཚད་ལ་སྨོན་འདུན་ཞུ་བའི་ལེགས་སྐྱེས་ཆུང་ཆུང་ཞིག་ལས་ཅི་ཡང་བསམ་བཞིན་མེད།

ངའི་མཚན་མོ་སྟོང་ཐྲག་གི་སེམས་ཚོར་གླེང་ན།
མིག་ཆུ་དང་གས་ཆག་མོད་པའི་རྗི་ལམ་ཡོན་ལས།

ངས་ཅི་ཞིག་སྤྲར་མོས་བཟུང་ཚོག

ངས་ཅི་ཞིག་སྙིང་ལ་ཉར་ཚོག

རང་ལས་གཞན་གཅེས་པའི་སེམས་ཚོར་འདི།

བརྩེ་དུང་གི་བདེན་པར་ཨེ་འགྲོ།

མི་སེམས་ནི་ཧག་ཧག་རྩུ་ཁའི་ལྷུ་བ་ལས་མེད་པ་ཨེ་ཡིན།

ང་ལ་རེ་སྨུག་སྟེར་བར་སྐྲག་པའི་མི་དེ་དོན་དམ་དུ་སུ་ཡིན་ནམ ཁྱོད་ཡིན་ནམ།

ངས་ད་དུང་མི་ལོ་ག་ཚོད་ལ།

ལྷག་བསམ་དང་ཡིད་ཆེས། རེ་བ་ཁོ་ན་ཁྱེར་འོང་བའི་ཁྱེད་ཉིད་ལ་སྨུག་དགོས།

ཁྱེད་ལ་སྨུག་པའི་ངང་ཚུལ་ནི།

ལོ་ཟླའི་ངོ་གདོང་ལ་གཉེར་མ་འབྲི་བའི་ངང་ཚུལ་དེ་རེད།

ཁེར་རྐྱང་གི་མེ་ཏོག་ཨུ་དུམ་ཝ་ར་མིག་རྩའི་གློང་ནས་འཁྲུངས་ཚུལ་དེ་རེད།

ད་དུང་ཁུ་བྱུག་ཆར་ལ་སྨུག་ཚུལ་དང་།

ཉི་མ་ཚང་ལ་ལོག་སྣང་རེད།

སྙིང་ཉེ་བའི་མི་ལགས།

ནམ་ཞིག་ལ་ཁྱེད་ཀྱིས་རང་ཉིད་ངོ་མ་པོ་དེ་ཁྱེར་ནས་ཐོན་འོང་།

ནམ་ཞིག་ལ་ཁྱེད་རང་རྣམ་ཤེས་དང་ལྷན་དུ་ངའི་གམ་ལ་ཐོན་ཐུབ།

མི་ཚེ་འདིར། ཁྱེད་ལས་བརྩེ་དུང་གི་བདེན་པ་རྟོགས་ཐུབ་ན།

མི་ལོ་འདིར། ང་ལས་ཁྱེད་ཀྱིས་བརྩེ་དུང་གི་གསང་བ་བརྟོལ་ནུས་ན།

ངའི་ཚེ་སྲོག་གི་བཞུར་རྒྱུད་ཁྲོད་དུ་འགྱོད་སེམས་མེད་ལ།

ངའི་རྣམ་ཤེས་ཀྱི་གུར་ཁང་ནང་ན་ནག་ཉེས་མེད།

ཁྱེད་ལ་ངང་སྨྱུག་བྱས་ཚུལ་ནི།

ཟླ་བ་ཡར་ངོ་མར་ངོས་འཕེལ་འགྲིབ་ཀྱི་སྣང་ས་སྣང་བས་དེ་རེད་ལ།

ཁྱུ་བྱུག་བུ་མོ་མོན་ནས་ལོག་ཚུལ་དང་།

ཁྱིའུ་ཆུང་འཛོལ་མོ་ནགས་ནས་གྲགས་ཚུལ་དེའང་རེད།

༢༠༠༨ལོའི་ཟླ་༡པོའི་ཚེས་༡༢མཚན་མོར།

མཚོ་ཁའི་ཉི་ཟེར།

ཞོགས་པའི་འཇམ་ཤ་དེ་ག་ལེར་གཙོང་ལ་བསྟན་ན།
མཚོ་ཁའི་ཉི་ཟེར་གྱིས་ང་ཡི་མིག་ཟུང་འཕྲོག་ཡོང་།
མཚོ་སྙིང་ན་ངང་བའི་ཕྲུ་ཚོགས་ལྡོད་གྱིས་བཞུད།
དེ་ཁྲོད་ན་ཁྱོད་ཨེ་ཡོད བཞུད་སོང་བའི་ཁྱོད་ཨེ་ཡོད།
ང་མཚོ་མཐར་ཉུལ་ཡང་སེམས་པ་རྩྭ་ཐང་སྔོར་འགྲོ་དོན།
ཁྱོད་རང་མཚོ་མོ་འདིའི་གཡས་ཕྱོགས་ནས་སྐྱེས་ཏེ།
གཡོན་ཕྱོགས་ནས་གཟིམས་ཡོད་པས་ཨེ་ཡིན།
མཚོ་ཁའི་ཉི་ཟེར་གྱི་མཛེས་སྡུག་གིས།
ཁྱོད་ཀྱི་རེ་བ་དང་འཛུམ་མདངས་དྲན་པར་བརྒྱུས་སོང་།
ཁྱོད་ཀྱི་ལང་ཚོ་དང་རྨི་ལམ་སེམས་ལ་འཁྱིལ་ཡོང་།
ཟླ་དྲུག་པར་ཁྱེད་རང་བཞུད་པ་སྦྲ་དྲགས་པས།
ད་ལོའི་དབྱར་ཟླ་རྗེས་པོར།
ངས་རྫོད་འཕོལ་མ་རེག
མཚོ་ཁའི་ཉི་ཟེར་གྱི་གློང་ནས་ཁྱོད་རང་དྲན་ཚེ།
སྔར་བཞིན་ཕངས་སེམས་དང་སེར་སྣས་གཏམས་འོང་ཡང་།

མཚོ་ཁའི་ཉེ་ཟེར་བཞིན་གྱི།

ཁྱེད་ཟེར་བ་ཞིག་སེམས་ཀྱི་ཟབ་ས་ན་དྲན་རྒྱུ་ཡོད་པས།

ང་ལ་གོམ་ཁ་སྨག་རུམ་ལ་གཏོད་པའི་སྤོབས་པ་ཅིག་དང་།

སྟར་ལྷར་ལམ་ལ་ཆས་དགོས་པའི་དྲན་བསྐུལ་ཅིག་འདུག

༢༠༡༥ལོའི་ཟླ་༤པའི་ཚེས་༡༧ལ།

མིང་དེ་བསུབ་ཡོད།

སྐྱུར་སིལ་སིལ་གྱི་ལོ་ཟླ་ཞིག་གི་དྲན་རྗེན་དུ་ལུས་པ།
སྨིན་མེད་པའི་ཀུ་ཤུ་སྐྱུ་རྗེ་ཞིག་གི་ཚི་གུ་དེ་ཡིན།
བསམ་མེད་ཀྱི་ལོ་ཟླ་སྙིང་རྗེ་བོ་དེ་དག
ནམ་ཡང་མཚར་སྡུག་གི་དཀྱིལ་འཁོར་དུ་གྲུབ་ཡོད།

ཉིན་ཐོ་གྲངས་མེད་ཀྱི་འབྲི་དེབ་སྣ་ཚོགས།
འཚོ་བའི་མེ་ལྕེ་ཡིས་སྔོ་མོ་ནས་བསྲེགས་ཚར་ཀྱང་།
ལན་གྲངས་དུ་མའི་བོར་སྟོར་དང་འཚོལ་བསྒྲིགས་བྱེད་ནས།
དུང་བའི་འདོད་པ་ང་ཡིས་ད་དུང་ཐོས་ཐུབ་ལ།
རེ་བའི་སྒུག་པ་ཁྱེད་ཀྱིས་སྣང་བཞིན་ཚོར་ཐུབ་པས།
ལས་དབང་ཡིན་ལ་ལན་ཆགས་ཡིན་པའི་ཚོར་བ་འདི་དག་གང་ལ་འཇོག

འདུ་བྲལ་གྱི་ཆོས་ཉིད་ཟབ་མོའི་ཀློང་ནས།
མིང་དེ་སྐད་དང་པར་དང་བཅས་ཏེ་བསུབ་ཡོད།
སློའུ་རྟགས་རིགས་ཤིག་བསྟན་ནས།
ཁྱེད་ཀྱི་སྣང་ལྗོངས་མེ་ལ་བསྲེགས་མི་ཉན།
ང་ཡི་རྩྭ་ཐང་རྒྱལ་དུ་བརླགས་མི་རུང་།

ད་ནི་རྩྭ་ཐང་སྔོན་མོའི་མཛེས་སྡུག་མ་གླེང་།
རབ་དཀར་གཙང་བོའི་ཟབ་ཚད་མ་བརྗོད།
གྲི་ལིང་ཧྲ་ཡི་བང་རྩལ་མ་ངོམ།
ཆར་དང་རྩུ་བོའི་འཛམ་མཉེན་མ་བསམ།
ཐང་སྨུག་སྦྲ་ཡི་ཆག་འཛིག་མ་ཞུ།
རྒྱ་མཚོ་ལྷ་བུའི་བརྩེ་བ་ཞིག་དེ་གར་བསྐྱིལ་ཡོད་ན།
རི་བོ་ལྷ་བུའི་དུང་བ་ཞིག་འདི་ནའང་བརྟེགས་ཡོད།

ཚང་ཚིང་ནགས་སློང་གི་དབུས་ནས་མིང་དེ་བསྐུབ་ཟིན།
ན་བུན་ལང་ལོང་གི་གསེབ་ནས་མིང་དེ་བསྐུབ་བཞག
སུ་དང་གང་གིས་བགོ་སྐལ་ལ་མ་སྨིན་པ་དེ་དག
འབྲུ་དྲུག་གི་སྙེ་མའི་གསེབ་ནས་སྦས་རོགས།
ཕྱིར་དྲན་གྱི་མཚོ་མོའི་གློང་ནས་བསྐུབ་རོགས།

༢༠༡༥ལོའི་ཟླ༦པའི་ཚེས༡༧ཉིན་
འགྲུལ་བཞུད་ཅིག་གི་ལམ་བར་ནས་བྲིས།

སྐྱོ་རོགས་དང་སྐྱུད་མདུད་པ།

ཁམས་གསུམ་འཁོར་བ་སྐྱིད་སྡུག་ལས་འབྲས་ཀྱི་གཞི་མ། །
འདུ་བྲལ་ཆགས་འཇིགས་དགའ་སྐྱོ་རེས་མོས་སུ་འཁོར་བ། །
མི་རྟག་སྒྱུ་མ་ལྟ་བུའི་འཚོ་བ་ཡི་གློང་ནས། །
ཉི་ཟླའི་འཆར་ནུབ་ཡིད་ཀྱི་དྲན་ཤིང་ལ་བཀྲུས་ཡོད། །

རིག་འབྱུང་གྲོང་ཁྱེར་འཐོད་པའི་སྟེ་ཆེན་དེའི་དབུས་ན། །
ཡིད་ཀྱི་དང་བ་འདྲེན་པའི་དབྱངས་ཅན་མའི་རྒྱུད་མངས། །
ངག་རིག་སྨྲ་བརྗོད་སྙན་པའི་ཚིག་སྦྱེབས་ལ་མཁས་པའི། །
ཨ་མ་མཛངས་མ་རྗེ་བཙུན་མགུར་མ་ཞིག་བཞུགས་ཡོད། །

ལོ་དང་ཟླ་བའི་ཁ་ཆར་བུ་ཡུག་ལ་མ་སྐྲག །
ཉིན་དང་མཚན་གྱི་ལྟ་འདྲེ་གདོན་བགེགས་ལ་མ་ཞེད། །
ཁ་ཡ་ན་ཟླའི་ཁ་འཕྱུས་སྙིང་འཕྱུས་ཀྱིས་མ་ཐུབ། །
སྨྱི་ཁའི་བཙན་རྫོང་སྒོ་མེད་རྟག་མེད་ནས་མ་ཤི། །

ལུས་དང་ལང་ཚོ་ཟད་པ་ལྟུང་ཁ་ཡི་མར་མེ།།
ཚོགས་དང་བརྩོན་འགྲུས་བརྩམས་པ་ཙང་ཤེས་ཀྱི་རྟ་ཕོ།།
རིགས་ཀྱི་རྒྱུ་ཐག་སུམ་ཙེན་ལྷ་ཡུལ་ལ་གཏད་པ།།
མཛེས་མ་མཛངས་མ་གངས་ཅན་བོད་ཡུལ་གྱི་ཨ་མ།།

ལས་ཀྱི་འབྲས་བུ་མངལ་གྱི་གྲུར་ཁང་ལ་འཁོར་ནས།།
དཀའ་སྡུག་འཚོ་བ་ཐོད་པའི་གཉེར་རིས་ལ་གསལ་ཡོད།།
རེ་བའི་རྨི་ལམ་ཡིད་ཀྱི་ཨ་ལོང་ངོར་བཀལ་ཡོད།།
བརྩེ་བའི་དབྱངས་རྟ་འགྱུར་མེད་ས་གཞི་ལ་འཐིམས་ཡོད།།

ཉེ་མའི་སྣང་བ་སྒྲོ་བུར་སྨུན་པ་ཡིས་སྒྲིབ་ནས།།
མིག་གི་རྟོག་དབྲལ་སྙིང་གི་རྩ་བའང་གཏུབ་པས།།
སྨྲ་འགགས་གྲིན་འདར་ཡིད་ཀྱི་སྒོ་མོའང་བརྒྱབ་སོང་།།
ཀྱི་མ་ཀྱི་ཧུད་ཉམ་ཆུང་མ་ལོ་ཡི་སེམས་པ།།

སྟོན་གྱི་བ་མོ་དགུན་གྱི་གྲང་ངར་ལ་བསྡོངས་ནས།།
དཔྱིད་ཀྱི་ལྟུང་བུ་དབྱར་གྱི་ཤ་འོད་དང་འགྲོགས་ཏེ།།
དུས་ལ་དབྱེར་མེད་སྨྲ་བརྗོད་མགྲིན་པར་ནས་ལུས་སོང་།།
སེམས་ལ་ངེས་མེད་ཚོར་བ་དབུ་མ་ལས་འཚོལ་སོང་།།

སེམས་དང་བསམ་པ་མ་གྲོས་གཅིག་མཐུན་ཏུ་བྱུང་བ།།

བདེ་སྡུག་ཚོར་བ་རྗེན་པོའི་སྒྲོང་སྐྱངས་ཀྱང་འདྲ་བ།།
ལས་དང་དབང་གིས་རྣམ་ཤེས་གློག་རེས་ཅིག་བྱས་པའི།།
སྐྱིད་སྡུག་འཚོ་བའི་ལས་སྣང་ཡིད་དབུས་ནས་གསལ་འདྲ།།

ཡིད་སེམས་མ་བདེ་སྐྱིད་སྡུག་མཉམ་སྒྲོང་ལ་རེ་ཡོད།།
སྒོ་ཁ་མ་བདེ་ཉིན་ཞག་དབྱེར་མེད་ལ་བསམ་ཡོད།།
བསླུ་བ་མེད་པའི་ལས་འབྲས་དཀོན་མཆོག་ལ་ཞུས་ནས།།
སེམས་ཀྱི་སྒོ་མོའི་དར་དཀར་ཡོལ་བ་དེ་ཕྱེས་ཤོག །

འདས་པའི་ལོ་ཟླ་ང་ཡི་མིག་ལམ་ན་འཚོས་ཡོད།།
ཕྱིས་ཀྱི་འཚོ་བ་ཡ་ཆུང་སེམས་པ་རུ་རུམ་ཡོད།།
མ་སྐྱོ་མ་སྡུག་ཨ་ཅག་འཆི་མེད་ཀྱི་སྒྲོལ་མ།།
ང་ཡི་ལག་པ་ཁྱེད་ཀྱི་ལག་མཐིལ་ན་བཞག་ཡོད།།

༢༠༡༥ལོའི་ཟླ༦པའི་ཚེས༡༨ཉིན།

འཛོམས་པ་ཡག་མོ།

རི་རྩེ་དཀྱུང་ལ་ཟུག་འདྲ། །སྤྲིན་དཀར་བང་རིམ་བརྩེགས་འདྲ། །
ཉི་ཟླའི་གུར་ཁྱིམ་ཕུབ་འདྲ། །སྐར་ཚོགས་ཁྲ་ཆིལ་དཀྲུ་ཆིལ། །

རྒྱང་རིང་གནམ་སའི་མཐའ་ཡི། །བདེ་ཆེན་ཁྲོམ་པའི་དབུས་ན། །
མི་ཚོགས་བརྒྱ་འདུས་སྟོང་འདུས། །བྱ་བརྒྱ་མཁའ་ལ་སྒྱུར་འདྲ། །

ལས་འབྲས་ཟབ་མོ་མེད་ན། །ལྷན་འཛོམས་ཡོད་ས་མ་རེད། །
ལས་འཕྲོའི་མདུད་པ་མེད་ན། །ཡན་གཅིག་མཇལ་བར་དཀའ་འོ། །

ཞིང་ཁང་གྲུ་བཞིའི་ནང་ལ། །ཟས་ལ་རོ་བརྒྱ་ལྡན་པ། །
ནས་ཆང་ཁ་ལ་ཞིམ་པ། །གཞས་རྒྱུང་རྣ་ལ་སྙན་པ། །

མང་རའི་གཞུང་ནས་ཡིན་པའི། །སྨུ་ཚང་རྟ་མགྲིན་ཐར་དེ། །
རྒྱ་བོད་གཞུང་ལ་མཁས་པ། །ལས་མཐུན་གྲོགས་ལ་བྱམས་པ། །

སྒོ་མི་གཡུ་ཚའི་གཞུང་གི །སྟག་ཤར་བརྩུན་ཐར་རྒྱལ་ལོ། །
ཁ་མཚར་གཏམ་ལ་མཁས་པས། །ཁྲིམ་པ་ཁུར་ལ་བསྐུར་འགྲོ། །

རེབ་གོང་རིག་འབྱུང་གྲོང་གི །གསར་ཛིག་སྒོམ་པ་ཚེ་རིང་། །
ཡ་ཡོག་ཛ་ཛུ་མེད་པར། །ལྷ་རིས་བཞེངས་ལ་མཁས་པ། །

གཙན་ཚ་མདའ་མོ་རྫོང་གི །གཞོན་ནུ་ཕུན་ཚོགས་དོན་འགྲུབ། །
སྨྲ་བ་མང་རྒྱུ་མེད་ཀྱང་། །རིགས་མཐུན་གྲོགས་ལ་བརྩེ་བ། །

ཁྲི་ཀ་གསེར་སྨུག་རྫོང་གི །མཛངས་མ་བསོད་ནམས་སྐྱིད་པོ། །
གཉིས་འཛམ་ཐུགས་རྩིས་ཞིབ་པས། །གྲོགས་བརྒྱའི་ཡིད་ཆེས་གཏད་ཡོད། །

ལྷ་སའི་གཞུང་ནས་ཡིན་པའི། །སྨན་ཤར་ཚེ་རིང་གཡང་འཛོམས། །
ལྷུ་ཚང་ཞབས་བཏེགས་བརྒྱབ་ནས། །སྨུ་གཞས་གཏོང་བར་མོས་པ། །

ཆབ་འགག་གཞུང་ནས་ཡིན་པའི། །ཨ་ཅག་སྒྲུ་མོ་སྐྱིད་འཛོམས། །
སྨྲ་ཉུང་ལྷོད་པོར་བཞུགས་ཀྱང་། །སེམས་པ་རྙི་ལས་སྙོར་ཡོད། །

གཞིས་ཀ་རྩེ་ནས་ཕེབས་པའི། །སྨན་ཤར་ཕུར་བུ་སྒྲོན་མའི། །
སྐད་ངག་ཁུ་བྱུག་འདྲ་བོ། །དར་ལུང་རྣ་བར་སིམ་ཡོད། །

ཉི་མ་ཟླ་བྲང་ཕྱོགས་ཀྱི། །མཛེས་མ་བདེ་སྐྱིད་མཚོ་མོ། །
ཁ་སྒོ་སྐྱེ་འབྲས་མཚར་བས། །ཕོ་བརྒྱུའི་སེམས་པ་དཀྲུགས་ཡོད། །

ལ་འགྲོ་ཞོལ་ནས་ཡིན་པའི། །བོད་མོ་བོད་གཞུག་ང་ཡང་། །
ཀུ་རེ་གཏམ་ལ་དགའ་བས། །བྲོམ་པ་སྐྱིད་ལ་བསྐུར་ཡོད། །

བདེ་ཆེན་སྡེ་བའི་གྲོང་གི །དགའ་སྐྱིད་དཔལ་ལ་རོལ་བའི། །
འཛོམས་པ་ཡག་མོའི་ལོ་ཟླ། །མ་བརྗེད་སེམས་ལ་འཛོག་རོགས། །

ཞེས་སེམས་ཀྱི་ཉི་ཟླའི་གྲོང་ནས་བྲིས་
༢༠༡༥ལོའི་ཟླ་༧པའི་ཚེས་༥ཉིན།

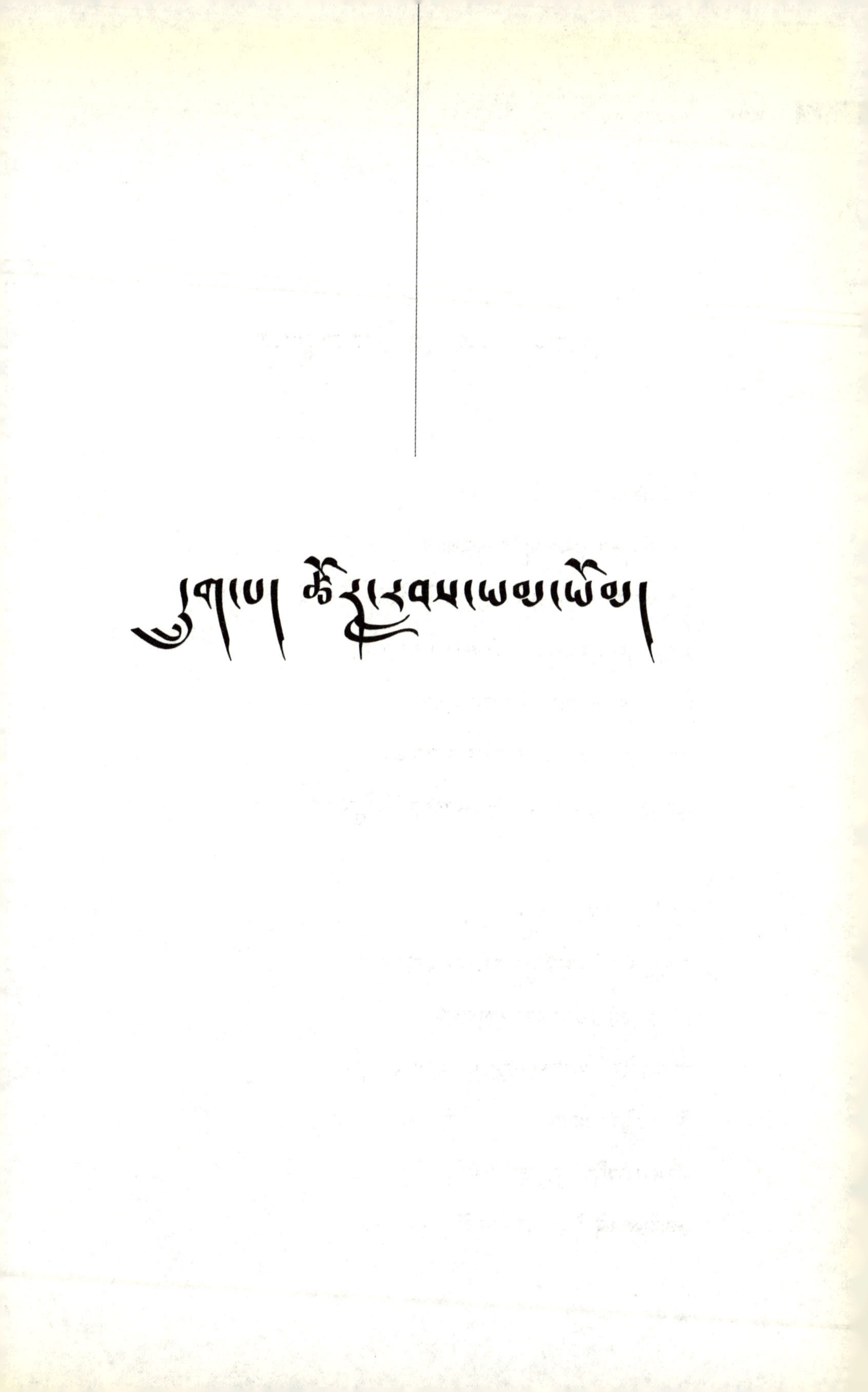

[illegible]

རྒྱང་རིང་ནས་ཐག་ཉེར་བལྟ་དུས།

རི་བོ་གཅིག་བརྒལ་གཉིས་བརྒལ།
མཚོ་མོ་གཅིག་ལྡེབས་གཉིས་ལྡེབས།
ལྡོག་མ་བཟོད་པའི་བསླུ་བྲིད་ཀྱི་རྒྱང་རིང་འདི།
སྐྱུར་མ་ཐུབ་པའི་གདམས་གསེས་ཀྱི་ལམ་བུ་འདི།
བར་ཐག་དངོས་གནས་རིང་དྲགས་སོང་།
ངས་སེམས་པ་མང་པོ་སེམས་ཀྱིས་བསྐྱུར་ནས།
ཡང་བསྐྱུར་སེམས་པ་དུ་མ་སྙིང་ལ་ཞར་དགོས་བྱུང་སོང་།

རྒྱང་རིང་ན། ས་མཐའ་ན།
ཡུལ་གྱུར་བའི་གཏམ་རྒྱུད་རླུང་ལ་བསྐྱུར་འདུག
ཞེ་སྐྲེང་བའི་དྲན་པ་རི་ན་ལུས་འདུག
ཁ་ཐག་རིང་ས་འདི་ནས ཆར་བ་མོད་ས་འདི་ནས།
ཁྱེད་ལ་གྱེས་ཡང་ཁོང་ལ་འཕྲད་དགོས་ཚུལ་བསམ་ན།
སེམས་པ་འདི་མིག་ཆུ་རྗོག་པོ་དེ་རེད།
རྣམ་ཤེས་འདི་སྤྲིན་དཀར་ལེབ་མོ་དེ་རེད།

སྙིའུ་ཁྲུང་ལས་ནམ་མཁར་ལན་རེ་བལྟ་དུས།

ཤ་འདྲེས་རུས་འདྲེས་ཀྱི་ངའི་ཐག་ཉེ་མ་ལུས།

སྤར་བཞིན་ངའི་ཕ་རོལ་ན སྤར་བཞིན་ངའི་རྒྱང་རིང་ན།

སེམས་པ་དང་རྣམ་ཤེས་སྤྱུར་བའི་ཕྱིར་དྲན་མ་ལུས།

མཚོ་རྡོགས་ཀྱི་ངང་པ་ཅི་བཞིན།

ལྡེམས་སེ་ལྡེམས།

དུས་ཚིགས་འདིར། ཕྱིར་དྲན་པོ་ན།

ངས་མགོ་བོ་བསྙེས་ཚོག་པའི་ཀ་བ་དེ་རེད།

ངའི་རྒྱང་རིང་གི་ཐག་ཉེ་ཡོད་ཚད།

སྤར་བཞིན་དྲན་གདུང་དང་རེ་སྒུག་གི་གཏམས་ཡོད་ཚད་བསམ་ན།

ང་ལ་མིག་ཆུ་བཞུར་ཤོམ་མི་འདུག་ཨང་།

གཅེར་བུར་བུད་དེ་སྙན་ངག་བྲིས་ན།

མེ་ཏོག་ཡལ་མེད་པའི་བུ་མོ་ཞིག་གི་ངོ་གདོང་ལྟ་བུའི།
ཞོགས་ཟེར་གྱི་ཉི་ཐིག་དེ་སྙེའུ་ཁུང་ངོས་སུ་འཕྲོས།
ཕྱི་རོལ་གྱི་ལྗོན་པའི་ཡལ་ག
འཁྱུག་ཙམ་འཁྱུག་ཙམ་བྱེད།

ཁྲུས་གཙང་བྱས་པའི་ལུས་སེམས་རྗེན་པོ་དེ།
ཤེལ་དཀར་གྱི་མེ་ལོང་ལྟ་བུའི།
འཛམ་གླིང་གི་མཚོ་མོ་འདྲ་བའི།
བྱིས་པ་སྣོན་ནུ་ཞིག་གི་ཚེས་ཐོག་མའི་དགོད་འཛུམ་དང་མཚུངས།

དམར་ཧྲེང་ཧྲེང་དུ་འཛིག་རྟེན་ལ་བསྙེབས་ཚར་རྗེས།
གོས་ལྭ་ཞེས་པའི་ཚུལ་འཆོས་ཀྱི་ཕྱི་གོས་གཡོགས་ཏེ།
སུ་ཞིག་གིས་ཀྱང་མི་མ་ཡིན་གྱི་བྱ་སྤྱོད་སྟར་ནས་བསྙད་ཚར།
རྗེ་མི་ལ་འདྲ་འདྲའི་སྟོང་ཉིད་སྒོམ་མཁན།

ལྗོང་པེ་ཏ་འདྲ་འདྲའི་ཁྲིལ་གཞུང་བསམ་མཁན།

ཞིབ་ཏུ་བལྟས་ནས་ཞིབ་ཏུ་བསམ་ན།
ལུས་སེམས་དམར་རྗེན་དུ་སྦྱངས་ཏེ།
ཡིག་འབྲུ་འགའ་ཤོག་ངོས་སུ་བྲིས་ན།
མི་མགུར་ལྷ་བུའི་སྐད་ངག
སྐད་ངག་ལྷ་བུའི་མི་མགུར།
ཡང་ན་མི་མགུར་དང་སྐད་ངག་ལྷ་བུའི།
རང་དབང་གཞན་དེ་གང་ན།

ངས་ཁྱེད་ལ་དྲང་མོར་བཤད་ན།
གཅེར་བུར་བུད་པ་དེ་འདོད་པ་དང་འབྲེལ་བ་གཏན་ནས་མེད།

༢༠༡༡ལོའི་ཟླ༧པའི་ཚེས༢༩ཉིན།

དགུན་གྱི་ཁ་བར་སྨྲུག་པ།

ཁུ་སིམ་སིམ་གྱི་ལོ་ཟླ་རྒྱུང་ནས་རྒྱུང་དུ་བཞུད་དུས།
སེར་སྐམ་དུ་གྱུར་པའི་སྡོང་ལོ་ལེབ་མོ།
ངའི་ཕྲག་སྟེང་དུ་ཐིག་གེར་བབས་ཏེ།
ཁ་རོག་གེར་གསང་བརྡ་ཅི་ཞིག་བརྒྱབ་སོང་།

འཁྱག་ཤུར་ཤུར་གྱི་ནམ་ཟླ་རིང་མོ་འདིར།
སུ་དང་གང་ཞིག་ཀྱང་རྫོད་འཕོལ་གྱི་བདེ་བར་དུང་སྲིད་ནའང་།
ངས་ཡུན་རིང་མ་མཐོང་བའི་ཁ་བར་སྨྲུག་ཡོད།

དུས་བཞིའི་ཁ་དོག་ཅི་ལྟར་འགྱུར་ཡང་།
མི་རྣམས་ཀྱིས་སྔོར་མོ་སྔོར་མོ་ཞེས་གླེང་བཞིན་མཆིས་ལ།
ཁང་པ་ཁང་པ་ཞེས་རྒྱུགས་ཤིང་འདུར།
ཡིན་ཡང་ངས་སྤུར་བཞིན་རྩི་ལམ་ལ་རེ་ཞིང་།
བརྩེ་དུང་ལ་བསྙབས་ཀྱིན་པས།

དྭངས་གཙང་གཙང་གི ཞི་འཇམ་འཇམ་གྱི།
ཁ་བའི་མེ་ཏོག་ས་ལ་འབབ་པར་སྣུག་ཡོད།

ཁ་བར་སྣུག་པ་ནི་བྱིས་དུས་ལ་སྨོན་པ་དང་འདྲ་ལ།
ཁ་བར་དུང་ཚུལ་ཡང་བརྩེ་དུང་ཤིག་ཉམ་པ་དང་མཚུངས།

ནག་ནོག་གི་ཟིན་དྲགས་པའི་ལོ་ཟླ་འདིར་གཙང་ཕྱུགས་ཤིག་དང་།
ངན་གཤིས་ལ་གོམས་ཟིན་པའི་སེམས་པ་འདིར་དག་འཁྲུས་ཤིག་བྱེད་ཆེད།
ངས་འོད་ལམ་ལམ་གྱི། དཀར་སོང་སོང་གི
ཁ་བ་འབབ་པར་སྣུག་ཡོད།

ནམ་གྱང་གི་སེམས་འགྱུ།

གྲོག་མ་ལྷར་འདུར་འདུར་བའི་ཤུལ་ནས།
བྱུང་བ་བཞིན་འཁོར་འཁོར་བའི་རྗེས་ནས།
ད་གཟོད་རང་ཉིད་དུས་ཚོད་ཀྱི་ཕྲན་དུ་ཚུད་ཚུལ་རྟོགས་ལ།
སྐམ་ཧྲུལ་དུ་གྱུར་བའི་མིག་གོང་དང་།
ཤུན་པ་བགོག་པའི་ཁ་དང་ངོ་གདོང་།
ཐ་ན་རྩི་ལམ་འབྲུག་ཡོམ་ཀྱང་མེད་པའི་ཉིན་མཚན་རེ་རེ།
སུ་ཞིག་གི་མཆེ་བ་ནས་བཙིར་བཙིར་རྗེས་ཀྱི་གོ་རིམ་གཞན་དེ་རེད་ལ།

དུས་ཚོད་དང་རྒྱུག་རེས་འཐེན་པ་ནི།
མཚམས་རེར་བསམ་ན།
མནར་གཅོད་གང་ཞིག་གི་བསླུ་ཁྲིད་དང་འདྲ།
ལང་ཚོ་སྟོབས་ཀྱི་ཟད་དུས་དང་།
ལ་མོ་ཡུན་གྱི་བརྒྱལ་དུས་ནི།
རྣམ་ཤེས་ལ་ཕྲ་རྒྱན་འདོགས་པའི་དུས་སྐབས་དེ་ཡིན་སྲིད་མོད།
སྨུན་པ་ཆེས་མཐུག་ས་དང་།

བགྲོད་ལམ་ཆེས་དོག་ས་ནས་ཀྱང་།
ངས་ནམ་ཡང་རང་གཞན་སུ་ལའང་།
ཚང་རྩིས་རྒྱག་རྒྱུ་བརྗེད་ཀྱིན་མེད།

སྐྱ་རེངས།

སྨུག་པ་རི་རྩེ་ནས་དྭངས་མཐའ་མི་འདུག
གཉིད་སྨུག་པོར་རོལ་བའི་ཁྱོད།
ད་དུང་སད་རྒྱུ་མ་རེད།
སད་རྟིས་ཀྱང་མ་རེད།
ངས་སེམས་ཀྱིས་མ་བཟོད་པར།
མགྲིན་པ་གཟེངས་སུ་བཏེགས་ནས་ཤུགས་ཀྱིས་བོས།
མི་གཞན་ཞིག་གིས་ངའི་ལྟེ་རྩ་གྲིས་གཙོད་གྲབས་བྱས།

ངས་ལག་ཟུང་གིས་ཡང་མོར་སྐུལ་ཡང་།
ཁྱོད་ལ་སྔར་བཞིན་གྲགས་རྒྱུ་མི་འདུག
མི་གཞན་དག་ཅིག་སད་འདུག
ཡིན་ནའང་གཞན་ཞིག་ལ་རྨོངས་ནས་འདུག

ངའི་མིག་མཐའ་མཆི་མ་འཁྱིལ་ཡོད།
མི་སེམས་བཟང་སྐོར་ཞིག་གིས།

ཁ་རོག་ཁ་རོག་དྲང་གཏམ་མ་སྨྲ་ཟེར།

ཡིན་ན་ཡང་།

ཁྱེད་ཀྱང་མིའི་རིགས་ཡིན་པས།

ངས་བཟོད་ཐབས་མ་བྱུང་།

གཞི་ནས།

ཁྱེད་ཀྱིས་རྫོངས་པའི་རལ་གྲི་དེ།

ངའི་སྙིང་གི་དཀྱིལ་ལ་བཙུགས་ནས།

སྐྱོ་གར་དེ་ཡང་བསྐྱར་མགོ་བརྩམས་སོང་།

ནམ་ཐག་རིང་དྲགས་པས།

ངའི་ཟུངས་ཁྲག་ཟགས་ཚར་ལ་ཉེ།

སྐྱ་རེངས་ཤར་བའི་རྒྱལ་སྟོང་དེ།

དོན་དམ་དུ་སླེབས་རྒྱུ་ཡོད་མེད་ཐུས་ཤེས།

༢༠༡༡ལོའི་ཟླ་དྲུག་པའི་ཚེས༢༢མཚན་མོར།

ཉི་མ་དེ་ཚོར།

ཟླ་བ་མར་ངོ་ཡི་ཉི་མ་དེ་ཚོར།
ང་ཚོར་ཡི་ཚད་སྣང་སྟོང་གི་ཚོར་བ་ཆེ་ངེས།
དགའ་སྐྱོ་ཆགས་སྡང་གི་འགྱུར་བ་ཁོལ་ངེས།
དེ་དུས་ཅིས་ཀྱང་ང་ལ་བཟོད་སྒོམ་གནང་དགོས།
ཤ་ཚ་ན་འོ་ཇ་མངར་མོ་ཕོར་གང་ལྷུགས་རོགས།
ཚིགས་ཆེ་ན་ང་ཚོ་ཁ་ཁྱུ་སིམ་མེར་དང་འཇོག་རོགས།

ཁྱུར་སེལ་རླུང་བུ་ཡི་ཆུ་བ་ཁོལ་དུས།
ང་ཚོར་སྐྱིད་སྐྱུར་ཞེན་ལོག་གི་ཚོར་བ་ཆེ་ངེས།
ཤུས་འདེབས་འཕྲོ་ཡུས་ཀྱི་རྣམ་པ་མོད་ངེས།
དེ་དུས་ཅིས་ཀྱང་ང་ལ་བཟོད་སྒོམ་གནང་དགོས།
བསམ་ཤེས་ན་ཁ་འཛམ་ཚིག་འཛམ་གྱི་གཏམ་རེ་སྨྲ་རོགས།
སྡུག་ཆེ་ན་ང་ཚོ་རང་འདོད་གང་འདོད་དང་སྐྱུར་རོགས།

མངལ་གྱི་གྲུར་ཁང་གི་སྣོ་མོ་ཕྱིས་དུས།
ང་ཚོར་ཉམ་ཞན་འཁོས་ཆུང་གི་ཚོར་བ་ཆེ་ངེས།
འགྲོ་འདུག་སྤྱོད་གསུམ་གྱི་སྟོབས་ཤུགས་ཆུང་ངེས།
དེ་དུས་ཅིས་ཀྱང་ང་ལ་གྲུ་ཡངས་རེ་གནང་རོགས།
སྣོ་ཡོད་ན་གསུང་རབས་བསྟན་བཅོས་ཤིག་ཀློག་རོགས་མཛོད་དང་།
དོན་མེད་ན་རོལ་དབྱངས་སྙན་མོ་ཞིག་སྒྲོང་རོགས་གནོངས་དང་།

མི་ཧྲོག་མ་རྩལ་དུ་བབས་ཚེ།
ང་ཚོར་སྐྱོ་སེམས་ཀྱི་མིག་ཆུ་བཞུར་སྲིད།
དོན་མེད་ཀྱི་ཁྲོ་ཚིག་ཀྱང་སྨྲ་སྲིད།
དེ་དུས་ཅིས་ཀྱང་ང་ལ་གྲུ་ཡངས་རེ་གནང་རོགས།
རབ་ཡིན་ན་དཀར་སྙེར་བཀྱུ་རོགས་རེ་གནོངས་དང་།
ཐབས་མེད་ན་ང་ཚོ་རྒྱང་ཐག་ཞིག་བཀྱེས་པར་མཛོད་ཅིག

ལྷིང་འཇགས་དང་ཟླ་བ། ད་དུང་དྲན་པ་མག་མོག

ལྷང་མདོག་གི་ཡུལ་ལྗོངས་སྐྱིད་པོའི་གློང་ན།
འཇམ་ཤ་དོད་པོའི་མཚེའུ་ཆུང་ཆུང་དེས།
བྱ་དང་དཀར་གཉིས་ཀྱི་བརྩེ་བ་རུམ།

མི་ཚོགས་ཀྱི་འུར་ཟིང་ལས་ཐར་བའི་ཡུལ་གྲུ་འདིར།
འདབ་ཆགས་ཚོགས་ནི་སྔར་ལས་ཀྱང་སྙིང་དུ་སྡུག

སེར་ཞིང་སྨོར་བའི་ཟླ་བའི་ངོ་གདོང་དེས།
ལྷིང་འཇགས་ཀྱི་ས་སྲོད་ཁྲིད།
ཁེར་རྐྱང་དང་མི་ཡུལ་ལ་རྒྱང་གཟིགས་བྱེད་པ་མཐོང་ན།
ངས་ཕ་ཡུལ་གྱི་སྨོར་ཞིང་ཟླུམ་པའི་ཟླ་བ་དང་སྐར་ཚོགས་དྲན།
ད་དུང་དེའི་འོག་ན་གཉིད་ལ་ཡུར་བའི་ཡུལ་མི་ཚོ་དེ་ལས་དྲན།

ཟླ་བ་བསིལ་ རླུང་དང་མཉམ་དུ་མཁའ་ན་འགྲོ།
སེམས་པ་རྣམ་ཤེས་དང་བསྟུན་ནས་གདུང་བས་གཟིར།
སྨུན་པ་དང་ཟླ་བ་ལས་མེད་པའི་མཚན་ལྗོངས་རྫིལ་བོ་འདི།
བསམ་གཞིགས་གཡོག་པར་བསྐྱོན་ནས་སེམས་འགྱུལ་ཐེབས་ཚུལ་ཞིག

སེམས་ཀྱི་འཚུབ་སྣང་འདི།

མི་ལོང་ལས་གདོང་གི་འཛུམ་མདངས་ཡལ་ཚར་བ་རྟོགས་དུས།
ལོ་ཟླ་ག་ཚོད་ཅིག་ཁྱུ་སིམ་མེར་བཞུད་སོང་བ་ཚོར་འོང་ལ།
བགྲོད་ལམ་ཡངས་མོ་ཞིག་ད་དུང་ཡང་གཏོལ་བྱུབ་མེད་པས།
འགྲེལ་བཤད་མི་འགྲོ་བའི་གནས་ལུགས་དག
ངའི་མིག་མདུན་ན་ལྡུང་ལྷར་འཚུ་ཞིང་།
ངའི་སེམས་ཁོང་ན་ཅི་དགར་རྒྱུ།

དྲན་པ་འདི་སྐད་ཅིག་མའི་རྒྱུན་ཐག་ལ་བསྟོངས་ནས།
བར་ཐག་འདིའོ་ཞེས་པ་རོལ་དང་ཚུར་རོལ་གྱི་སྣེ་མོ་བསྣན་སོང་བས།
འཁྱར་འཁོར་དུ་བསྐྱོད་པའི་གོམ་འགྲོས་དེའང་།
ཞུ་ཐུག་དང་ཤུ་ཚུགས་ཀྱིས་མདུན་དུ་ཕྱོགས་ཀྱང་།
རྒྱབ་ཕྱོགས་ནས་དེད་འོངས་པའི་བསེར་བུའི་རིགས་དེ།
རྟུལ་གྱི་ཐེགས་མ་ཞིག་གིས་ཀྱང་།
ཁྱིད་རང་བསྐྱེད་སྲིད་ཞེས་དངངས་སྐྲག་སློང་བར་བྲེལ་བས།
མིག་ཆུའི་ཐིགས་པ་དེ་དག་ལྡུང་གིས་འཁྱེར་འགྲོ་ལ།

སེམས་ཀྱི་སྒྲ་དབྱངས་དེ་དག་ཡིད་ཀྱི་བྲག་ཆར་འཐིམས་སྲིད་པས།
ཁྱེད་ཀྱི་ང་རོ་ལ་རྣ་བ་སླགས་མཁན་ཨེ་ཡོད།

ཞེན་ཆགས་ནི་ཉལ་ཐ་ལྷ་བུའི་དུག་རྫས་ཤིག་ཡིན་པའི་དབང་དུ་བཏང་ན།
ང་ནི་དེའི་དབང་གིས་སྐམ་ཏུལ་དུ་གྱུར་ཚར་བའི།
མི་ཡུལ་གྱི་ཡི་དྭགས་ངོ་མ་དེ་ཡིན་ལ།
ཞེད་སྣང་དང་འཚུབ་སྣང་གི་རྐྱེན་པས།
རེ་ཞིག་ལྷམ་སློག་བརྒྱབ་ནས་ལམ་ལ་ཆས་སྲིད་ཀྱང་།
དར་ལྕོག་ཟད་པོ་དང་རྡོ་འབུམ་གྱི་རྗེའུ་འཁོར་ཤུལ་ནས།
ཕ་ཡུལ་གྱི་ངོ་གདོང་སྐྱོ་པོ་མིག་ཆུས་བརླན་སྲིད་དམ།

རྒྱང་རིང་གི་སྨོན་འདུན་ལ་རེ་སྐུག་བྱེད་པ་དེ།
འཆི་གསོན་གྱི་གོ་རིམ་ཁྲིད་གནས་པའི་བར་ཐག་གི་བསླུ་བྲིད་ལྡོག་མེད་དེ་ཡིན་ཡང་།
སྨོངས་པའི་ཚོགས་ནི་སྔར་བཞིན་སྨོངས་པ་དང་།
ལོང་པའི་མི་ཡང་སྔར་བཞིན་ལོང་པ་ཡིན་པས།
བསྐྱུར་གསོན་གྱི་ཉིན་མཚན་པར་ནས།
ཁྱེད་ལ་འགྱུར་ལྡོག་མེད་པ་སུ་ཞིག་ལན་ནམ།
སྨྲ་བརྗོད་དག་ཀྱང་ཐེ་ཚོམ་དང་སོམ་ཉིའི་རྒྱུ་རྩ་ཚུད་འདུག་པ་དེས།

སེམས་ཀྱི་ནམ་མཁའ་ཡོངས་སུ་སྒྲིབ་སྲིད་ཀྱང་།
མིག་ཟུང་ནི་སེམས་པའི་སྒོའུ་ཁུང་ཡིན་པས།

མི་རྟོག་རྙིད་པའི་མདངས་ཞིག་ལས་ཅི་ཡང་མི་མཐོང་དོན།
གོམ་སྒྲ་མང་པོ་ནི་ཕྱར་ལས་འཇགས་ཟིན་པ་ཡིན་ནམ།
ཡང་ན་འབོད་སྒྲ་མོད་པོ་ཞིག་ཕྱར་ནས་གཉོམ་དྲགས་པས་ཡིན།

གང་ཞིག་ལ་ཆས་དགོས་པའི་སེམས་ཀྱི་སྣ་གོན་ཡང་ཡང་བྱས་ནའང་།
བར་ཐག་དེ་དངོས་གནས་རིང་དྲགས་པས།
ལག་ཇང་སྤེལ་ནས་སྐོར་བྲོ་ཐེངས་ཤིག་འཁྲབ་རྒྱུ་དེ་ཡང་།
སྟོང་འདང་དང་བྱིས་བློ་འབའ་ཞིག་ལ་རློམ་ཚར་དུས།
སེམས་ལ་རླུང་ནག་འཚུབ་མ་འཁོར་བའི་སྐངས་སྐབས་ལས།
ཉེས་མེད་ཚོར་མེད་ཀྱི་བེམ་གཟུགས་འདི་ངས་གང་ལ་འཇོག་ཨང་།

དོ་ནུབ། ང་སྨུན་པས་ཐོས་ཨེ་འགྲོ།

འཁྲུག་སིབ་སིབ་ཀྱི་ལྗོ་རིའི་འདབས་ནས།
ངས་སེམས་པའི་མེ་ཕུང་ཧེ་ལྷར་སྦྲོན་ཙུང་།
མེ་སོན་དེ་ལྷགས་རླུང་གི་ཙག་སྒྲས་འཁྱུར་ཚར་བས།
དོ་ནུབ། ང་སྨུན་པས་ཐོས་ཨེ་འགྲོ།
ཕྱི་གསལ་ནང་གསལ་གྱི་རང་ལུས་འཛོམ་གང་འདིས།
དྲ་ཡོལ་གྱི་ནང་རོལ་ནས་བསམ་གཞིག་ཡང་ཡང་བཏང་།
མིག་ཟུང་བགྲད་ནས་རྒྱང་རིང་ལ་བལྟས་ཀྱང་།
རྣ་བ་སླགས་ནས་ཐག་ཉེ་ལ་ཉན་ཙུང་།
ལག་པ་བསྲིངས་ནས་མདུན་ཕྱོགས་བསྣབ་ཀྱང་།
འཛིན་འདོད་ཀྱང་སྨིག་རྒྱུ་ལྟ་བུའི་དྲན་པ་ཐ་དག་ག་ལེར་ཡལ་རྗེས།
དོ་ནུབ། ང་སྨུན་པས་ཐོས་ཨེ་འགྲོ།
ན་ཟུག་གི་གཅོས་པའི་རྨ་ཁ་འདི་ནི།
སེམས་པའི་གཟེར་སར་བཏབ་པའི་ཀྭ་ཁྲུ་དང་མཚུངས།
རང་གིས་རང་ལ་གཤགས་བཅོས་བྱེད་པ་ནི་གོ་རིམ་ཞིག་ཡིན་ལ།
སངས་དྲག་ཏུ་བྱུང་བའི་ཉིན་མོའང་མཛེས་སྡུག་ཅིག་གི་སྔ་ལྟས་ཡིན།

རེས་འཛུགས་རེས་ལངས་ཀྱི་ན་ཟུག་འདི་བསམ་ན།
དོ་ནུབ། ང་སྨུན་པས་ཟྭོས་ཤེ་འགྲོ།
ཕྱི་རོལ་གྱི་ཟིང་ཟིང་ཡོད་ཚད།
སྨུན་པའི་མདུན་ནས་དམར་རྗེན་དུ་བརྗོད་ནས།
རང་ཉིད་ཀྱིས་རང་ཉིད་ལ་ཚང་རྩེས་ཤིག་རྒྱག་ཏུ་བཙུག་ན།

རྒྱ་ཁ་ལོངས་པའི་མི་བུ་དག་དག་ག་ཚོད་ཡོད་དམ།
བསམ་གཞིག་འདིའི་ཕྱི་ནང་གི་ཁ་དོག་སྐྱ་བོ་དེས།
སྨུན་པའི་མཐུག་ཚད་འདྲ་བའི་གྲང་ལྷགས་ཅིག་བསྣམས་འོང་བས།
དོ་ནུབ། ང་སྨུན་པས་ཟྭོས་ཤེ་འགྲོ།

ད་ནས་བཟུང་།

ད་ནས་བཟུང་སྔར་བཞིན་ལམ་ལ་ཆས་དགོས།
སྐྱོ་བ་ཐ་དག་སེམས་ལ་ཞར་ནས་སེམས་ནས་ཁུ་དགོས།
ངོ་གདོང་བཙོས་མ་དག་ལ་ངོ་གདོང་བཙོས་མ་བསྟན་ནས།
འཛུམ་མདངས་ལྷད་མེད་དག་ལ་འཛུམ་མདངས་ལྷད་མེད་སྦྱིན་ནས།
རང་གཟུགས་གྲིབ་མ་དང་ལྷན་དུ།
ཉི་འོད་སྲུན་ནག་དང་ལྷན་དུ།
ཁྱོད་བཟང་ང་བཟང་གི་ལམ་བུ་དེ་ལ་བསྙེགས་དགོས།

ད་ནས་བཟུང་། སྔར་བཞིན་ལམ་ལ་ཆས་དགོས།
རྨི་ལམ་ཐ་དག་ཡིད་ལ་སྒོམ་ནས་སེམས་ཀྱིས་འབད་དགོས།
རང་གི་རལ་གྲི་རང་གིས་བཟར་ནས།
རང་གི་རྟུལ་ཆུ་རང་གིས་ཕྱིས་ནས།
རྒྱལ་ཁ་ཕམ་ཁ་དང་མཉམ་དུ།
དགོད་སྒྲ་མིག་ཆུ་དང་ལྷན་དུ།
ཁྱོད་ཤི་ང་གསོན་གྱི་ལམ་བུ་དེ་ལ་བསྙེགས་དགོས།

ད་ནས་བཟུང་། སྔར་བཞིན་ལམ་ལ་ཆས་དགོས།
བརྩེ་བ་ཐ་དག་ཡིད་ལ་བརྟག་ནས་དྲན་པའི་ཐེག་དགོས།
རང་གི་རང་ཚུགས་རང་གིས་བཟུང་ནས།
རང་གི་མིག་ཆུ་རང་གིས་ཕྱིས་ནས།
ང་རྒྱལ་སྤོབས་པ་དང་མཉམ་དུ།
དྲང་བདེན་ཚུལ་འཚོས་དང་ལྷན་དུ།
ཁྱོད་དགའ་ང་སྐྱིད་ཀྱི་ལམ་བུ་དེ་ལ་བསྙེགས་དགོས།

དུས་ཚོད།

མི་ཧྲག་བགོད་བཞིན་བགོད་བཞིན་དུ་ཡལ་འགྲོ་ལ།
ཆར་པ་དང་སྨུག་གློང་ཡང་ན་བུན་ལ་འཐིམས།
ཚ་གདུག་ཞི་སོང་།
སེར་བུ་འཇགས་སོང་མོད།
ཆུང་བུ་ཡང་བསྐྱར་ལྡང་འགོ་ཚུགས།
ནམ་ཟླ་རིང་བའི་དུས་ཚིགས་འདི་ཡིས།
ང་རང་ཐག་རིང་ཐག་རིང་ཞིག་ལ་བསྐྱེལ་སྲིད་མོད།
ཕྱིར་མིག་གི་གློང་ནས།
ད་དུང་བརྗེད་དུ་མེད་པ་ནི།
རྨིས་མ་ཚར་བའི་རྨི་ལམ་ལྡོང་ཁུ་དེ་རེད།

ལོ་ཟླ་འཁོར་མོ་ཡུག་ཅིག་དེ།
ཉིན་ཞག་སུམ་བརྒྱ་དྲུག་ཅུའི་གོམ་འགྲོས་དེ་ཡིན་ན།
ངའི་སྐད་ཅིག་སྐད་ཅིག་མའི་མཛེས་སྡུག་མ་ལུས།
མི་སྟག་མཆེད་སྟངས་ཤིག སྐར་མདའ་ལྷུང་ཚུལ་ཞིག

ཐག་ཐག་གི་མདའ་རྩེ་ཡང་མོ་དེ་ཡང་།

བསླུ་བྲིད་ཀྱི་གཡབ་མོ་ཅི་བཞིན།

ཁེར་རྐྱང་གི་རྗོག་འགྲོས་ཟད་པར་བྱེད་ཀྱང་།

སྨུན་ཏུབ་ཐེངས་རེར།

ཁྱེད་རང་སྐྱི་ལམ་ལ་འཛིག་པ་ཡོད་མི་སྲིད།

བཞུད་སྡུ་བའི་དབྱར་གཞུང་།

མེ་ཏོག་གི་འདབ་ལོ་སྙི་མོ།
ཚ་གདུག་ངར་མོས་སྐམ་རིལ་དུ་གྱུར་ཤུལ་ནས།
ལྷིང་འཇགས་དང་འཕྱུར་ཡོང་བའི་ཕྱི་མ་ལེབ་དེའི་འང་།
ཁྱུ་སིམ་མེར་ང་ལ་དགྲིས་ཤིག་བརྒྱབ་རྗེས།
སྙིང་སྨུ་ཕྱིར་བཞིན་གང་ལ་བཞུད་སོང་།

གྲོང་ཁྱེར་འདིའི་འདུ་འཛི་ཅི་ལྟར་ཆོད་ཀྱང་རུང་།
དབྱར་གཞུང་འདིའི་ཕང་བ་ན།
ངའི་དྲན་པའི་མེ་ལོང་ལུས་ཡོད།
ངའི་རེ་བའི་མིག་ཆུ་འཁྱིལ་ཡོད།
ཚ་གདུག་ཆེས་ཆེ་བའི་དུས་དེར།
སྙེའུ་ཁྱུང་ལོ་ན་ངའི་མིག་ཟུང་དང་སེམས་པ་ཕྱིས་ས་དེ་རེད།

གློ་བུར་དུ་འཁྱུག་འགྲོ་བའི་བསམ་པ་སུལའང་ཡོད་མི་སྲིད་ཀྱང་།
རྣམ་ཤེས་དང་གནམ་གཤིས་ཀྱི་འགྲོས་ལ་ཡིད་རྟོན་བྱེད་ཚུལ་ཅི་འདྲའི་དཀའ།

བཞུད་ཟིན་པའི་དུས་ཚིགས་འདིའི་ཕ་རོལ་ནས།
རྨི་ལམ་སྔར་བཞིན་རྨི་སྲིད་ཀྱང་།
ཁ་དོག་སྔར་བཞིན་ཁྱེད་དང་གཅིག་ས་མི་འགྲོ་ཨང་།

སྣང་བ་སྐྱིད་སྒྲུ།

མེ་ཏོག་ཁོད་ཀྱིས་བཞད་སྟངས་འདིས།
ཚོར་ཤེས་ཡང་ཡང་བསླུལ་བྱུང་བས།
ཕྱེ་མ་ལེབ་ཀྱི་རང་དབང་གི་འཕུར་སྟངས་དེའང་།
ཡིད་སྨོན་དང་རེ་བའི་སྤོབས་ཤུགས་ཅིག་ཏུ་འཁྱུམས་ལ།
བསམ་ཞིང་བསམ་ན་ང་ཡི་འཛིག་རྟེན་ལས་འདས་པའི།
མཛེས་སྡུག་གི་ལོངས་སྤྱོད་གཞན་པ་དེ་རེད།

ཆར་བ་ཟམ་ཟིམ་དེའི་རྗེས་སུ།
ལོ་མ་ཆུང་ཆུང་སྡོང་གི་ཟིལ་པ་དྭངས་མོ།
ལྗང་ལ་ཁོད་ཀྱིས་འོད་ཟེར་ལམ་ལམ་འགྲོ་ཚུལ་དེས།
རེ་ཞིག་ཁྱེད་ཀྱི་གར་འགྲོའང་བརྗེད་པར་སྲིད་ཀྱང་།
ཞིབ་ཏུ་འདང་ཞིག་བརྒྱབ་ན།
མི་རྣམས་ཀྱིས་མགྱོགས་དྲགས་པའི་གོམ་འགྲོས་བར་ནས།
རང་བྱུང་གི་མཛེས་པ་ག་འདྲ་ཅིག་བསྟན་བཞིན་ཡོད་དམ།

བསིལ་རླུང་ཤིག་ཤིག་གི་གཡོ་སྟངས་དེའི།

ལྷང་ལྷུག་ཡུག་ཡུག་ཏུ་འདར་བྱུང་བས།

སེམས་པ་འགྱུལ་ཙམ་འགྱུལ་ཙམ་བྱེད་པ་དེའང་།

ཕྱི་རོལ་ཇི་བཞིན་ནང་ཇི་བཞིན།

ཞེས་པའི་གནས་ལུགས་ལ་མི་འཛིག་པའི་ཐམ་ག་བཏབ་འདུག

༢༠༡༠ལོའི་ཟླ་༩པའི་ཚེས་༧ཉིན།

ཆིན་ཧྲ་དང་པེ་ཅིན་སློབ་ཆེན་ཏུ་བལྟ་སྐོར་དུ་ཕྱིན་པ།

ཐག་ཉེ་མིག་གིས་མ་རིག་ཀྱང་།
རིང་པོ་རྣ་ཡིས་ཐོས་མྱོང་བའི་སློབ་ཆེན་དེ་འང་།
ཉན་ཐོས་ཀུན་གྱིས་བསྔགས་འདོད་ཀྱང་།
ལས་ཅན་རེ་གཉིས་འཛུལ་བའི་སྒོ་ཆེན་དེ་འང་།
དེ་རིང་ང་རང་ལམ་འགྲོ་བ་ཞིག་གི་ཚུལ་དུ།
ཡུལ་བསྐོར་བ་ཞིག་གི་ཟོལ་གྱིས།
ཁྱེད་ཀྱིས་པང་བར་ཐེངས་ཤིག་ལོག་སྐྱངས་འདིས།
ང་ཡི་རྨི་ལམ་དཀྲུགས་བྱུང་།
ང་ཡི་དཔྱིད་ཀ་འཛིག་སོང་།

ཁོད་ཡངས་པའི་གྲུ་ག་ཡངས་མོ་འདི།
ཟོར་ཡངས་པའི་ཐོག་བརྩེགས་ལྡིད་པོ་འདི།
སྣ་མང་པའི་རིག་པའི་ལྡིང་ཁང་འདི།
དཀྱིལ་ཡངས་པའི་སློབ་གསོའི་ཁོར་ཡུག་འདི།

མ་ཟད་ད་དུང་། མང་པོ་མང་པོ་ཞིག
ང་རང་སྐྱེ་བ་གསུམ་ལ་འང་སྐྱེབས་དཀའ་བའི་གནས་འདི་འང་།

བོད་ཡིག་ཆེད་ལས་ཀྱི་འཛིན་གྲྭ་མེད་པའི་སློབ་ཆེན་འདི།
སོག་སྐད་འཆད་པའི་སློབ་མ་མེད་པའི་ཞིང་ཁམས་འདི།
མི་བུ་ཁྲི་ཕྲག་གིས་ཟིན་པའི་དཔུང་སྡེ་འདིར།
ལག་རྩལ་སྦྱངས་མཁན་གྱི་ངའི་རིགས་མཐུན་མེད་ལ།
ལ་རྒྱ་སྐྱོལ་མཁན་གྱི་དགེ་བའི་བཤེས་གཉེན་ཀྱང་ཡོད་མི་སྲིད།

སློབ་གྲྭ་འདིའི་གཟི་བརྗིད་ཁོ་ནས་ཀྱང་།
སུ་ཞིག་གིས་ང་རྒྱལ་ལ་ཆུ་འཁྱག་འཐོ་སྲིད་ཀྱང་།
ག་ལེར་བསམ་ཞིང་གཞིགས་ན། ང་རང་ཚོར་ཀྱང་ཁག་མི་འདུག
གོམ་པ་སྤྱི་མཚམས་ཀྱི་སྣེ་མོ་དེ་ནས།
སུ་ཞིག་ལ་ཏང་སྒྲོག་བརྒྱབ་ཡོད་ཚུལ་དྲན་ན།
མ་གཞི་ནས་རང་ཉིད་ནི་ཁྲོན་པར་བཙུག་པས་སྤྲལ་བ་ཆུང་ཆུང་དེ་རེད།

༢༠༡༠ལོའི་ཟླ༩པའི་ཚེས༡༡ཉིན།

པདྨའི་ཆུ་མིག་ཏུ་སླེབས་ཚུལ།

གནས་དེ་ནི་དམ་པ་སུ་ཞིག་གི་སྒྲུབ་གནས་མིན་ལ།
གྲུབ་རྟགས་གང་ཞིག་བསྟན་རྗེས་ཀྱི་ཕྱག་ཡུལ་ཡང་མ་རེད།
གནས་དེ་རུ། ཆེས་བྲིན་བོད་སྨན་གྱི་ལང་ཚོ་བཞད་ཡོད་ལ།
གནས་དེ་ན། བདུད་རྩི་ལྷ་ལུམས་ཀྱི་བསུང་དྲིའི་ཁྱབ་ཡོད།

སྲོལ་རྒྱུན་གསོ་རིག་གི་ལྗོན་པའི་རྩེ་ན།
དེང་རབས་ལག་རྩལ་གྱི་མགུལ་རྒྱན་དཔྱངས་ཤིང་།
འཛུམ་མདངས་དང་སྨོན་འདུན་གྱི་སྐྱིལ་བསུའི་ཁྲོད་ན།
ནད་ཅན་ཡིན་ཡང་སེམས་གསོའི་ཚོམས་ལ།
ནད་མེད་ཡིན་ཡང་སྤྲོ་བས་བརྟས།

ལས་མི་ན་གཞོན་འདི་ཚོས་ས་ཁ་ཐག་རིང་པོ་འདོམ་གྱིས་བཅད་ནས།
དྲན་གདུང་ཡིད་ལ་བརྣགས་པའི་གནས་འདི་རུ།
ཆུ་མིག་འདི་སེམས་ཀྱིས་སྐྱོང་ཞིང་སྙིང་ལ་ཉར་བཞིན་པ་བསམ་ན།

ང་ཚོ་ལ་འཁྱེར་བའི་ཕོངས་དོགས་མེད་ལ།
ང་ཚོར་རྒྱུད་པའི་ཉམས་སྣང་ཀྱང་ཅི་ལ་འབྱུང་འང་།

ཁ་རོག་གེར་མགོ་བོ་ནང་ལ་དུད་ནས།
མཛུབ་མགོ་ནས་རྩིས་ཞིག་བརྒྱབ་ན།
སྔོར་བ་མང་ཞིང་ཐོབ་པ་ཉུང་བར་སྣང་སྲིད་ཀྱང་།
རིག་གནས་ཤིག་གི་ཚེ་སྲོག་ལས་འཕྲོས་པའི་གཟི་མདངས་ནི།
འོད་དུ་འཚེར་བའི་ཡང་ཚོ་ཅི་བཞིན་བརྟན་ཅིང་བརླིང་བ་མིན་ནམ།
དོ་དགོང་གནས་འདི་རུ།
ཨ་ཅེ་འབྲོག་མོའི་གླུ་གཞས་ལ་སྙན་ཆ་གཞན་ཞིག་ཡོད་གི

མཚོ་བྲུ་དགའ་བདེ་ཡི་སྙན་ངག་བསྒྲུགས་པ།

རྒྱུས་མེད་ཀྱི་ཡུལ་གྲུ་འདིའི་མཚན་ལྗོངས་ངོགས་སུ།
སེམས་ཞིབ་མོའི་རོལ་དབྱངས་ཀྱི་རྒྱུས་ལ་འགྲོགས་ཏེ།
ཁ་རོག་གེར་ཁྱེད་ཀྱི་ཕྱི་ནང་རེ་རེ་བསློགས་དུས།
ཁྱེད་ཀྱིས་འགྲུལ་བཞུད་ཀྱི་ཟིན་པའི་སྡེ་མོ་གང་ཙུང་ནའང་།
བྱིས་དུས་ཀྱི་དྲན་པ་ཟབ་ཅིང་།
འཚོ་བ་ཡི་སྐྱིད་སྡུག་སྙིང་གི་འདུག

ཁྱེད་ཀྱིས་ས་མཐའ་ན་གྲོགས་པོ་དྲན་བཞིན།
རྒྱ་ཡུལ་ནས་བོད་ལྗོངས་སྙིང་བཞིན།
ཁྲུ་སིམ་དང་ལྷིང་འཇགས་ཀྱི་བར་གསེང་རེ་རེ་ན།
ཁྱེད་ཀྱི་མིག་ཆུ་མིག་ཆུ་བཞིན་དྭངས་ཤིང་གཙང་ལ།
ཁྱེད་ཀྱི་འཛུམ་མདངས་འཛུམ་མདངས་བཞིན་ལྷ་ན་སྡུག་ཨང་།
ཚིག་འབྲུ་རེ་རེ་ཡི་བར་ཁྱིམ་རེ་རེ་ན།

ཉམ་ཞེས་རེ་རེ་ཡི་བུ་ག་རེ་རེ་ན།
སེམས་ཞིབ་མོར་བློ་རིག་གི་འོད་སྣང་འཕྲོས་བཞིན།
དད་མོས་དང་བདེན་པ་སྙིང་ལ།
བརྩེ་བ་དང་སེམས་པ་ཧུམ་ཏེ།
ན་ཟུག་འོ་དོད་དང་ལྷན་དུ།
སྐྱོ་གར་སྐྱན་ངག་དང་ཟུང་དུ།
གང་ཞིག་ནས་ལམ་ལ་ཆས་ནས།
རང་གི་རྩོག་ཁྲིས་རང་གིས་འཁྱེར་ཏེ།
རང་དབང་གི་གཤོག་པ་བསྣྲེགས་ཚུལ་དེ་ཡང་།
མ་གཞི་ནས་སྐྱན་ངག་གི་ཁ་དོག་གཞན་ཞིག་མིན་ས་མི་འགྲོ་ཨང་།

ཁེར་རྐྱང་གི་སྣེའུ་ཁྱུང་འགྲམ་ནས།
སྨྱུག་མའི་སྙིང་བུ་ཁེར་འབུད་བྱེད་མཁན་དང་།
འགྲུལ་བཞུད་ཀྱི་མེ་འཁོར་སྟེང་ནས།
སེམས་ཚོར་ཡོད་ཚད་སེམས་སུ་ཉར་མཁན་སྟེ།
སྨྲ་བསམ་བརྗོད་འདས་ཀྱི་ང་ཡི་སྐྱན་ངག་པ་ཡ།

ཛ་སྐྱེ་དགུའི་ནངས་མོ་དེ།

ཁ་ཁྲུ་སིམ་མེར་གྱི་མཐོ་སྣང་གི་ནངས་མོ་དེར།
ས་བདག་རྒད་པོས་རྐང་པ་འགྱུལ་སྟངས་ཤིག་གིས།
ཛ་སྐྱེ་རྒྱ་སྨུག་པོའི་གནམ་ས་ཁ་ལོ་བསྒྱུར་བྱུང་ལ།
ངའི་ཕུ་ནུ་མིང་སྲིང་གི་ཚེ་སྲོག་རླུང་ལ་བསྒྱུར་བྱུང་།
དུས་སྐབས་སྐད་ཅིག་མ་དེ་ལ།
གློག་ཆད་པ་ལྟ་བའི་སེམས་ཀྱི་སྣང་བ་དེ་ནི།
ཅི་ཡང་དྲན་རྒྱུ་མེད་པའི་ཤེས་བྲལ་གྱི་བར་སྟོང་དེ་རེད།
སྐབས་དེར གསར་འགྱུར་འཕྲོ་རིམ་འཕྲོར་བསྒྲགས་བྱུང་།
སློབ་གཙོ་ཉི་མ་རྒྱལ་མཚན་གྱི་ངུ་སྐད་སྒྲོ་བོ།
རྒྱབ་ལྗོངས་མག་མོག་ཡིན་པའི་བརྙན་ཡོལ་ལས་ཐོས་བྱུང་།
སློབ་ཕྲུག་ཚོའི་པེམ་པོ་རེ་རེ་བཞིན།
ཁྲིམ་ནས་བསྙལ་འདུག

ང་དང་ལས་གྲོགས་ཚོའི་མིག་མཐའ་མཆི་མས་བརླན་ཀྱང་།
བཀའ་གནང་མེད་པའི་དུས་ཚོད་འདིའི་ནང་།

སྔོར་མོའི་ཞལ་འདེབས་ལས་ཅི་ཡང་བྱ་ཐབས་བྲལ་བྱུང་།
པེ་ཅིན་ན་བོད་སྐད་བརྙན་འཕྲིན་མི་འདུག
ཡིན་ན་ཡང མདོ་དབུས་ཁམས་གསུམ་གྱི་བོད་ཀྱི་སློབ་ཕྲུག་ཚོས།
ཞལ་འདེབས་བསྡུས་བྱུང་།
དཔའ་ཁས་ལེན་གྱི་ཡུལ་ཤུལ་ས་ཊུ་བསྐྱོད་སོང་།

སྤོང་བཙན་སྒམ་པའི་ལྷང་ལི་རྒྱག་མཚམས་བཞག་སོང་།
སླུ་དབྱངས་ལེན་མཚམས་ཀྱང་བཞག་སོང་།
ལས་རྒྱུ་རྙེད་པའི་སྐྱུན་ཐོགས་པ།
ཁ་ལྷེ་བདེ་བའི་འགོ་འཛིན་པ།
སྐྱུ་རྩལ་མངའ་བའི་འཁྲབ་སྟོན་པ།
རེ་ཞིག་ཁུ་སིམ་མེར་ལྷིང་འཛགས་སློམ་ཤིག་ཀྱི།

ཚེ་སྲོག་རེ་རེ་རྨིག་རྨེད་དུ་བཙེམ་ཤུལ་ནས།
ང་ཚོས་ད་དུང་ཅི་ཞིག་བརྗོད་ནུས་འདང་།
རྣམ་ཤེས་ལ་ཡོག་ཐུག་མི་གཏོང་རོགས།
ཚེ་སྲོག་ལ་མནར་གཅོད་མ་བསྐྱོལ་ཅིག
སྐད་ཅིག་མའི་འཇིག་པ་དྲག་པོས།
མིའི་རིགས་ལ་ཉེན་བརྡ་རྒྱབ་པ་གྲངས་མེད་ཀྱང་།

ན་ཟུག་བརྗེད་སླ་ཞིང་མིག་ཆུ་སྐམ་སླ་བའི།

ཉམ་ཆུང་གི་མིའི་རིགས་ཡ།

ད་ནི་ཁུ་སིམ་མེར་རང་སེམས་ནང་ལ་འགྱུག་ཚོད་རེད།

༢༠༡༠ལོའི་ཟླ་༤པའི་ཚེས་༡༢ཉིན།

ཉིན་གཅིག་གི་འགྲུལ་བཞུད།

སྙེ་ཤན་མའི་གཡོ་དང་སྒྱུ་ཡིས་གར་འཁྲབ་ཅིང་།
ཡུལ་སྐོར་བ་མང་པོའི་ཕྱིན་རྟགས་ཚ་པོ་སྟོན་པའི་ཉིན་དེ་ལ།
ལྕགས་རི་རིང་པོའི་ཁ་དོག་བསྒྱུར་འདུག་ལ།
བང་སོ་བཅུ་གསུམ་དེའང་ལྷ་འདྲེ་གདོན་བགེགས་སུ་གྱུར་ཚར་འདུག
གནམ་བསྐོས་གོང་མའི་ཞབས་ཀྱི་བཅག་ས་ནས།
བཀྲུ་བཅོག་འཁྲོག་གསུམ་ཟེར་བ་དོན་མེད་ཡིན་ཚུལ་གླེང་བཞིན་དུ།
ཨམ་ཕྲག་རེ་རེ་བསྡོགས་ཚར་སོང་ལ།
འཛུམ་མདངས་རེ་རེ་ཡང་ཞུ་ཚར་སོང་།

པོ་ཏ་ལ་ནི་འགྱིག་གིས་གྲུབ་པའི་ཐེམ་སྐས་དེ་ཡིན་ན།
བཙན་པོ་དག་གིས་རྣམ་ཤེས་ལ་གྲང་འདར་ཅི་ཙམ་རྒྱག་ཨང་།
བོད་ལྗོངས་ཡ། བོད་ལྗོངས།
སྙེ་ཤན་མའི་ཁ་ཡི་འཇིགས་རུང་གི་བོད་ལྗོངས།
བྲན་གཡོག་གི་བོད་པ།
སྟོན་པ་ཡ། སྟོན་པ།

སྔོ་ཤན་མའི་ཁ་ཡི་ཕྱོགས་རིས་ཅན་དང་།
རྒྱུ་ལ་དགའ་ཞིང་བསྐྱོད་ལ་དགའ་བའི་སྐྱོན་པ་ཡ།

ད་ནི་མི་མཛོད་དབྱིངས་སུ་བཞུགས་ན།
ཅིས་ཀྱང་མ་རིག་མུན་པར་འོད་སྣང་བསྐྱལ་དང་ཀྱི།
ངོ་དང་རྒྱུ་ཡིས་འཚོ་བའི་མི་རྣམས་ཀྱིས།
རང་གི་དབང་ཆ་ཐལ་བར་བཟློས་ཤིང་།
སྤྱི་དམངས་ཁེ་དབང་རྗོག་པས་མནན་ན་ཡང་།

ད་དུང་ཡིན་མདོག་དང་མཁས་མདོག་གི་འཚོ་བའི་འགྲུལ་བཞུད་པ།
ཁྱེད་རང་ཚོ་ཐང་ཆད་རྒྱུ་མེད་ཚོད་ལ་བལྟས་ན།
ཁྱེད་རང་མནར་གཅོད་ཅི་ཞིག་ལ་གོམས་ཡོད་པ་ཤེས་ཐུབ་ལ།
ཁྱེད་རང་ཚོའི་འགྲུལ་རྒྱུ་མེད་པའི་ལྡེ་དབང་དེ་ཡང་།
གནམ་སྔ་མོ་ནས་སུ་ཞིག་གིས་དམ་ལ་བཏེགས་འདུག

༢༠༡༠ལོའི་ཟླ་༩པའི་ཚེས་༡༩ཉིན།

རྒོད་པོ་གཟེབ་ཏུ་ཚུད་ཚུལ།

རྒོད་པོས་མཁའ་དབྱིངས་ནས་ལྡིང་བསྒྲོར་རྒྱག་པའི་ངང་ཚུལ་ནི།
རང་དབང་གི་གཤོག་འགྱུར་གངས་རིའི་རྩེ་ན་མངོན་པའི་སྟངས་སྟབས་དེ་ཡིན་ལ།
བྲག་ཁུང་ནས་ཁ་རོག་གེར་རང་གི་རྨི་ལམ་སེམས་སུ་སྒོམ་དུས་ཀྱང་།
སུ་ཞིག་གིས་རྒོལ་བར་རྩོམ་ཀྱང་རྨས་པར་མ་ནུས་ལ།
སུ་ཞིག་གིས་སེམས་པ་བསྣད་ཀྱང་འགྲེལ་དུ་མ་མཆིས་པའི།
སྙིང་སྟོབས་ཀྱི་ཀ་བ་ཀྱེ། ཐང་དཀར་རྒོད་པོ་ཡ།
སྨན་ནག་གྲངས་མེད་ཅིག་གི་ཚེར་གསེང་ནས།
ཁྱེད་ཀྱིས་ཁ་རོག་གེར་ཞུག་པའི་འཇབ་རྒོལ་ལ་ཉན་ཞིང་།
འཕར་སྐྱུང་གི་ལྟོགས་སྐད་ལ་མེལ་ཚེ་བྱེད་སྟངས་དེ།
ཨ་ཁུ་རི་བོང་གི་བློ་རིག་གིས་ཤེས་ཐབས་མེད་ལ།
ཨ་མ་བྲེལ་མོང་གི་གཡོ་སྒྱུ་ཡིས་ཟིན་ཏུ་མེད་པའི་གཏམ་རྒྱུད་དེ་ཡིན།

ཁྭ་ཏ་མཆུ་རིང་དང་སྐྱ་ཀ་ཁ་བདེ་གཉིས་ཀྱིས་སེམས་པ་བདེ་ཚུལ་ལ་བལྟས་ན།
ཨ་ཅེ་ཆ་ག་པ་དང་གྲོག་མ་རྐེད་མེད་གཉིས་ཀྱི་སྣང་བ་སྐྱིད་ལུགས་ལ་བསམ་ན།
ཨ་ཅེ་ལྷ་མོའི་གདོང་གི་འཛུམ་མདངས་དེ་དང་།

ཁྲི་ཀན་རྒྱ་ལིའི་ཛ་མ་གཡུགས་རྩལ་རེ་བསམ་ན།
དལ་ཅག་གེར། ཁུ་སིམ་མེར་རྒོད་པོ་ཕྱོད་གང་ལ་ཆས་སོང་།
བྲང་གཞུང་བྲག་ལ་བརྟེན་ཀྱང་སེམས་པ་གངས་ལ་འཁོར་བའི་རྒོད་པོ་ཀྱི།

ཨ་ཁུ་ཁྲ་ཡིས་སྡེར་མོ་བརྐྱངས་པའི་རྗེས་ཤུལ་ན།
བྱ་རྒོད་ཁོག་པ་བྱུ་རུའི་ཁེངས་པའི་གཏམ་རྒྱུད་ཡོད་ལ།
ད་སྡུག་ཏུ་གྱུར་བའི་རྒོད་སྡུག་ཚོའི་ཡང་།
རང་གི་ནམ་འཕངས་རང་གིས་བརྟོལ་རྩལ་ཡང་ཡང་གླེང་།
ཁུ་བྱུག་མོན་ལ་ལོག་ཤུལ་ནས།
འཇོལ་མོ་ནགས་སུ་གཤེགས་ཤུལ་ནས།
རྒོད་པོ་གཟེབ་ལ་ཚུད་དུས་འདིར།
ལྕང་ལོ་མའི་མགྲིན་པ་བརྡངས་སོང་།
བྱ་སྤྲོང་བཅོའི་སེམས་པ་སྐྱེང་སོང་།

ཁ་སང་དེ་རིང་། སེམས་པ་རྟུལ་རེད།

ཚེ་སྲོག་གི་གོང་བུ་རེ་རེ་རྩ་ཐྲིལ་བཞིན།
ཉི་འོད་ཀྱི་མདུན་ནས་བཞུར་ཚར་དུས།
ངའི་སྐམ་ཚག་དུ་གྱུར་བའི་མིག་ཟུང་ཀོང་ཀོང་དེ་ཡང་།
ཤུགས་མེད་ཀྱི་མར་མེ་ཇི་བཞིན།
རང་ཉིད་ཀྱི་སྡོང་རྟར་འཐིམ་ལ་ཉེ།
དཔྱིད་ཀའི་ཁུ་བྱུག་མ་གྲགས་གོང་ལ།
རྩ་སྔོན་གྱི་ལྗང་སྨྱུག་མ་སྐྱེས་སྔོན་དུ།
ངས་ད་དུང་ཨུག་པའི་ཐན་སྐད་ལ་དུས་ཡུན་ག་ཙམ་དུ་ཉན་དགོས་སམ།

ཡོར་བ་གས་ཆག་ཅིག་གི་སྐད་དུ།
ལུས་ངག་ཡིད་གསུམ་དམ་ལ་འདོགས་ཚུལ་ནི།
རང་གིས་རང་ལ་བཟློས་པའི་སྙི་དོང་ཞེ་རེད།
ཁ་སང་དེ་རིང སེམས་པ་རྟུལ་རེད།
ཐ་ན་ཚག་སྲ་དང་བྲག་ཙ་འཁྱིལ་བའི་ཁ་པར་དེ་ཡང་།
ང་ལ་བཙན་འཛུལ་བྱེད་པའི་ཨ་བ་གླང་མགོ་དེ་རེད།

མེ་ཏོག་བཞད་པའི་དུས་ཚིགས་དང་།
ཆར་བ་འབབ་པའི་ནངས་མོ་དེ།
ད་དུང་རྒྱང་ཐག་ཇི་ཙམ་རིང་ཡང་།
གཟེབ་ནང་དུ་ཚུད་པའི་བྱིའུ་དེ།
ཕྱི་རོལ་ཏུ་བཏང་མ་ཐག་ཐག་རིང་དུ་འཕུར་མི་ཤེས་ཀྱང་སྲིད་མོད།
རང་ཉིད་ཀྱི་གཤོག་འགྱུར་ཡེ་ནས་བརྗེད་མི་སྲིད།

ངས་དབྱངས་དབྱུགས་ཀྱང་ཞུང་བའི་མཁའ་དབྱུགས་འདི་རྟབས་ཐེངས་རེ་ལ།
ཕ་ཡུལ་གྱི་ཆུ་མགོ་དྭངས་མོ་དང་།
ནམ་མཁའ་སྔོན་མོ་དེའང་དྲན་འོང་བས།
རྟུལ་ལྟར་འཚུབ་པའི་སེམས་པ་འདི།
རླུང་ལྟར་འཇགས་ན་ཅི་མ་རུང་བསམ་བཞིན་ཡོད།
ཁྲམ་ཆུ་སྔོན་མོ་དེ་སུ་ཡིས་དཀྲུགས་ཡོད་པར་དོགས་ན།
ནམ་མཁའ་དྭངས་མོའང་སུ་ཡིས་རྙོགས་བྱུང་ངམ་བསམ་ན།
ཁ་སང་དེ་རིང་། ངའི་སེམས་པ་རྟུལ་རེད།
ལྗོ་རོང་ཡུལ་གྱི་ཁུ་བྱུག་ཀྱི། འཕུར་ཤོག་དང་།
ང་ཚོའི་རྒྱ་རྫོང་ནགས་ཀྱི་འཛོལ་མོའི་གསུང་སྙན་ལ་རོལ་ཡ།
ཞི་བདེ་རྒྱ་མཚོའི་མཐའ་ཡི་ཕྱུག་རོན་གྱི་ ཕེབས་ཤོག་དང་།
ང་ཚོའི་ཡིད་སེམས་གསོ་བའི་སྐོར་བྲོ་ཅིག་འཁྲབ་ཡ།
རྟུལ་ལྟར་འཚུབ་པའི་སེམས་པ་འདི།
དབྱར་གཞུང་མ་སླེབས་པའི་སྔ་རོལ་དུ།

བྱིའི་གོ་ལེབ་བཞིན་འཁྱག་ཤི་ཐེབས་ཤེ་འགྲོ།

ཁ་སང་དེ་རིང་། སེམས་པ་ངོ་མ་རྟུལ་རེད……

ང་ལྷ་ཁེར་རྐྱང་ལ་ཞེད་ཀྱི་མི་འདུག

དྲན་པ་དང་རི་སླུག་མོད་པས།
ནམ་མཁའི་སྐར་ཚོགས་དང་།
ས་ཡི་མེ་ཏོག
མ་ཟད་ཟིལ་བ་ལྷ་བུའི་མིག་ཆུ་དེས་ཀྱང་།
ཡམ་ཡོམ་ངང་། ཤམ་ཤམ་དུ།
མི་ཡུལ་ལ་གཟིགས་མོར་འགྲིམས་པ་གྲངས་མེད་ཅིག

ཁེར་རྐྱང་ནི་སྡུག་ཡུས་རིགས་ཤིག་ཡིན་སྲིད་དམ།
ཡང་ན་སྙིང་འཇགས་གཞན་ཞིག་ཡིན།
ཁྱེད་རང་མེ་ཏོག་ཀུ་སུད་དེ་ཡིན་ན།
སྙན་ངག་འདི་དང་བརྩེ་བ་འདི།
ད་དུང་མི་ལས་དབལ་བའི་སེམས་ཚོར་འདི་ཡོད་ཚད།
ཁ་བའི་གློང་ན་བཞད་པའི་ཀུ་དུམ་ལྟ་ར་ཡིན།
བཙད་པས་སྙིད་པར་དོགས་དོགས་ནས།

སད་ཀྱིས་བཙེམ་པར་བསམ་བསམ་ནས།
ས་གཞི་འདི་དང་ལྷན་དུ་ང་ཡང་རྒས།
གོ་རིམ་འདི་སྐྱོ་སྣང་གིས་གཏམས་པའི་ལམ་བུ་ཞིག་ཏུ་སྣང་སྲིད་ཀྱང་།
མཛེས་སྡུག་གི་ཡང་ཚོ་འཕྲུ་བའི་རྩི་ལམ་དེའང་ཡིན་སྲིད་ངེས།

ད་ནི་ཁེར་རྐྱང་ལ་ཞེད་ཀྱིན་མི་འདུག
ང་རང་འཛིག་རྟེན་ལ་འཐམས་ནས་ཡོད་དུས།
མི་ཚོགས་ཀྱིས་ཀྱང་ང་ལ་ཅེར་ནས་ཡོད།
ཁང་ཆུང་ནང་གི་མིག་ཆུ་སུས་ཀྱང་དགོག་མི་སྲིད་ཀྱང་།
མེ་ལོང་ལྷ་བུའི་རང་སེམས་དོས་ན།
ངས་པ་ཏུའི་དབྱིབས་ཀྱི་རི་མོར་བྲིས་ནས་ཡོད།

དོ་དགོང་། ཐུར་བཞིན།
སེམས་པ་རྒྱ་མཚོའི་རླབས་བཞིན་འཕྱུར་སྲིད་དམ།
ཡང་ན་ཚང་ཚིང་ནགས་ཚལ་སྡུག་པོས་གཡོགས་སྲིད་དམ།
མིན་ན་ཆུ་ཡི་རླབས་རིས་བཞིན་དུ་བསིལ་ལ་འཇམ།

གང་ལྟར། ད་ལྟ་ཁེར་རྐྱང་ལ་ཞེད་ཀྱིན་མི་འདུག
ངས་མི་ཡུལ་ལ་འོ་ཞིག་བྱེད་དུས།
མི་རྣམས་ཀྱིས་ང་ལ་འཛུམ་མདངས་བསྟན་འོང་།
ད་ནས་བཟུང་། ང་ཁེར་རྐྱང་ཡིན་དུས།

ངས་ལྷག་བསམ་ཏུམ་ནས།

ལྷད་མེད་བསྣམས་ནས།

བརྩེ་བ་འཁྱེར་ནས།

རི་མཐོན་པོ་ཡིན་ས། མཚོ་དམའ་མོ་འཁྱིལ་ས།

ཐང་སྟོན་མོ་ཡིན་ས། རླུང་འཛམ་པོ་གཡུག་ས།

དེར་བུད་འགྲོ།

མཚོ་མོས་སེམས་པ་སྤྲུལ་ཚུལ།

སེམས་པ་འདི་མཐའ་ཡས་པའི་ནམ་མཁའ་དེ་ཡིན་ན།
རྣམ་ཤེས་ནི་མཚོ་མཐའ་ན་ལྡིང་བསྐོར་བྱེད་བཞིན་པའི་བྱ་སྐྱག་དེ་འདྲ།
མཚོ་མོ་འདིའི་ཕ་མཐའ་ནས།
སེམས་པ་འདིའི་སྣེ་མོ་ནས།
སྐབས་ཕྲེང་རེ་རེ་སེམས་འགྱུ་རེ་རེ་དང་བསྡོངས་ནས།
བསྟན་གཞེར་གྱི་རེག་བྱ་འཇམ་པོས།
ཀང་འོག་གི་བྱེ་མཐང་དལ་གྱིས་བཞུས་སོང་།

རང་བྱུང་གི་ཕང་བ་ན།
བདེ་སྡུང་གི་འཚོ་བཞིན་པའི་མི་རྣམས་མཐོང་ཚེ།
ངའི་ཕ་ཡུལ་གྱི་མི་མང་།
ཟི་ལིང་ནས་ཁྲི་ཀ་དྲན་ཚུལ་ཅི་བཞིན།
ཡང་བསྐྱར་སེམས་ལ་ཐོགས་འོང་།
མཚོ་འགྲམ་ན།

གཅེར་བུར་འགྲོ་བཞིན་པའི་མི་དག་གིས།
མཐོ་སྣང་གི་བུ་མོ་ཞིག་ལ་སྣང་བ་ལྷི་ཡང་གང་མང་སྦྱིན།

མཚོ་མོ་དང་ནམ་མཁའ་འདྲེས་མཚམས་དེས།
ངའི་ཕ་ཡུལ་གྱི་ཉི་འཆར་ཡིན་པ་དྲན་ན།
སེམས་པ་འདི་རྟ་ཕོ་གཡོག་ཐོགས་དང་མཆུངས།

ཁེར་རྐྱང་གི་འགྲུལ་བཞུད།

རྫོག་ཁྲིས་བརྒྱབ་པའི་རྒྱབ་ཁུག་གཅིག་པུ་དེ།
རང་ཉིད་ལ་ཁོ་ནར་གནོད་གསུམ་ལམ་གྲོགས་ཡིན།
རྒྱུས་མེད་ཀྱི་ལམ་ཕྲན་འདི།
སྐྲ་ལོའི་ཁ་དོག་མི་གཅིག་ཅིང་།
སྐད་རིགས་སྣ་མང་འདྲེས་པའི་རྐང་འོག་ཏུ་ལྷེབས་བཞིན་འདུག

སྣང་འཁོར་གྱི་འགྲོས་ཏ་ཅང་མྱུར་ཚུལ་ནི།
རྣམ་ཤེས་ཀྱི་རྒྱུ་བ་དང་མཚུངས་ལ།
རི་བོ་མཐོང་མི་སྲིད་པའི་ལམ་འགྲམ་དག་ན།
མཆོའུ་དང་སྔོན་ཤིང་གི་ཁྱབ་པའི་ཡུལ་ལྗོངས་བསམ་ཆེ།
མ་གཞི།
བོད་ཡུལ་ལས་ལྷག་པའི་མཛེས་སྡུག་གི་ནམ་མཁའ་དེ།
གང་དུའང་ཡོད་པར་འདུག
མཐོ་རྒྱ་མེད་པའི་ནམ་མཁའི་མཐོང་དབྱིངས་ན།

སྤྲིན་དཀར་གྱི་ཚོམ་བུ་ག་ལེར་ག་ལེར་རྒྱུ་ཚུལ་དེས།
དྲན་པ་གང་ཞིག་ཀྱང་གསལ་ནས་གསལ་དུ་བཏང་སོང་།

དུས་ཚོད་གཅིག་སྐད་དུ།
དེབ་དང་སྒྲུ་དབྱངས་ མཛེས་མཚར་མང་དག་ཅིག
དབང་པོའི་སྒོ་ཀུན་ཏུ་ཧྲུང་བུ་ཅི་བཞིན་ལྷུང་སྲིད་ཀྱང་།
སེམས་ཀྱི་རྣམ་ཤེས་དབང་བཙན་པས།
ཁྱུ་སིམ་སིམ་གྱི་བསམ་གཞིགས་ཕོ་ན་དེས།
ངའི་ཁེར་རྐྱང་གི་འགྲུལ་བཞུད་ལ་གྲོགས་དན་མཛད།

རེ་སྨོན་མང་དག་ཅིག
འཁྲུལ་སྣང་དང་ལྷན་དུ།
ངའི་ཡིད་སེམས་སུ་ཐ་ཧྲབས་ལྷར་འཁྱོ་བཞིན་འོང་།
ཐ་ན་རྨི་ལམ་ཞིམ་པོ་དག་ཀྱང་།
སྟོང་སྣང་དུ་མཉམ་དུ།
མི་ཚེ་འདིར་མངོན་འགྱུར་བྱེད་ཅིང་འོང་།

ཁེར་རྐྱང་གི་འགྲུལ་བཞུད་འདི།
ས་མཐའི་ཁྱད་མཚར་གྱི་ཡུལ་ལྗོངས་དང་།
ངོ་མཚར་གྱི་བཀོད་པ་ཕོ་ནས་མྱོས་མ་སོང་ཙང་།
མཛེས་སྡུག་གི་སེམས་ཚོར་མངར་མོས་ཡོངས་སུ་བཟེ།

ལོ་མཛུག་ཅིག་ལ་བྲིས་པ།

རྟབ་རྟབ་པོར་བཞུད་སོང་བའི་ལོ་ཟླ་དེ།
སྟོང་ལོ་ལྷུང་ལྟེ་ཞིག་གི་ཚེ་སྲོག་གི་གོ་རིམ་ཡིན་ན།
ཐག་ཉེ་རིང་གི་འཚམས་འདྲི་མ་ལུས།
རེས་གསལ་རེས་མོག་གི་སྐར་འོད་ཅི་བཞིན།
ངའི་བར་སྣང་ནས་ཡལ་ཞིང་མགོ་ཐོག་ནས་འཕུར།

སུ་ཞིག་གིས་ཀྱང་ཁྱེད་རང་རྨས་སྲིད་པའི་དུས་ཚིགས་འདིར།
འཁྱག་སིབ་སིབ་ཀྱི་མིག་ཆུ་ཁོ་ནས།
རང་གིས་རང་ལ་གཅེས་དགོས་པའི་ཁ་ཏ་བྱས།

ལོ་མཛུག་དེར།
སུ་ལའང་འཛུམ་མདངས་སྟེར་མ་འདོད་པའི་དགུན་ཁ་སྐྱ་བོས།
ངའི་ལུས་ངག་ཡིད་གསུམ་གྱི་དྲན་སྣོ་བཙན་གྱིས་བཀག་ཀྱང་།
འགོག་ཐབས་མེད་པའི་དགའ་སྐྱོ་ཆགས་སྡུང་གི་ལས་འདིས།
ང་སྔར་བཞིན་མིག་ཆུ་ཤམ་ཤམ། ང་སྔར་བཞིན་སྐྱོ་སེམས་ལྷང་ལྷང་།

ཐ་ན་སྨུག་ཤེ་རྒྱུག་རྒྱུའི་དྲ་རྒྱུའི་བརྒྱུད་ལམ་དེས་ཀྱང་།

ང་ཨུ་ཐུག་ཐབས་ཟད་ལ་བཏང་བ་ཉུང་ཉུང་མིན་པས།

ངས་མང་པོ་ཞིག་སེམས་ཀྱིས་པ་མཐར་སྐྱུགས་ཤིང་།

སེམས་ཁོང་ནས་ཁ་རོག་གེར་གྱིས་བརྗ་བཏང་བས།

སྟོང་ལོ་བཅུ་གཅིག་པ།

ངའི་སྐྱི་ལམ་ཁྲིད་ཀྱི་གཏམ་རྒྱུད་ཆེས་ཉུང་དུས་ཡིན་ལ།

ངའི་འཚོ་བའི་ཁྲིད་ཀྱི་ཐོབ་ཤོར་ཆེས་མང་དུས་ཡིན།

མེ་ཏོག་དང་བསྔོངས་པའི་སེམས་ཚོར།

སྐྱེའུ་ཁྱུང་ཕ་རོལ་གྱི་མེ་ཏོག་ཚོམ་བུ།
ཆར་བའི་བརླན་དང་འགྲོགས་ནས་དུས་གཅིག་ཏུ་བཞད་སོང་ལ།
བགྲོད་ལམས་ཡངས་པའི་ངའི་རྐང་འོག་གི་ས་གཞི་འདི།
ཧེ་འདྲའི་མཉེན་ཞིང་ལྷེམ།
ངས་ཡུལ་གྱུར་བ་སུ་ཞིག་གི་མི་ཚེའི་རྣམ་ཐར་ལ་མཇལ་དུས།
རྒྱུས་མེད་ཀྱི་གྲུ་ག་འདི་ནས་མིག་ཆུ་པང་ལ་འཐོར།

བོད་ཡིག་གསེར་བྲིས་འབྲུག་མ།
ཀ་ཁའི་དབྱངས་རྟ་སྙན་མོ།
ད་དུང་བརྗེད་མི་ཐུབ་པའི་ངའི་ཕ་ས་ཕ་ཡུལ།
ད་ནི་ཁྱེད་ལ་ལྷག་ཏུ་དྭངས་ཤིང་།
ལྷག་ཏུ་ཞེན་པའི་འདུན་པ་མེ་ལྕེ་བཞིན་མཆེད་ཅིང་འོངས།
ཀྱི་ངན་གྱི་ཁྱུར་མོ་སྐྱེ་བའི་ཕ་ཡུལ་གྱི་སྡོང་ལོ་དག
རྡུལ་དང་ཟེགས་མ་བཅས་ཏེ།
ལྗང་མདོག་ལ་སྤོབས་ཤུགས་དབེན་ཚུལ་བསམ་ན།

ང་རང་ཆར་པ་ཟམ་ཟིམ་དེ་ཡིན་ན་སྙམ།

འབྲུག་སྒྲ་ལྡིར་ལྡིར་དེ་ཡིན་ན་བསམ།

ཀ་ཡེ། གྲོགས་པོ།

སློ་མི་ཕམ་པར་གོམ་པ་མདུན་ལ་སྤོས་དང་།

དུས་ཀྱི་འཁོར་བསྐྱོད་ཀྱི་དབང་གིས།

རེ་བའི་ས་བོན་ལ་སྨྱུ་གུ་འབུས་ངེས་ཤིང་།

བདེན་པའི་སྙིང་སྟོབས་ལ་རྒྱལ་མཚན་གྱི་དར་ལྷོག་སློང་ངེས།

༢༠༡༡ལོའི་ཟླ་༩པའི་ཚེས་༢༢ཉིན།

སློབས་སྟོ་བའི་དགུན་ཟླ་འདིའི་སྟོ་རོལ་དུ།

ལོ་མ་སྒོ་བུར་དུ་སེར་པོ་གྱུར་ཏེ་ས་ཏུ་ཟགས་དུས།
འཁྲུག་སིབ་སིབ་ཀྱི་གྲང་རླུང་རྩུབ་མོ་དེས།
མི་ཡུལ་གྱི་ཁོ་གདོང་སྐྱ་བོར་ན་ཟུག་ཡང་ཡང་བསྟན།
དུས་ཚིགས་ཀྱི་འགྱུར་ལྡོག་ནི་རང་བྱུང་གི་ཆོས་ཉིད་ཡིན་དུ་ཆུག་ཀྱང་།
འགྲོས་མྱུར་བའི་འཚོ་བ་འདིའི་ཕ་རོལ་ན།
ད་དུང་བསྡེ་གནས་ཀྱང་རྙེད་གྱིན་མེད་པའི་ངའི་ན་ཟླ་དག་བསམ་ན།
ཚོད་ཚོད་དུ་གྲང་ངར་འདི་ལ ན་ཟུག་འདི་ལ།
འགྲེལ་མེད་ཀྱང་རྐྱེན་ཞིག་བཙལ་ན་འདོད།

རྗེ་ལམ་མེད་པའི་དབྱར་ཟླ་དེ་བསམ་ན།
ང་ཚོ་ནི་ཁ་ཕྱོགས་ནོར་བའི་བྱ་ཕྲུའི་ཚོགས་དང་འདྲ་ལ།
འབྲས་བུའི་ཁུར་གྱིས་བརྟེགས་པའི་སྟོན་ཁར་སྨུག་པ་ནི།
སུ་ཞིག་ལ་མགོ་འབུལ་ལུས་འབུལ་བྱས་ཏེ།
རྩལ་འཚོས་ཀྱི་འཛུམ་མདངས་སྒོམ་པའི་ལོ་ཟླ་དེ་ཡིན་རྩལ་བསམ་ན།
སློབས་སྟོ་བའི་དགུན་ཟླ་འདིའི་སྟོ་རོལ་དུ།

ངས་རང་ལུས་གོས་ཀྱི་ཡང་ཡང་བཏུམ་ཡང་།
རྣམ་ཤེས་ཀྱི་བུ་གར་རྒོད་པའི་བསིལ་རླུང་ལ་འཛག་ཐབས་མི་འདུག

འགྲོས་མྱུར་བའི་གྲུ་ག་རེ་རེ་ན།
ཁྱེད་ཀྱི་ཞབས་རྗེས་ཡོད་ལ་ང་ཡི་ལང་ཚོའང་བསྐྱིམས་ནས་ཡོད་ཀྱང་།
མི་ཁ་རྡོན་མོ་ཅིག་བསྙོངས་དུས་ཀྱི་བར་སྟོང་ཀྱང་མེད་པ་དྲན་ཚེ།
སེམས་པ་འདི་གྲང་རླུང་དང་འདྲ་བར་ཤུགས་ཀྱིས་གཡུག་འགྲོ།

སླེབས་སྒྲ་བའི་དགུན་ཟླ་འདིའི་སྤྲ་རོལ་དུ།
སྐྱུ་ག་དང་ཕྱིའུ་ཚོགས་ཀྱང་གང་ཞིག་ཏུ་གནས་སྤོར་སོང་སྙམ་ཚེ།
ལྷང་སྟོང་གི་མཁྲིན་པར་འཕྱུར་པའི་བྱ་སྟོང་བརྗོའང་མཐོང་རྒྱུ་མི་འདུག
ད་ནི་ལང་ཚོ་མེ་ཏུ་སྤར་ནས་རང་སེམས་རང་གིས་གསོ་བ་ལས།
སླེབས་སྒྲ་བའི་དུས་ཚིགས་དང་བསྡོངས་ནས་འཁྱག་ཤི་ཐབས་མི་ཉན་ཚུལ།
སེམས་པའི་ཁ་གཏད་ཀྱི་ཁྱེད་ལ་ཡང་ཡང་སྙིང་དགོས་བསམ།

༢༠༠༩ལོའི་ཟླ་༡༠པའི་ཚེས༡༦ཉིན།

ཐིག་བརྒྱད་ལོའི་དགུན་ཟླ།

སྙིང་སེམས་ཀྱི་གཏམས་པའི་འགྱུར་ཁྱུགས་རེ་རེ་ནི།
ཐིག་བརྒྱད་ལོའི་ཁྱུ་བྱུག་གི་གསུང་སྙན་སྒྲོག་སྐངས་ཡིན་ལ།
མེ་ཏོག་གི་འདབ་མའང་ཁྲག་གིས་འཚོས་པའི་ལོ་ཟླ་ནི།
དབྱར་ཟླ་འདིའི་ན་ཟུག་གི་མིག་ཆུ་རེད།

སྟོན་གསུམ་འབྲས་ལྡན་གྱི་དུས་སུ།
ཀུ་ཤུ་ལ་དམར་ཤ་མེད་ཅིང་།
མིའི་གདོང་ལ་འཛུམ་མདངས་མེད་དོན།
ཁ་ཏ་དང་སྒྲུང་ཚོགས་ཀྱི་འདུར་རྒྱུག་མོད་པས་ཡིན།

ཐིག་བརྒྱད་ལོར། རྫི་བོ་མེད་པའི་ནོར་ལུག་གི་ཁྱུ་ཚོགས།
ཁ་ཕྱོགས་མེད་པའི་གྲོག་མ་ནག་ཆུང་དང་འདྲ་བར།
ནམ་ཞིག་ལ་གང་ཞིག་ནས་རྐང་ལག་ཐང་ཆུ་འབྱར་བའང་ཤེས་བཞིན་མེད།
རེ་བ་དང་སྨི་ལམ་འཇིག་པའི་གོ་རིམ་ནི།
ཚེ་སྲོག་གི་གཟུངས་ཐག་སློད་དུས་ཀྱི་ཞེད་སྣང་དེ་རེད།

ཐིག་བརྒྱད་ལོའི་དགུན་ཁར།

ཁ་བ་ནག་པོ་འབབ་ཨེ་སྲིད།

ཕྱི་རོལ་གྱི་མཁའ་དབྱུགས་ཇེ་འཁྱག་ནས་ཇེ་འཁྱག་ཏུ་འགྲོ་དུས།

སྐྱ་ཐིང་ཐིང་གི་སེམས་ཀྱི་ཡུལ་ལྗོངས་སུ།

མེ་ཕུང་དགུང་ལ་མཆེད་ནས་སྨོར་བྲོ་འཁྲབ་ན་ཅིས་མ་རུང་།

མེ་ཕུང་ནི་སྤོབས་ཤུགས་ཀྱིས་མཆེད་པའི་བློ་གྲོས་ཀྱི་མེ་ལྕེ་དེ་རང་ཡིན་ན།

སྨོར་བྲོའི་ཨ་ལོང་ནི་མཐུན་སྒྲིལ་གྱི་ལག་ཟུང་སྦྲེལ་བའི་སྤོབས་ཤུགས་དེ་ཅི་ལ་མིན།

ཐིག་བརྒྱད་ལོའི་དགུན་ཟླ་འདིར།

འཁྱག་ཤི་ཐེབས་ལ་ཉེ་བའི་ད་ལྟག་ཚོ།

ལག་པ་ཚུར་བརྐྱངས་དང་།

མེ་སྟག་མཆེད་པའི་སྨོར་བྲོ་ཅིག་འཁྲབ་ཡ།

༢༠༠༨ལོའི་ཟླ༡༢པའི་ཚེས་གཅིག་ཉིན།

ཉིས་སྟོང་དགུ་ལོའི་རེ་སྨོན

ཁ་བ་མེད་པའི་སྐྱ་ཐིང་ཐིང་གི་ལོ་ཟླ་ཞིག་འདི་ལྟར་བཞུད་ཚར་སྟངས་ནི།
མིག་ཆུ་ཚད་དབང་མེད་ཅིང་ཟུག་གཟེར་འཇགས་ཐུབ་མེད་པའི་ངང་ཚུལ་ཞིག་རེད།
དུས་ཚོད་ནི་ནམ་ཡང་ཕྱིར་བལྟས་མེད་པའི་ལོ་ཟླ་རྒས་འཁོགས་དེ་ཡིན་ན།
དྲན་པ་དེ་ཡང་མཛད་མཐའ་མེད་པའི་གང་གཱའི་ཀླུང་གི་ཆུ་བོ་དེ་ཨེ་ཡིན།
རྣམ་ཤེས་མང་པོར་ཕོག་ཐུག་བཟོས་ཟིན་པའི་ལོ་ཟླ་དེ་ལ།
གྱིས་ཕྱག་འབུལ།

གསུ་ཚག་གི་རྩི་ལམ་མོད་པའི་ཁ་སང་ལ་ཁྲིལ་དགོད་བྱེད་ཝེར།
ཁ་གཡང་དང་སྨོན་འདུན་མེད་པའི་ཉི་ཟླ་འདིའི་སྒྲིབས་བར་ནས།
ཉིས་སྟོང་དགུ་ལོའི་ཐུ་འོག་ལ་ཤུགས་ཀྱིས་འཇུས་ཀྱིན་ཡོད།

ཉིས་སྟོང་དགུ་ལོར རྩི་ལམ་གྱི་རྒྱུམ་བུ་ཡང་བསྐྱར་བཏུ་དགོས།
ཉིས་སྟོང་དགུ་ལོར འཁྱར་འཁྱོར་གྱི་གོམ་པ་ཡང་བསྐྱར་སྤོ་དགོས།
མི་རི་འཕྱུར་བ་དང་ས་ཡོམ་བྱུང་བ་རང་བྱུང་ཁམས་ཀྱི་གནོད་འཚེ་དེ་ལགས་ན།
སྡོབས་པ་དང་བཅས་ཏེ་ང་རོ་སྒྲོག་པ་ནི་མིའི་གཤིས་སུ་གྲུབ་པའི་ངར་ཤུགས་དེ་ཨེ་རེད།

ཉིས་སྟོང་དགུ།

ཁྱེད་ཀྱིས་རྨ་ཁ་གྲངས་མེད་ལ་འོ་ཡིས་བྱིལ་བྱིལ་གནང་རོགས་མཛོད་དང་།

ཁྱེད་ཀྱིས་ཆག་གྲུམ་དུ་སོང་བའི་ང་ཡི་སྤུས་མགོ་དང་རྨི་ལམ་ཅིས་ཀྱང་ཕྱིར་བསྐྱོད་རོགས།

ཚེ་སྲོག་གི་གོང་བུ་འདི་ཆབ་རོམ་དུ་མ་གྱུར་བའི་སྔ་རོལ་ལམ།

ལང་ཚོ་ཡི་འགྱུར་ཁུགས་འདི་སྒྱུང་གིའི་ཁ་ཏུ་མ་ལྷུང་བའི་དེ་རིང་ནང་ཁ།

ངས་ད་དུང་། ཁྱེད་ཀྱི་རྒྱུ་ཐིག་ལྷ་བུའི་སྐར་ཆ་རེ་རེ་རྒྱུད་ཐེམས་སུ་གཏོང་བསམ་ཡི་ནས་མེད།

ཉིས་སྟོང་དགུ། མི་རིང་བར་གྲོ་ཡི་ས་བོན་ལས་གྲོ་དང་།

ནས་ཀྱི་ས་བོན་ལས་ནས་བྱུང་བའི་ཆོས་ཉིད་བཞིན།

ལྗང་སྨུག་གི་ས་གཞི་ཡིས ཡོད་ཚད་ཀྱི་ཁ་དོག་བརྗེས་སྲིད་ན།

ངས་ཀྱང་ཞི་བདེའི་ཕུག་རོན་བསྣམས་ནས་སྨོན་འདུན་གྱི་ས་བོན་བཏབ་ཡོད་པ།

ཅེས་ཀྱང་སྐྱེས་དགོས་ཨ།

ཉིས་སྟོང་དགུ་ལོ།

མེ་ཏོག་གི་བཞད་སྟངས་དང་ཁུ་བྱུག་གི་གསུང་སྐད་ཀྱིས།

ཡང་བསྐྱར་ལོ་ཟླ་ཤིག་གི་དབུ་ཕྱུད་ཕྱིས་དང་།

རྨི་ལམ་ལ་དུང་བ་ཟབ་ཅིང་འབྱུང་འགྱུར་ལ་རེ་བ་ཡི་བརྟས་པའི་བདག་གི་རྣམ་ཤེས།

ལག་ཟུང་གིས་བདེ་སྐྱིད་བསྐྱུན་ཤིང་བློ་གྲོས་ཀྱི་མེ་ལྕེ་རྡོད་འཕེལ་དུ་སྣམ་པའི།

བདག་གི་སྒྲོ་སྙིང་མཆིན་གསུམ།

ད་དུང་། དཀར་ནག་གི་དབྱེ་བ་མཇལ་བཞིན།
དྲང་ཐིག་རྐྱང་རྐྱང་འཕེན་པའི།
རང་སེམས་ཀྱི་གཤིན་རྗེ་ཆོས་རྒྱལ།
ཡོད་ཚད་ཏྲ་མཆོག་སྒྲོག་ལས་ཤོར་ན་སྐམ་པའི་དང་ཚུལ་དེ་རེད།

ཉིས་སྟོང་དགུ། ཁ་བ་དཀར་པོ་བསྡམས་ནས་སླེབས་ཚུལ་ནི།
ལྷག་བསམ་སྟོང་དང་སྨོན་འདུན་ཁྲི་ཕྲག་གིས་དབུ་ཕྱུད་བྲིས་པའི་ཤུལ་རྗེས་ཡིན་ན།
ད་ནི། ལྷད་མེད་ཀྱི་བྱིས་བློ་དྭངས་མོའི་མངར་ཁ་ཅི་བཞིན།
མི་སེམས་ལ་བརྩེ་བ་དང་མཛེས་སྡུག་སྤྲིན་རོགས།
ཁ་བརྒྱ་མིག་སྟོང་གིས་ཅེར་བའི་ཉིས་སྟོང་དགུ།

ངས་ད་དུང་ལག་པ་བསྒྲིངས་ནས་ཡོད།

——ཞི་བདེའི་ཁེའུ་ཚོགས་ལ་ བྲིས་པ།

གཟུགས་མེད་ཀྱི་ན་ཟུག་རེ་རེ་སྙིང་གསེབ་ནས་ག་ལེར་མངོན་དུས།
ངའི་མིག་ཟུང་གིས་རྒྱང་རིང་གི་འོད་སྣང་ལ་ཅེར་ནས་ཡོད།
རང་ཉིད་ཀྱི་སེམས་སུ་སྡུགས་བསམ་གྱི་སྦྲོན་མེ་འདེགས་དུས།
ངས་ད་དུང་སྒྲོན་མེ་ཡི་འོད་སྣང་དེ་ཉིད་ཕྱོགས་སུ་འགྲོས་ན་བསམ་ཡོད།

སྨུན་ནག་གི་ལམ་ཕྲན་འདི་ནས།
འཇིགས་ཡེར་གྱིས་སེམས་ཚོར་མེད་པས།
ང་ཁ་བ་བཞིན་ཞུ་བར་དོགས་ལ།
སག་སག་གི་གོམ་སྟ་ཁེར་རྒྱང་འདིས།
ངས་ད་དུང་ལག་པ་བསྒྲིངས་ནས་ཡོད་པ་ཉིད་ཀྱིས་ཚོར་ན་བསམ་བྱུང་།

ངོ་དགོང་། ངས་ཡང་བསྐྱར་དྲི་བ་སྟོང་གི་སྒོ་མདུན་ནས།
མི་ལོང་མདུན་གྱི་རང་ཉིད་ལ་འགྲེལ་བ་མི་རྒྱག་ག་མེད་བྱུང་།

རྣམ་ཤེས་ལ་ཚ་འདྲི་གཏོང་ཐེངས་རེ་ལ།
ཕྱི་རོལ་གྱི་ནམ་ཟླ་དེ་འདྲའི་གྲང་ཧུང་།
རང་སེམས་ཀྱི་གུར་ཁང་དྲོད་ཀྱིས་གཏམས་སྐམ་ཡོད།
ཞེ་མཐུན་ཚོས། ཁ་གཡང་དང་ལ་རྒྱ་གླིང་བཞིན་སླེབས་ཀྱང་།
ལག་སྡོང་མཆན་ལ་བཅིར་ནས་འགྲོ་སྟངས་འདི།
ཀྱུ་ཅེ་གོམ་ཅེ་སློབ་པའི་སྔོན་འགྲོ་ཨེ་ཡིན།

སྨན་ནག་མཐུག་ཀྱང་། གྲང་ངར་ཆེ་ཧུང་།
རྣམ་ཤེས་ལ་དྲོད་འཚོལ་ཡོད་ན།
སྙིང་ལ་ཧུས་པ་ཡོད།
མི་ལྷེ་དེའི་ཚ་བསྲེག་གིས་ལང་ཚོའང་གཞོམ་པར་སྲིད་ཀྱང་།
ང་ཚོ་ཅིས་ཀྱང་མེ་རི་བཞིན་དུ་འབྱུར་དགོས་ཡ།

ཞེ་མཐུན་ཚོ།
ལག་པའི་ནང་དུ་ལག་པ་ཞོག་ལ།
སེམས་པའི་ནང་དུ་སེམས་པ་ཞོགས་དང་།
ངས་ད་དུང་ལག་པ་བསྲིངས་ནས་ཡོད།

༢༠༠༨ལོའི་ཟླ་༡༡པའི་ཚེས་༡༩མཚན་མོར་བྲིས།

མཚན་མོ་འདི། གླུ་སྐད་འདི།

ཞི་སྡང་གི་མེ་སྟག་དམར་པོས།
བརྩེ་བའི་ཞིང་ཁམས་མེ་ལ་སྒྲོན་ཤུལ་ནས།
མིག་ཆུས་འགྲེལ་བཤད་མ་ཐུས་པའི་སེམས་ཚོར་དམར་པོ།
མཚན་མོ་གྲངས་མེད་ཞིག་དང་མཚུངས་པར།
སླར་ཡང་སྨུན་པ་ནས་སྨུན་པར་འཐིམས།

གླུ་སྐད་འདི་ཡིས།
སྐྱོ་གདུང་ངག་ལ་བཀུག་སོང་།
བདེན་པ་སྐད་ལ་བརྒྱུས་སོང་།
རང་བཀུར་བསྲེག་ཚར་བའི་བེམ་པོ་རྣམས་མ།
བརྩེ་བ་བསྣུབས་ཟིན་པའི་རྣམ་ཤེས་རྟུལ་པོ།
ཐ་ན་ཁ་བཀག་ལེ་བརྩེ་ནས་བསྡད་ཚུལ་དེ་ཡང་།
ལས་དབང་ལ་བསྒྱུར་བའི་ཀུ་རེ་ཡིན་ཨེ་སྲིད།
འཇིག་རྟེན་ཆེ་དྲགས་སོང་།

ཡང་ན་སེམས་པ་རྒྱུང་དྲགས་སོང་།

དངོས་གནས་ཐོང་ཐབས་མི་འདུག

༢༠༡༡ལོའི་ཟླ༨པའི་ཚེས༢༥མཚན་མོར་བྲིས།

ཞོགས་པའི་སེམས་ཚོར།

ཞོགས་པ་འདིའི་མཁའ་དབྱུགས་དྭངས་མའི་ཁྲོད་ནས།
ངས་ཡང་བསྐྱར་རང་ཉིད་ལ་ཁྲུས་ཤིག་བྱ་སྙམ།
ལོ་ཟླ་འདི་ལྟར་ཚོར་མེད་ཀྱི་རྣས་བཞིན་པས།
ཕྱུགས་བསམ་དང་རྩི་ལམ་རྙེད་བཞིན་པ་རྟོགས།

ཚེ་སྲོག་གི་རིན་ཐང་བསམ་བསམ་ནས།
མཛེས་སྡུག་གི་བརྩེ་བ་སྒོམ་སྒོམ་ཡང་།
ཉམ་ཆུང་གི་སེམས་པ་ཇི་འདྲའི་གྲང་། ཇི་འདྲའི་གྲང་།
ལྷང་མདོག་གི་མཛེས་སྡུག་འདིའི་པང་ནས།
ངས་ཡང་བསྐྱར་སེམས་ཁོང་ནས་གཞས་ཤིག་བཏང་ན་བསམ།

བསམ་གཞིག་གང་མང་བག་མེད་ཀྱི་རླུང་ལ་བསྐྱུར་པས།
དགོད་སྒྲ་དང་འཛུམ་མདངས་ཡལ་བཞིན་པ་ཚོར།
བརྩེ་དུང་གི་བདེན་པ་གླེང་གླེང་ནས།

འཚོ་བ་ཡི་ཡང་སྙིང་བསམ་བསམ་མོད།
བླ་སྲོག་གི་ལྷིད་ཚད་ཇི་འདྲའི་ལྗི། ཇི་འདྲའི་ལྗི།

བསིལ་རླུང་གི་རེག་བྱ་འཇམ་པོའི་གསེབ་ནས།
ངས་ཡང་བསྐྱར་རང་ཉིད་ལ་གཟེ་གཟེ་ཞིག་བཏང་ན་འདོད།
ཕམ་ཁ་གྲངས་མེད་མིག་ཆུ་ཡི་མཚོ་ལ་བཏབ་པས།
ལ་རྒྱུ་དང་ལང་ཚོ་ཐོར་བཞིན་པ་ཞེས།
འཁོར་བའི་གློང་རིམ་ལ་མྱུལ་མྱུལ་ནས།
ཉི་མའི་འོད་མདངས་ལ་སྙེག་སྙེག་མོད།
རྣམ་ཤེས་ཀྱི་རྒྱུ་བ་ཇི་འདྲའི་དལ། ཇི་འདྲའི་དལ།

འགྱོད་གདུང་དེ།

ཡུན་རིང་པོར་བསམ་གཞིག་གི་ཕྲེའུ་སྒྲུམ་ཐེངས་རེ།
རང་ཉིད་ཀྱི་ལང་ཚོ་དར་ལྕོག་བཞིན་ཟད་བཞིན་པ་ཚོར།
མཛེས་སྡུག་གི་བསླུ་ཁྲིད་མངར་མོ་ཟློག་དཀའ་ཡང་།
ལག་ཟུང་གིས་བདེ་སྐྱིད་བསྐྱུན་པ་བདེན་དོན་ཡིན་པར་བསམ་ནས།

རྨི་ལམ་དང་འབྱུང་འགྱུར་གླིང་བཞིན།
བདེན་པ་དང་ཕྱུགས་འདུན་བསམ་ནས།
སྙན་ངག་ལྷ་བུའི་འཚོ་བར་བསྙེགས།
ཡིན་ནའང་། སྐྱི་གཡར་བའི་ལམ་ཕྲན་ཅིག་གི་འགག་འཕྲང་བར།
ཁ་བ་དང་ལྷན་དུ། མིག་ཆུ་དང་མཉམ་དུ།
ཚེ་སྲོག་ཅིག་གི་གཞུང་རྒྱ་འཁྲུག་པས་བསྟུམ།

ཨུ་ཐུག་གི་གདམས་གསེས་དེའི་དབང་གིས།
རང་ཉིད་དེ་ལྟར་ཐང་ལ་སྒུགས་ཀྱིས་བསྐྱེལ།
ངས་རང་ཉིད་ལ་གཟེ་གཟེ་ག་འདྲ་བཏང་ཡང་།

ཕོར་ཡུག་ལ་སྡང་སེམས་ཇི་འདྲ་སྐྱེས་ཙང་།
དུས་ཚིགས་ལ་ལེ་འདའ་གང་མང་བྱས་ཀྱང་།
ཉི་ངན་དེས་འདག་ཐབས་ཡེ་ནས་མེད།

འགྱོད་གདུང་གི་ལོ་རླ་དེའི་གསེབ་ནས།
ང་རང་སྔོན་ངག་ལ་གཞའ་བ་གྲངས་མེད་ལ།
སེམས་པ་ན་ཟུག་གིས་གཙོས་པ་ཡང་གྲངས་མེད།
ངས་དྭངས་གཙང་གི་རྣམ་ཤེས་ལ་འགྱོད་བཤགས་ཡང་ཡང་བྱས་མོད།
རང་ཉིད་ལ་གྱུ་ཡངས་གནང་བའི་བདེན་ཁ་ཡེ་ནས་རྙེད་མ་ཐུབ།

ཀྱེ་ཀྱེ། འགྱོད་གདུང་གི་ལོ་རླ་ཡ།
ཟོལ་འཛུམ་དང་རྩུལ་འཚོས་ཀྱི་འཚོ་བ་ནི་ཇི་འདྲའི་ཁག
མ་གཞི་རང་ཉིད་ཀྱང་མི་ཤོང་བའི་སེམས་པ་འདི་ཇི་འདྲའི་ཉམ་ཆུང་འང་།

དོ་ནུབ། ང་རྒྱལ་ཐང་ན་ཡོད།

རྒྱལ་ཐང་གི་སྐོར་གྲྭའི་དབྱངས་ཧ་འཛམ་པོ་དེས།
ང་ལ་སྙིང་གཏམ་ཞིག་ཤར་ཤར་ལབ་གྱིན་འདུག
ང་ཡི་ཚོར་བ་དེ་ཡང་ཡང་སྤྲུལ་གྱིན་འདུག
སྐུག་ཤ་ར་སྨྱུག་ལ་ནག་པ་དེ།
གསེར་གྱི་ཉི་མ་གནམ་ནས་འཆར་འདྲ།
སྨན་བུ་མོ་དཀར་ལ་དམར་བ་དེ།
དུང་གི་ཟླ་བ་དཀྱུང་ནས་ཚེས་འདྲ།

དོ་ནུབ། ང་རྒྱལ་ཐང་ན་ཡོད།
སོས་དལ་བག་ཕེབས་ཀྱི་གོམ་འགྲོས་ཡང་མོ་དེས།
ང་ལ་ལང་ཚོ་ཞིག་གི་རི་མོ་དོམ་བཞིན་ཡོད།
ང་ལ་འཚོ་བ་ཞིག་གི་གདངས་དབྱངས་གྱེར་བཞིན་ཡོད།
ཛ་སྨྱུག་པོ་སེང་གེ་འཁྱིང་འདྲ་དེ།
སྤྲིན་དཀར་པོ་ཐོད་ལ་བཅིངས་འདྲ།
ནགས་རྒྱ་ཛོང་ཆ་བྱ་སྔོན་མོ་དེ།
སྒྲོ་ལྷུང་ལེ་གུར་ཁང་ཕུབ་འདྲ།

དོ་ནུབ། ང་རྒྱལ་ཐང་ན་ཡོད།
ཛ་དཱའི་ཆོང་ལམ་གྱི་གནའ་ཤུལ་ཟབ་མོ་དེས།
ང་ལ་ལོ་རྒྱུས་ཤིག་གི་འདས་དོན་སྙིང་གིན་འདུག
ང་ལ་རྗོ་མཁར་ཞིག་གི་ཆག་འཇིག་བརྗོད་ཀྱིན་འདུག
མཁར་གྲུ་བཞི་ཤིང་ཁང་སྒོ་བཞི་དེ།
སྙིང་དཀར་པོའི་ཟོ་བྲང་བཞེངས་འདྲ།
གདངས་སྙན་པའི་གླུ་གཞས་གཉོམ་པོ་དེ།
ཡིད་སྨྱོམས་པའི་ཚངས་མགུར་འཐེན་འདྲ།

དོ་ནུབ། ང་རྒྱལ་ཐང་ན་ཡོད།
ཚེས་བཅོ་ལྔའི་དུང་ཟླ་མཁའ་ན་སྙོར་ཡོད།
ཡིད་དགའ་བའི་གཏམ་རྒྱུད་རླུང་ལ་བསྐུར་ཡོད།
རྒྱལ་ཐང་ནི་བརྩེ་བའི་ཞིང་ཁམས་ཤིག་ཡིན་འདྲ།
རྒྱལ་ཐང་ནི་སྙན་ངག་གི་གྲོང་ཚོ་ཤིག་ཡིན་འདྲ།
ངས་རང་ཉིད་བོར་བ་འདྲ་ལ་རྙེད་པ་འདྲ་བའི་དོ་ནུབ།
ང་རྒྱལ་ཐང་ན་ཡོད།
སེམས་ཀྱི་ཉི་ཟླ་མཁའ་ལ་བཏེགས་ནས།
རྒྱུས་མེད་ཀྱི་ཁྱེད་ལ་འདང་བཀྲ་ཤིས་པའི་སྨོན་ལམ་ཞུས་ཡོད།

༢༠༡༥ལོའི་ཟླ་༦པའི་ཚེས་༡ཉིན།

མཚན་མོ།

སྐར་ཚོགས་དང་ཟླ་བ་ཐོར་རྗེས།
བར་སྣང་ན་འཁྱིལ་བའི་སྤྲིན་དཀར་གྱི་ཕུང་བོ།
སང་ཉིན་བདུད་རྩིའི་ཆར་དུ་འབབ་བམ།
ཉི་མས་འོད་ཀྱིས་ཞུ་ངེས།

ལུག་ཕྲུ་དང་སྦྲ་ནག་ཚར་རྗེས།
ཐང་སྟོང་ན་ལུས་པའི་ཁྲི་ཀན་རྒྱ་བོ།
སང་ཉིན་ཕྱི་རྒྱལ་ལུང་བར་འཁྱམ་མམ།
རྒྱ་ནག་ཡུལ་ལ་རྫོངས་ངེས།

སྐད་ཆ་དང་སྨྲ་བ་འགག་དུས།
གྲེ་བར་ན་འཁྱིལ་བའི་ངག་གི་དབྱངས་རྟ།
སང་ཉིན་སྐྱིད་པའི་གླུ་རུ་ལེན་ནམ།
སྐྱོ་བའི་ངུ་ཤམ་བྱེད་དགོས།

ཕྱི་ཐག་དང་བར་ཐག་བརྗེད་དུས།

སེམས་ཕོང་ན་འཁྱིལ་བའི་བརྩེ་བ་དམར་པོ།
སང་ཉིན་གངས་ཀྱི་རི་ལ་བསྒོ་འམ།
དམའ་མོའི་མཚོ་ལ་བསྐུར་དགོས།

མཚན་མོ་གྲངས་མེད་ཀྱི་རྗེས་སུ།
ཉིན་མོ་གྲངས་མེད་ཞིག་ཀྱང་སླེབས་སྲིད་མོད།
ཉི་ཟླ་ལ་ཆག་གྲུམ་ཤོར་བའི་ལོ་ཟླའི་ནང་།
རྨི་ལམ་ཧྲིལ་པོ་ཞིག་ལ་སྨོན་ཚོག་པའི།
སྨུན་ནག་གི་མཚན་མོ་ཞིག་ཡོད་ཚོག་པར་ཞུ།

༢༠༡༥ལོའི་ཟླ༩པའི་ཚེས༢༩ཉིན།

མནར་གཅོད་རིགས་ཤིག

ཕྱི་རྟིང་མཐོན་པོ་མཐོན་པོ་དེས།
རྒྱ་ཚིགས་ལོང་ཚིགས་སྦྲིད་དུ་བཅུག་ཀྱང་།
འཇགས་མཐའ་མེད་པའི་སེམས་ཀྱི་འགྱུར་ཁུགས་ཅི་རིགས།
ངོ་གདོང་གི་སྐྱི་པགས་བར་ན་རི་མོ་བཞིན་འཆར་ཡོད།

གོམ་པ་རེས་མོས་སུ་མདུན་དུ་སྤོགས་ཀྱང་།
ཐག་ཐག་གི་སྒྲ་དབྱངས་དྲག་པོས།
སེམས་ཀྱི་འཚུབ་ལོང་མ་ལུས་ས་རྡུལ་ལ་གཏོར་བར་བྲེལ་ཞིང་།
མིག་མདུན་གྱི་མཛེས་ལྡོངས་ཡོད་ཚད།
ཁྲུ་སིམ་མེར་རྒྱབ་ལ་བསྐྱུར་ངེས།

སྐྲིད་པའི་ལྷེབས་ཁུགས་དང་ཕུས་མོའི་གཟུགས་དབྱིབས།
ཕྱི་རྟིང་གི་མཐོ་དམའ་དང་བསྟུན་ནས་གཡོ་བ་དེ།
ཀྱུ་ཀྱུ་དང་མཛེས་སྡུག་ཤིག་ཏུ་བཞེད་མཁན་མང་མོད།
གོ་རིམ་འདིའི་[illegible]་ན་ན་ཟླུག་ཅི་འདྲ་ཞིག་ཁོག་ཏུ་སྦས་ཡོད་འདང་།

རང་དབང་དང་འདོན་འདུན་གྱི་བར་དང་།
ལུས་སེམས་ཀྱི་འགལ་འདུའི་ཁྲོད་ནས།
ཉམ་ཆུང་གི་སེམས་པ་བརྐུས་ཤིང་གཙེས་ནའང་།
བསླུ་བྲིད་དང་རྫམ་སེམས་ཅི་རིགས་ཀྱིས།
ངོ་མི་མཉམ་པའི་ལུས་སེམས་ཀྱི་ངོ་བོ་འདི།
ནམ་ཡང་ཚོར་མའི་ལམ་ནས་བསྐྱུར་ཐུབ་མ་བྱུང་།

ཞིབ་ཏུ་བསམ་ན།
ལུས་སེམས་ངོ་མཉམ་པའི་གནས་སྐབས་དེ་ཡང་།
མ་གཞི་གོམས་སྲོལ་སུ་གྱུར་པའི།
ཕྱི་རྗེང་མཐོན་པོའི་གོ་ལྡམ་དང་འདྲ་བར།
མཛེས་སྡུག་གི་མཐར་གཙོད་ཀྱི་གོ་རིམ་དེ་མིན་ནམ།

༢༠༡༥ལོའི་ཟླ་༦པའི་ཚེས་༢༤ཉིན།

ཚོར་བ་སྐམ་པོ།

ཉི་མ་རེ་རེར་ངོ་གདོང་སློག་ཀླད་ལ་ཅེར་ནས།
དུས་ཚོད་བདུན་གྱི་རིང་ལ།
འཕོངས་ཤ་རྐུབ་སྐེགས་ལ་འབྱུར།
འཕོངས་ཤ་འབྱུར་ནས་ལོ་ཟླ་ཟད་དུས།
ངའི་མིག་ཟུང་གིས་རྒྱང་རིང་མ་ཟིན།
ངའི་ལུས་ཐོག་ལ་ཉི་འོད་མ་འཕྲོས།
ངའི་སེམས་པས་དུས་ཚིགས་མ་ཟིན།
ད་ནི་བསམ་བཞིན་དྲན་བཞིན་པ་ནི།
གདོད་མའི་སྐབས་སུ་ལྷི་བ་འཐུ་བའི་བུ་མོ་དེ་ཡིན།
ཞོགས་པ་ཆུ་ཚོད་བདུན་དང་ཕྱེད་ཀའི་སྐེང་ནས།
སྤྱི་སྤྱོད་༢བསྡད་ནས་ལམ་ལ་ཆས་དགོས།
དགོང་ཁ་ཆུ་ཚོད་ལྔ་དང་ཕྱེད་ཀའི་སྐེང་ནས།
སྤྱི་སྤྱོད་༢བསྡད་ནས་ཁྱིམ་ལ་ལོག་དགོས།
འདི་ནི་སྤྱི་འགྲོས་ཤིག་ཡིན་ནམ།

འཚོ་སྐངས་རིགས་ཤིག་ཡིན།

འདང་ཞིག་བརྒྱབ་ན།

འདི་ལྟར་ཕྱིན་ནས་ཡུན་རིང་འགོར་སོང་།

ང་རང་ཁ་ཁྲུ་སེམ་མེར་ལུས་དོན།

གྲོང་ཁྱེར་འདིའི་ནང་ལ་མགོ་བོ་བཏང་ཚར་བས་ཡིན་ནམ།

དབྱིད་དཔལ་ལ་མོར་སློབས་ཤོག

རྒྱ་ལོ་བཅོ་ལྔ་ཡལ་ནས་ཡུན་རིང་འགོར་རུང་།
ཟི་ན་ལུང་བའི་ཡུལ་ན།
སྤུར་བཞིན་གྲང་ངར་ལྡང་དོན།
ན་ཉིང་ཟླ་ལྷག་ཡོད་པས་ཨེ་རེད།
ཡང་ན། ཟླ་གསུམ་པ་སེམས་ཚོགས་ཆེ་བས་ཨེ་ཡིན།
ཁྲི་ཀའི་ཡུལ་ན་ལྡོང་སྨུག་འབུས་སྐབས།
པེ་ཅིན་མཁར་ན་མེ་ཏོག་བཞད་ཚུལ།
ངས་ཁ་མིག་བར་ནས་སྒྲོང་ཐུབ་ཀྱིན་འདུག

དབྱིད་རླུང་ལྡང་ནས་ཡུན་རིང་འགོར་སོང་མོད།
གནམ་སྔོ་འདི་དྭངས་རྒྱུ་མེད་དོན་ག་རེ་ཡིན་ནམ།
ས་གཞི་འདི་སྔོ་རྒྱུ་མེད་དོན་ཅིའི་ཕྱིར་ཡིན་ནམ།
དུས་ཚིགས་འདི་ལ་རེ་བ་མོད་པས་ལན་ནམ།
སེམས་པ་འདི་རང་བྲེལ་འཚུབ་ཆེ་བས་ཡིན།

དཔྱིད་དཔལ་ལ་མོར་ཕེབས་ཤོག
རེབ་གོང་གཞུང་ལ་ཕེབས་ཤོག
གྲོགས་མོའི་སྨོ་གླིགས་རྟུང་ཤོག
ཡ་རྫི་ཞོག་ལ་ཕེབས་ཤོག
བུ་མོའི་ལག་པ་བསྐྱོས་ཤོག

ཁྱི་ལིང་མཁར་ལ་སླེབས་ནས།
ང་ཡི་སེམས་པ་བརྟན་རོགས།

༢༠༡༥ལོའི་ཟླ་༧པའི་ཚེས་༢༡མཚན་མོར།

མཇུག་ཏུ་ཞུ་བའི་གཏམ།

སྙིང་ཉེ་བའི་ཀློག་པ་པོ་ལགས། ད་ནི་འགལ་འདུ་དང་སེམས་ཁྲལ་སྣ་ཚོགས་ཀྱི་ཀློང་ནས་བདག་གི《སྐྱ་རེངས》བུ་མོས་རེ་བ་དང་སྨོན་འདུན་བསྡམས་ནས་མི་ཡུལ་དུ་ཐོན་ཡོད། ང་རང་འདི་ལྟར་འགལ་འདུ་དང་སེམས་ཁྲལ་སྣ་ཚོགས་སྐྱེས་དོན་ལོ་ངོ་འདི་དག་གི་རིང་ལ་ངས་རང་ཉིད་ཀྱི་དགའ་སྐྱོ་ཆགས་སྡང་གི་ཚོར་བ་སྣ་ཚོགས་དང་། ནར་སོན་གྱི་གོ་རིམ་མང་པོ་སེམས་གཞས་སུ་ཤར་བ་འདི་དག་གིས་ཁྱེད་ལ་རོལ་མྱོང་གི་ཚོར་བ་གསར་བ་ཞིག་སྤྲོད་ཨེ་ཐུབ་སྙམ་པས་ཡིན་ལ། ཁྱེད་ཀྱི་གཅེས་པའི་དུས་ཚོད་མང་པོ་ཞིག་ངའི་སྒྲུ་རྩལ་གྱི་མཁའ་དབྱིངས་ཁུང་བའི་ཡིག་འབྲུ་འདི་དག་གིས་ཟྭོས་ཨེ་འགྲོ་སྙམ་པས་ཀྱང་ཡིན།

ཡིན་ཡང་དགའ་ཁ་འཁྱེར་ཕྱོགས་ཟེར་ནའང་འདྲ། འཚོ་བའི་བསླུ་བྲིད་ཟེར་ནའང་ཆོག སུ་མོ་ཞིག་ནས་རང་སེམས་ཀྱི་སྡེ་མོ་འདི་ནམ་རྒྱུན་སྨྱུག་རྩེར་འབྱར་ཡོད་ལ། རང་གི་མོས་པ་རྩོམ་རིག་གི་བུ་མོར་ཕྱོགས་ནས་ནང་སེམས་ཀྱི་ཚོར་འདུ་དང་། འགན་འཁྲི། བསམ་གཞིགས། འགལ་ཟླ། བརྩེ་དུང་། མིག་ཆུ་ལ་སོགས་པ་སྣན་ངག་གི་ཡིག་འབྲུར་བརྒྱུས་ནས་ལབ་གླེང་གི་ཚུལ་དུའམ་སེམས་གཏམ་གྱི་དོད་དུ་སུ་ཞིག་དང་མཉམ་རོལ་གྱི་འདུན་པའང་བླ་ལྷག་ཏུ་སྐྱེས་མྱོང་།

དེ་བས་ཐེངས་འདིར་ངའི་ནང་སེམས་ཀྱི་ཉློས་གར་ཡིག་འབྲུར་ཕབ་པའི་སྙན་ངག་གི་དེབ་འདི་ཁྱེད་ཀྱི་སྤྱན་སྔར་ལ་བསྟར་ཐུབ་པའང་ངས་སེམས་ཀྱི་ལོངས་སྤྱོད་ཅིག་ཏུ་བསམ་བཞིན་ཡོད། འདི་ན་སྒྲུ་རྩལ་གྱི་ཐོ་བྲང་བཞེངས་མེད་ཀྱང་ནང་སེམས་ཀྱི་རི་མོ་ཕྱི་ལ་བྲིས་ཡོད། འདི་ན་རིག

པའི་མེ་ལྡེ་དཀྱུང་དུ་མཆེད་མེད་ཀྱང་བརྩེ་བ་དམར་པོའི་མེ་དཔུང་སྦར་ཡོད། འདི་ན་དཀའ་སྡུག་གི་གོམ་པ་ཁྲག་གིས་བརྗེས་མེད་ཀྱང་གསེར་མདོག་གི་ལོ་ཟླ་རྟུལ་ཚུས་གཏམས་ཡོད། འདི་ན་རིན་ཆེན་གྱི་ནོར་བུ་སྤུངས་མེད་ཀྱང་སྙིང་གཏམ་གྱི་མཚོ་མོ་བསྐྱིལ་ཡོད།

དེ་བས་དེབ་འདི་ལས་ཁྱེད་ཀྱི་ངའི་ནང་སེམས་ཀྱི་འཛིག་རྟེན་ཁྲ་ཁྲ་དེ་རྟོགས་ཐུབ་ན། ངའི་མིག་ཆུས་བགོས་པའི་དཀའ་སྡུག་གི་འཚོ་བའི་ཟུར་དེ་རིག་ཐུབ་ན། ངའི་འཚུབ་སྣང་དང་སྐྱོ་གདུང་གི་ཁྲོད་ཀྱི་མ་འོངས་བའི་རྨི་ལམ་དེ་མཐོང་སྲིད་ན། རེ་བ་དང་སྨོན་པའི་གསེབ་ཀྱི་སྐྱ་རེངས་ལ་ལག་འཇུ་ཐེངས་ཤིག་བྱས་པ་ཡིན་ན་ངའི་ནང་སེམས་ཀྱི་འགྲུད་བཞུད་འདི་ལ་རྒྱལ་མཚན་གྱི་བ་དན་བསྒྲེངས་སོང་བ་ཡིན།

འོན་ཀྱང་རང་གི་གྲོགས་ལྷུར་བརྩི་བའི་སྙན་ངག་གི་དེབ་འདི་ལས་གོང་གི་གཏམ་དང་ལྡོག་སྟེ་ཚིག་སྐྱོན་དང་ཡིག་ནོར། གཏགས་ནོར་དང་སེམས་ཚོར་མ་འདྲ་བ་སོགས་ཀྱིས་ཁྱེད་ལ་ཀློག་འདོད་ཀྱི་ཡི་ག་ཆད་ཅིང་། དུས་ཚོད་ཆུད་ཟོས་སུ་བཏང་བ་ཡིན་ན་ངས་སེམས་གཏིང་ནས་དགོངས་དག་ཞུ་རྒྱུ་ཡིན་ལ། སྐྱོན་བརྗོད་དང་བསམ་ཚུལ་གང་ལེགས་གནང་བར་མཇོད་ཅེས་ཀྱང་ཞུ།

མཐར་དེབ་འདིར་མགོ་མཇུག་བར་གསུམ་ལ་རྒྱབ་སྐྱོར་ཆེན་པོ་གནང་མཁན་གྱི་རྒན་དཔལ་མོ་དང་། རྩོམ་སྒྲིག་པ་ཚེ་མོ་སྐྱིད་གཉིས་ལ་བཀའ་དྲིན་ཆེས་ཆེར་ཞུ་བར་མ་ཟད། བདག་གི་དྲིན་ཆེན་ཕ་མ་གཙོས་ནང་མི་སྤུན་ཟླ་ཡོངས་ཀྱིས་དུས་དང་རྣམ་པ་ཀུན་ཏུ་བརྩེ་བའི་རྒྱབ་ཐག་མ་ལྷོད་པར་སེམས་ཁོང་ནས་བཀའ་དྲིན་ཆེ་ཞུའོ།།

༢༠༡༥ལོའི་ཟླ༡༢པའི་ཚེས༨ལ། རྩོམ་པ་པོས་མདོ་སྨད་ཀྱི་ལིང་ཐང་ནས་ཕུལ་བའོ།།

དཔེ་སྐྲུན་པ། ཨ་སྟོབས་ཚེ་རིང་བཀྲ་ཤིས།
རྩོམ་སྒྲིག་རྟུས་འགོད་པ། ཀུན་དཔལ་ཚེ་རིང་།
རྩོམ་སྒྲིག་འགན་འཁུར་པ། ཚེ་མོ་སྐྱིད།

བོད་ཀྱི་དེང་རབས་བུད་མེད་རྩོམ་པ་པོའི་དཔེ་ཚོགས། (དེབ་ཕྲེང་གཉིས་པ།)

སྐྲུ་རེངས།

འོད་གཞུག་སྐྱིད་ཀྱིས་བརྩམས།

ཤི་ཁྲིན་དུས་དེབ་ཚོགས་པ།
ཤི་ཁྲིན་མི་རིགས་དཔེ་སྐྲུན་ཁང་གིས་བསྐྲུན་ནས་བཀྲམ།
༢༠༡༥ལོའི་ཟླ༡༢པར་པར་གཞི་དང་པོ་བསྒྲིགས།
༢༠༡༧ལོའི་ཟླ༡༡པར་པར་ཐེངས་གཉིས་པ་དཔར།
དེབ་ཚད། ༡༥༥mm × ༢༣༠mm
དཔར་ཤོག ༡༦.༢༥
ཡིག་འབྲུ་སྟོང་། ༡༧༠
དཔར་གྲངས། ༡༠༠༡~༣༠༠༠
དཔེ་རྟགས། ISBN 978–7–5409–6210–4
དཔེ་རིན་སྒོར། ༣༣.༠༠
